DOUTOR ESTRANHO
SINA DOS SONHOS

CB131107

DOU
ESTR
SINA DOS S

UMA HISTÓRIA DO UNIVERSO MARVEL

DEVIN GRAYSON

MARVEL
marvel.com
© 2016 MARVEL

TOR
ANHO
ONHOS

novo século®

São Paulo, 2016

Doctor Strange: The Fate of Dreams

Published by Marvel Worldwide, Inc., a subsidiary of Marvel Entertainment, LLC.

MARVEL

marvel.com
© 2016 MARVEL

Equipe Novo Século

COORDENAÇÃO EDITORIAL
Vitor Donofrio

EDITORIAL
João Paulo Putini
Nair Ferraz
Rebeca Lacerda
Giovanna Petrólio

GERENTE DE AQUISIÇÕES
Renata de Mello do Vale

ASSISTENTE DE AQUISIÇÕES
Acácio Alves

TRADUÇÃO
Paulo Ferro Junior

PREPARAÇÃO
Elisabete Franczak Branco

P. GRÁFICO E DIAGRAMAÇÃO
Vitor Donofrio

REVISÃO
Mayara Leal (Lótus)

CAPA
Vitor Donofrio

ILUSTRAÇÃO DE CAPA
Luke Ross

DEMAIS ILUSTRAÇÕES
Chris Bachalo, Rafa Sandoval, Wayne Faucher Mark Irwin, John Livesay, Jaime Mendoza, Victor Olazaba, Tim Townsend, e Al Vey

Equipe Marvel Worldwide, Inc.

VP, PRODUÇÃO & PROJETOS ESPECIAIS
Jeff Youngquist

EDITORA-ASSOCIADA
Sarah Brunstad

GERENTE, PUBLICAÇÕES LICENCIADAS
Jeff Reingold

SVP PRINT, VENDAS & MARKETING
David Gabriel

EDITOR-CHEFE
Axel Alonso

EDITOR
Dan Buckley

DIRETOR DE ARTE
Joe Quesada

PRODUTOR EXECUTIVO
Alan Fine

Texto de acordo com as normas do Novo Acordo Ortográfico da Língua Portuguesa (1990), em vigor desde 1º de janeiro de 2009.

Dados Internacionais de Catalogação na Publicação (CIP)
(Câmara Brasileira do Livro, SP, Brasil)

Grayson, Devin
Doutor Estranho: sina dos sonhos
Devin Grayson; [tradução Paulo Ferro Junior].
Barueri, SP: Novo Século Editora, 2016.

Título original: Doctor Strange – The fate of dreams

1. Ficção americana 2. Literatura americana 3. Doutor Estranho (personagem fictício) 4. Marvel Comics Group I. Título II. Ferro Junior, Paulo

16-1211 CDD-813

Índice para catálogo sistemático:
1. Ficção: americana 813

Nenhuma similaridade entre nomes, personagens, pessoas e/ou instituições presentes nesta publicação são intencionais. Qualquer similaridade que possa existir é mera coincidência.

NOVO SÉCULO EDITORA LTDA.
Alameda Araguaia, 2190 – Bloco A – 11º andar – Conjunto 1111
CEP 06455-000 – Alphaville Industrial, Barueri – SP – Brasil
Tel.: (11) 3699-7107 | Fax: (11) 3699-7323
www.novoseculo.com.br | atendimento@novoseculo.com.br

novo século®

Para Arnold, com amor.
Obrigada por sempre ter acreditado.

Livro 1

Prólogo

JANE BAILEY estava parada à beira de um imenso penhasco observando a divisão de ataque de Alexandre, o Grande, em manobras para tomar uma posição defensiva. O sol brilhava, o ar estava seco e cerrado, e o jovem rei se encontrava tão perto de Jane que ela quase podia tocá-lo. Ele era violentamente belo: alto, pele bronzeada, músculos rijos e reluzentes sob uma brilhante túnica branca. Ela admirava o modo como os cabelos curtos haviam começado a crescer em cachos dourados enquanto mexia o zíper do casaco de pele.

No fundo do penhasco, flanqueando o exército que se posicionava diante de um enorme portão de ferro fundido, estavam os soldados que usavam reluzentes placas peitorais douradas sobre túnicas vermelhas como sangue. Havia fileiras e mais fileiras deles, ombro a ombro – centenas, milhares. Embora a maioria portasse longas lanças – a palavra *doru* veio à mente de Jane de algum lugar bem distante –, os guerreiros mais próximos do portão seguravam um enorme aríete. Alexandre ergueu a mão. Da posição onde Jane estava, a mão dele foi ofuscada pela luz do sol.

Ela afastou o olhar e se viu face a face com uma mulher, que claramente não era humana. A desconhecida era muito grande, e muito sombria. Apenas a cabeça, as mãos e os braços podiam ser vistos, o restante dela sumia no ar como areia diante do vento. Seus cabelos eram de um azul luminoso, e o rosto, fantasmagórico e assustador, mas também dramaticamente belo – duro e expressivo. Ele tinha olhos negros como o universo e repletos da luz de estrelas distantes.

– Os Caminhos desabaram! – a mulher disse triunfante, e seu tom de voz fez Jane ter a impressão de que rangia os dentes. – Finalmente estamos livres para avançar!

No começo, Jane pensou que a mulher estava falando com ela, mas então se deu conta de que devia estar se dirigindo ao exército de Alexandre. Olhando por sobre o ombro, ela notou que a exclamação também havia sido ouvida por um homem sério, de vinte e poucos anos, parado atrás dela. Ele usava um largo casaco camuflado, um bigode e cavanhaque ralo e segurava uma HK416 apoiada sobre o ombro. Embora estivesse parado ao lado de Jane, estava evidentemente separado de Alexandre, tanto temporal quanto geograficamente. Jane se encontrava entre os dois: um pé no chão quente e liso do mundo do jovem; o outro, no solo empoeirado de Alexandre. Embora também fosse possível que ela estivesse nos dois lugares. Ou em nenhum.

O atirador se virou e caminhou resoluta e sorridentemente até um shopping que se materializou a curta distância dele, e Jane ficou subitamente preocupada com as pessoas que passavam diante dele. Nesse exato momento, Alexandre baixou a mão enquanto gritava uma ordem, olhando o exército com os ávidos e afiados olhos verdes.

– Abram o portão.

À direita de Jane, os soldados começaram a tentar derrubar o portão. À sua esquerda, o homem com o casaco do exército abriu fogo do lado de fora do shopping. O som era ensurdecedor: os golpes do aríete no portão, as repetidas explosões da pólvora. Jane quis correr, só que não podia se mover, queria se esconder ou fechar os olhos, mas em vez disso ficou observando o portão sendo curvado até finalmente se abrir, e uma horda dos mais horríveis monstros que já havia visto invadiram o lugar: aranhas gigantes, com os torsos repletos de adagas, esqueletos marchantes com olhos em fogo, sombras amorfas de escuridão destruidora, assombrações alienígenas com bocarras repletas de dentes pontiagudos... todos atravessando o solo do deserto. Os soldados de Alexandre abaixaram-se atrás dos escudos, buscando proteção, mas os monstros os ignoravam. Mesmo assim, Jane tinha certeza de que aquelas estranhas criaturas devorariam tudo e todos que estivessem em seu caminho.

Ao mesmo tempo, à esquerda de Jane, as pessoas no shopping gritavam, corriam e se escondiam atrás de lixeiras, abraçando-se em completo terror. O homem com o casaco do exército continuava avançando a passos lentos e firmes, disparando incessantemente a arma. Muitas lágrimas escorriam pelo rosto de Jane, mas a mulher de cabelos azuis as secou.

– Não chore – ela disse gentilmente. – Este é um dia de glória. Este é o *meu* dia... meu destino! E vou liderá-la para fora das sombras pelo meu exemplo, como deveria ter feito desde o início!

Jane se afastou da mulher e se encontrou frente a frente com um homem barbudo usando sandálias e uma toga de lã. Seus olhos, que talvez tivessem sido azuis, haviam se tornado leitosos e estavam cheios de cataratas corticais. Jane já o tinha visto antes, mas não conseguia lembrar onde ou quando.

– Diga a ele que é você! – disse o homem em tom de urgência. Ele tocou-lhe o rosto com as mãos gentis e secas, contornando suas feições. – É você, não é? Você deve ter certeza. Você deve ter feito com que ele a trouxesse para a Cura... e só então você saberá qual é o seu caminho!

Começou a chover. O homem mais velho enfiou a mão na toga e sacou uma faca. Jane a reconheceu, era a faca de caça que seu pai havia lhe dado em seu aniversário de 19 anos. Ela retirou cuidadosamente a arma da mão dele.

– Foi a ciência que corroeu os Caminhos, então não tenha medo de derramar sangue... Mas faça apenas um pequeno corte. Apenas para que ela note. Seu nome é Dra. Misra. – Ele se moveu com intenção de se afastar, completamente encharcado, mas em seguida pareceu mudar de ideia. Ele se voltou novamente para Jane, e gentilmente tocou-a no braço.

– Não vai doer – ele assegurou. E então sorriu um sorriso beatífico, sem mostrar os dentes. – Pode me dizer o mesmo?

– Não vai doer – Jane repetiu, mesmo sem entender o que estava acontecendo.

O velho cego concordou e tocou seu braço.

– Espero que esteja certa. E espero que compreenda, Doutor Estranho.

Jane olhou fixamente para a faca, pensando, ainda que brevemente, no erro que ele cometera ao dizer seu nome. Há meses que a realidade vinha lhe escapando. Quando tudo aquilo começara, os efeitos haviam sido mais simples: confusão sobre se alguma conversa havia realmente acontecido, ressacas emocionais de pesadelos que duravam dias inteiros. Depois, ela se pegou procurando na agenda do telefone informações de contatos de pessoas que ele conhecia intimamente, apenas para descobrir que elas não existiram. Perdera objetos em lugares que ele não encontrava mais e executava regularmente feitos que sabia serem impossíveis. Finalmente, a física parou de funcionar completamente. Pessoas e lugares se transformavam diante de seus olhos, e a continuidade do tempo foi completamente estilhaçada. Resistir ao caos parecia apenas torná-lo pior, então Jane estava fazendo o possível para se render ao turbilhão. Era tão confuso que ela mal tinha tempo para se perguntar se estava enlouquecendo.

Quando ela ergueu o olhar novamente, estava parada sobre o carpete alaranjado no meio do porão que costumava fazer de quarto, na casa de sua mãe, em Hudson Valley. Tinha um leve cheiro de mofo, mas parecia maior do que o minúsculo cômodo no subsolo que ela usava quando era garota, e havia portas de vidros de correr que se abriam para o bosque atrás do terreno. Ela estava completamente vestida, com a faca de caça bem segura em uma das mãos. Olhando pela porta de vidro, podia enxergar que estava claro lá fora, já era alta manhã. Gotas de chuva se grudavam às folhas amarelas das bétulas, da mesma maneira como ali dentro elas cobriam e faziam brilhar seu grande casaco de pele verde.

Ficou completamente imóvel por alguns segundos – com exceção dos olhos castanhos, que analisavam incansavelmente a sala até que pousaram sobre o telefone. Ela se aproximou dele, tocou a tela com o dedo molhado, e então de modo ausente secou a mão na parte da frente da camiseta.

– Pesquisar Dra. Misra – ela disse para a tela.

Três resultados surgiram: uma pediatra, uma internista e uma neurocientista. Aquela parte, pelo menos, era fácil.

Jane deslizou a faca para dentro de uma bainha de pele de cervo e enfiou a faca e o telefone na bolsa já cheia, fechando-a o mais silenciosamente possível.

1

– PRECISO QUE VOCÊ AFASTE TODA A DÚVIDA de sua mente. *Acredite* que você pode atravessar tudo isso. Agora, pegue minha mão.

Doutor Stephen Strange, Mago Supremo, dirigia-se às figuras no espelho com uma calma autoridade. Em vez de um reflexo, o pedaço de vidro retangular com moldura de mogno mostrava três homens – dois policiais uniformizados e um ladrão bastante preocupado – pressionando as mãos contra o interior do espelho, olhando fixamente para fora, com a expressão implorante voltada para ele. Atrás do Doutor Estranho – logo atrás do brilhante círculo de proteção que ele havia desenhado com energia arcana no chão branco laminado da sala de interrogatório –, o parceiro do ladrão, ao lado de uma historiadora do Merchant's House Museum e outros policiais do Sexto Distrito, observava e aguardava quase segurando o fôlego.

O Tenente Reynard Bacci bebericou um gole do café que havia na caneca e observou com olhos atentos Strange enfiar o braço dentro do espelho, agarrar o braço do ladrão e cuidadosamente puxar o pesado homem para fora do espelho com dois centímetros de espessura. Atrás de Bacci, o comparsa do ladrão soltou o ar, aliviado, e fez menção de se aproximar, mas um olhar afiado de Strange o impediu de entrar no círculo de proteção. O ladrão resgatado caiu de joelhos, balbuciando com medo e gratidão.

– Graças a Deus! Você precisa correr! Há algo ali com eles, cara, algo que não está feliz em ter visitas! Aqueles policiais serão comidos vivos se não forem tirados de lá! O lugar está cheio de esqueletos, cara... esqueletos humanos... em todos os cantos! Tem algo lá, cara, estou dizendo!

Um coro de murmúrios alarmados acompanhou suas reclamações aterrorizadas enquanto os ocupantes do recinto reagiam àquelas notícias.

– Você está bem agora – as palavras de Doutor Estranho eram reconfortantes, apesar dos modos bruscos. – Será que posso ter mais alguns segundos de silêncio?

– Tudo bem! Tudo bem! – O tenente sacudiu a caneca no alto. – Calem a boca e deixem o homem trabalhar! – Voltando-se novamente para Strange, o policial alto e grisalho falou com aparente estima. – Apenas me avise quando eu puder algemá-lo.

– Daqui a pouco – Strange respondeu distraidamente, então enfiou o braço no espelho novamente e pegou a mão de um dos policiais que ainda estavam ali dentro. – Prefiro que ele não saia do círculo até que eu os tenha limpado dos resíduos espirituais.

– Claro, Doutor.

Bacci havia dado uma olhada para o espelho amaldiçoado e ligou para Wong, assistente do Doutor Estranho. Isso foi antes de os oficiais Smith e Hoskin conseguirem ficar presos lá dentro junto ao meliante. Aquilo tudo havia se iniciado mais cedo, naquela mesma noite, quando o cúmplice do meliante, Gabel, chegou correndo à delegacia, em pânico, carregando o espelho – que ele havia apressadamente coberto com seu sobretudo – e berrando que o amigo estava preso ali dentro. Ele disse ao sargento que estava na recepção que ele e o amigo haviam tido a ideia de jerico de roubar o Merchant's House Museum, convencidos de que ficariam ricos vendendo pequenas antiguidades afanadas daquele ponto turístico de fama nacional. Além de terem planejado pouco, pois o Merchant's House Museum era uma instituição adorada pela cidade e tinha funcionários dedicados a perceber quase que imediatamente caso algum item desaparecesse, era um plano estranhamente ambicioso para dois homens cuja experiência em roubo não ia além de algumas barras de chocolate em mercadinhos de bairro. No entanto, aquilo ficou muito, mas muito mais esquisito quando o que se chama McHale "desapareceu" dentro do espelho que havia encontrado escondido em um baú no terceiro andar.

Quando o Doutor Estranho chegou, o Oficial Smith havia sido sugado para dentro do espelho enquanto tentava puxar McHale para fora, e o Oficial Hoskin foi igualmente puxado quando tentou libertar o parceiro.

Bacci teria preferido viver em um mundo desprovido de incidentes sobrenaturais, mas, já que não vivia, era grato por conhecer o Mestre das Artes Místicas que vivia no número 177A da Bleecker Street. Embora o cara se vestisse de maneira esquisita, com sua túnica azul, botas negras e uma capa vermelha chamativa, Bacci sempre o considerou notavelmente são – e infalivelmente eficaz. Aparentemente, ele era um feiticeiro importante – o fodão de todos os usuários de mágica, se Bacci havia entendido corretamente –, sem mencionar que era defensor supremo de todo o planeta ou, como o doutor mesmo era mais apto para chamar, "o reino mortal". Seja lá o que tenha feito, ele sempre se mostrava disponível para ajudar quando alguém do Departamento de Polícia de Nova York o chamava para que desse uma mão em algo que não conseguia compreender, e ele já os havia tirado de várias confusões ao longo dos últimos anos.

Portanto, o tenente tinha a mais completa confiança na habilidade do Doutor Estranho de fazer tudo voltar ao normal. Ele se recostou contra o atril, bebericou o café e fez uma careta. Aquela coisa estava ficando gelada. Uma arfada de alguém ao seu redor o fez erguer novamente o olhar. Strange estava segurando o braço de Hoskin e já puxava metade do policial para fora do espelho, mas um longo e negro tentáculo atravessou o espelho e se enrolou no peito do oficial, tentando puxá-lo de volta. Alguns policiais sacaram as pistolas, alarmados. Bacci fez um gesto para que se acalmassem e baixassem as armas.

– Certo, rapazes, peguem leve. O doutor pode lidar com isso. – Fazendo um aceno de cabeça na direção de um patrulheiro especialmente agitado, Bacci lhe entregou a caneca. – Você, encha a caneca para mim. E os outros, deixem o doutor trabalhar.

Doutor Estranho apenas franziu a testa e tocou a enorme fivela de prata que mantinha a capa no lugar. O amuleto se abriu como um olho, banhando instantaneamente o espelho com uma luz radiante, mística. O tentáculo se desenrolou do peito do policial Hoskin e deslizou de volta para as profundezas dos espelhos, permitindo a Doutor Estranho libertar o homem.

– Não saia do círculo – Doutor Estranho alertou McHale por sobre o ombro enquanto enfiava o braço novamente no espelho para a tentativa final de retirar o oficial Smith.

Hoskin concordou, mas apontou para o parceiro.

– Você tem que tirá-lo de lá! Aquela coisa agarrou a perna dele!

Doutor Estranho franziu o cenho, mas não hesitou: entrou no espelho, aparecendo instantaneamente próximo ao oficial Smith, do outro lado. Bacci semicerrou os olhos e tentou se aproximar, mas não conseguiu ver bem o que estava acontecendo. Doutor Estranho estava com a mão erguida, ordenando que Smith ficasse imóvel, e os dois homens fixaram a atenção em algo que acontecia além da moldura. Houve um lampejo de luz amarela – pareceu a Bacci que o brilho emergira da mão do doutor –, e em seguida Strange estava ajudando o oficial Smith a sair do espelho. Quando o policial emergiu na sala de interrogatório, o mago se virou para enfrentar algo que surgiu atrás dele no espelho. A capa vermelho-escura impedia a visão de Bacci.

De volta à sala de interrogatório, Hoskin segurou o ombro do amigo.

– Você está bem, cara?

Os olhos de Smith estavam arregalados, mas ele assentiu.

– Ele arrancou a coisa de mim com algum tipo de raio laser que saiu da mão dele. – Fez menção de dizer mais alguma coisa, mas foi interrompido pelo som de vidro se estilhaçando. O espelho havia explodido em um milhão de cacos reluzentes.

As reações foram imediatas: vários policiais apontaram as armas na direção da detonação enquanto outros empurravam os companheiros para longe do perigo. Smith e Hoskin mergulharam para cima de McHale, na intenção de protegê-lo, enquanto Bacci se colocava na frente da mulher que trabalhava no museu. Ele tentava calcular quem estava na zona de explosão quando os fragmentos do espelho congelaram no ar e pairaram por um segundo, antes de voltarem rapidamente para o ponto de origem, para então desaparecerem em um flash de luz vinda de uma coluna de acre fumaça negra que subitamente surgiu no meio da sala. Doutor Estranho saiu calmamente de dentro da fumaça e, com um aceno, a fez desaparecer. Nenhum sinal do espelho – nem mesmo um fragmento – restou.

Bacci observou os olhos do mago analisando todos no recinto com algum tipo de arrependimento. A luz mística e radiante ainda emergia do olho no amuleto de Strange, e de alguma forma ele a direcionou, lenta e deliberadamente, para suas mãos, criando um círculo concêntrico que se expandiu sobre todas as pessoas presentes na sala de interrogatório. Bacci respirou fundo no momento em que a luz o banhou, sentindo o refluxo da adrenalina enquanto um confortante sentimento de serenidade percorria seu corpo da cabeça aos pés. Aquilo parecia ter o mesmo efeito em todos que alcançava: Bacci observou os ombros de seus policiais se acalmando enquanto endireitavam o corpo; alguns chegavam até a suspirar quando a tensão era drenada deles.

O olho no amuleto se fechou, e a luz simplesmente desapareceu. Strange fez um gesto preciso, e o círculo de proteção que ele havia desenhado no chão sumiu de vista. Ele assentiu para Bacci.

– Pode levá-los sob custódia agora, se assim desejar.

Bacci fez sinal para Hoskin e Smith, que ajudaram os meliantes a se levantarem e os levaram para fora da sala enquanto Strange conversava com a historiadora do museu.

– Peço desculpas, Sra. Hazel, mas não fui capaz de salvar o artefato. E, se isso for de algum conforto, até mesmo duvido de que aquilo fosse uma antiguidade. Me pareceu ter sido criado muito recentemente, numa tentativa de aprisionar a entidade dentro dele.

Anne Hazel afastou as preocupações do doutor. Bacci imaginou que, como ele, ela havia sido fisgada pela excitação de passar uma tarde de sexta-feira testemunhando uma sequência tão incomum de eventos.

– Não, está tudo bem. Como mencionei ao tenente, aquele absolutamente não era um item que pertencia aos Tredwells... eu nunca o tinha visto antes. Não faço ideia de como ele foi parar na casa. Será que devo ficar preocupada?

Strange ocultou as mãos por entre as dobras da capa.

– A casa tem reputação de ser assombrada, não tem? Talvez alguém tenha achado que vocês saberiam lidar com o perigoso item que haviam criado. Em todo caso, não, por favor, não se preocupe. Mandarei um de meus colegas fazer uma varredura e verificar se não há mais nenhum objeto perigoso escondido no edifício.

– Obrigada, Doutor.

Pareceu a Bacci que Hazel também havia sido fisgada pelo misterioso mago. E por que não seria? Se a capa não fisgava, havia ainda o fato de ele ser um homem bastante atraente – algo que remetia a uma elegância estilo Rat Pack e a certo *savoir-faire*, o tenente pensou, divertido. Mais velho do que os heróis de capas e roupas coladas que se viam ocasionalmente pela cidade, o Doutor Estranho tinha em si um ar de autoridade dominante. E, obviamente, era um homem que tinha visto muitas coisas e sabia de algumas outras. Infelizmente, para Hazel, era também um homem com lugares onde deveria estar. Claramente determinando que a ameaça havia acabado, Strange repentinamente se despediu. Bacci o seguiu, parando para aceitar a caneca cheia de café fresco que o patrulheiro lhe entregou enquanto acompanhava a saída do doutor.

– Obrigado novamente por sua ajuda, Doutor.

– Certamente.

– Se houver algo que possamos fazer, por favor, você sabe que é só chamar, não é?

– Apenas fiquem em segurança.

Bacci assentiu, e então se lembrou de que queria perguntar outra coisa ao doutor.

– Ah, outra coisa, é rápido... Eu ainda não estou conseguindo dormir bem. Está ficando cada vez pior, mexendo com minha concentração. Então, estive pensando. Você conhece alguma magia que me ajude?

Doutor Estranho parou, virou-se e apontou para a caneca de café na mão do tenente.

– Troque para descafeinado – disse secamente.

Enquanto Bacci piscava, desviando o olhar para a caneca, Doutor Estranho se dirigiu para fora do pequeno edifício de tijolos e desapareceu no meio do tráfego de pedestres de Greenwich Village.

Mal havia dado dois passos para fora da delegacia, Stephen sentiu uma pressão insistente na lateral do crânio. Embora a sensação fosse desagradável, a presença que a causava era calorosa e familiar. Ele baixou o escudo psíquico – sua proteção habitual quando saía de casa – e telepaticamente cumprimentou seu assistente, Wong. Apesar de parecer distraído para qualquer um que o observasse, os lábios de Stephen não se moviam enquanto ele e o amigo conversavam separados por mais de um quilômetro de distância.

– Sim, Wong? Está tudo bem? Estou saindo da delegacia agora.

– Desculpe interromper. Só quero avisar que temos visita.

Stephen se afastou da calçada e entrou em uma estreita rampa que dava para um estacionamento entre uma casa de dois andares e um prédio de apartamentos.

– Logo estarei aí.

Lançando um olhar para a entrada da garagem, para ter certeza de que ninguém estava olhando, ele abriu um portal até sua sala de estar e o atravessou.

Wong, como sempre, direcionava a atenção do convidado para a pintura de Richter, para que, assim, Stephen pudesse entrar na sala por trás deles sem assustar imediatamente o estranho com uma demonstração de transporte dimensional.

Esfregando as mãos, que começavam a doer, Stephen tentou conter o ataque de informações psíquicas transmitidas da mulher parada ao lado de seu amigo. Wong gostava de apresentar as pessoas como mera formalidade, mais para o próprio bem delas do que para o de Stephen. Doutor Estranho pigarreou e Wong se virou, guiando gentilmente a mulher para que fizesse o mesmo.

– Esta é a Dra. Sharanya Misra, da Fundação Baxter – Wong começou, com um gesto educado para seu amigo e empregador. – Dra. Misra, este é o Dr. Stephen Strange.

Stephen sorriu, e a mulher retribuiu o sorriso, mas não havia satisfação em seus olhos. Ela parecia ter seus vinte e muitos anos, cabelos escuros brilhantes presos para trás e um rosto bem esculpido. Os olhos castanho-escuros estavam bem atentos, os lábios, comprimidos, como se mal pudessem conter seu ceticismo, e Stephen pôde sentir a tensão e a apreensão irradiando em ondas de sua elegante figura. Seus olhares se encontraram enquanto Stephen analisava o rosto dela, e ele foi atingido por uma dura visão de sangue e vísceras. Ela recentemente havia testemunhado algum tipo de tragédia pavorosa, o que provavelmente contribuía para a tensão em seus ombros e costas, sem mencionar a enorme sanguessuga psíquica malebranchiana de quase dez metros enfiada entre suas omoplatas. Era duas vezes mais grossa que um cano flexível, com pele negra cheia de pontos roxos e uma enorme boca sugadora.

Lançando um rápido feitiço de adivinhação com um tremelicar de dedos quase imperceptível, Stephen descobriu que ela tinha 32 anos, vivia no Queens e era descendente da primeira geração de imigrantes que vieram de Karnataka. Vivia sozinha, fez doutorado em Neurobiologia e Comportamento em Columbia e conduzia um estudo sobre metacognição patrocinado pela Fundação Baxter, no Instituto Ravencroft para Criminosos Insanos. Meditava e praticava ioga todas as manhãs, falava canarês e híndi tão bem quanto inglês, estava em excelente saúde física, e tinha um nada comum gosto por kombucha.

– Bem-vinda ao Sanctum Sanctorum – saudou ele, enfiando as duas mãos de volta na capa no momento exato em que a maioria das pessoas as estenderia para cumprimentar. Embora já se sentisse confortável o suficiente com as cicatrizes que as cobriam para retirar as luvas que usara durante seus primeiros anos como Mago Supremo, Stephen continuava consciente do tanto que suas mãos ainda tremiam. – Como posso lhe servir?

Dra. Misra mexeu em um bracelete prateado em forma de Ganesh, preso ao seu pulso esquerdo.

– Eu... não tenho certeza se pode me ajudar, para ser honesta. Eu realmente nem deveria estar tomando seu tempo, mas minha mãe... – a voz dela começou a sumir, a cor de suas bochechas aumentando de tonalidade enquanto observava a extensão da capa de Stephen. – Ela conhece muito sobre coisas psíquicas e tal e, para ser honesta, eu não tenho certeza mesmo do que você faz. É que, às vezes, é mais fácil fazer as vontades dela.

Ela disse a palavra "psíquicas" com um humor disperso, e Stephen trocou olhares com Wong. Agora ele sabia que não faria diferença se tivesse emergido do portal bem na frente dela. As pessoas eram incrivelmente adeptas à tentativa de explicar o que é místico; ver um homem surgindo do ar fino não é nada para quem quer negar o sobrenatural. Passagens secretas. Espelhos. Truques de luz. Stephen sabia por experiência própria que, quando alguém está com a cabeça feita para não acreditar, pode facilmente confundir um Berev'ha Dentii de três metros de altura com um hamster obeso. Ele mesmo já havia sido uma dessas pessoas.

– Eu sozinho poderia explicar as circunstâncias que envolvem sua visita – Stephen admitiu –, mas muitas pessoas considerariam tais análises muito invasivas. – Ele baixou sutilmente a voz, seus olhos azuis brilhantes dançando enquanto buscava encontrar o olhar de Sharanya, tentando estabelecer confiança. – Eu sei que, na primeira vez que minha mente foi lida, achei bastante perturbador.

Aquilo não era completamente correto. Da primeira vez que sua mente foi lida, ele era muito arrogante para notar, mas, em um nível emocional, era verdade o bastante para que tal confissão valesse a pena. Ele estudou a aura da mulher enquanto Wong continuava de onde ele havia parado. Ela estava envolta por um forte campo de um azul-escuro rico, tingido de cinza nas extremidades, reforçando o sentimento de Stephen de que ela era um indivíduo normal, forte e equilibrado lidando com uma escuridão temporária.

– E sua mãe acha que você precisa de ajuda com o quê? – Wong prontificou-se. Ele sabia lidar facilmente com as visitas, por isso Stephen confiava nele.

Sharanya estremeceu e baixou o olhar.

– Houve um... incidente em meu trabalho. Muitas pessoas morreram. Foi bastante violento. – Sua voz havia baixado para quase um sussurro, e Stephen teve que se inclinar para ouvi-la melhor.

– Através de meios sobrenaturais? – perguntou, uma das sobrancelhas saltando de curiosidade.

– O quê? – Sharanya ergueu o olhar confuso para ele antes de tardiamente compreender a questão e balançar a cabeça. – Ah. Não. Não, nada do tipo. Eles se mataram entre si. Meus objetos de pesquisa – ela disse, hesitante.

O trauma psicológico da experiência ainda reverberava dentro dela. No entanto, algo logo abaixo daquilo fisgou a atenção de Stephen; uma necessidade inflamada de entender o que havia acontecido. Ele podia ver que, para ela, não seria suficiente apenas saber o que havia acontecido; a mente de Sharanya estava presa aos motivos, revirando a questão várias e várias vezes, como se quisesse transformar uma pequena pedra em diamante.

Stephen aguardou até ela olhá-lo novamente.

– Por que você não começa do começo?

Sharanya hesitou, lançando os olhos para as portas da sala de estar.

– Como eu disse, tenho certeza de que não há nada que você possa fazer. Ninguém pode fazer nada. A polícia terminou a investigação e todos os envolvidos estão...

Mortos. No silêncio repentino de Sharanya, Stephen ouviu claramente a palavra, como se ela a houvesse gritado. Wong trocou discretamente o peso de perna enquanto se colocava ao lado dela, trazendo gentilmente sua atenção de volta para o mundo dos vivos. Ela continuou, e seu discurso foi se tornando cada vez mais rápido, como se subitamente estivesse com pressa de terminar logo a história.

– Estou trabalhando em um estudo de metacognição nos sonhos lúcidos na Ravencroft. Temos um departamento completo de Onerologia, e estudamos todos os tipos de sonhos: resolução de problemas, curativos, profecias, épicos, lúcidos... De todo modo, buscamos especificamente compreender como o sonhar interage com o comportamento... Como os sonhos dos criminosos insanos mais violentos diferem dos sonhos dos outros criminosos, por exemplo. E temos a opção de usar a terapia do sonho para guiá-los para fora de seus momentos de psicose. Temos um laboratório do sono no instituto, e há oito dias doze sujeitos de pesquisa acordaram e... atacaram-se. E não pararam. Ninguém conseguiu impedi-los. Algumas pessoas tentaram, mas eles... eles simplesmente continuaram, até que todos estivessem mortos.

Stephen assentiu. Aquilo explicava a sanguessuga psíquica: esses parasitas gigantes, que lembravam um verme gigante, gostavam muito de culpa de sobrevivente. Ele teria que removê-lo antes que ela saísse da casa.

– Doze pessoas, todas morrendo ao mesmo tempo. Quer dizer, eram criminosos violentos, mas eles se conheciam... Participavam desse estudo juntos havia meses sem que houvesse nenhum incidente. Nos vídeos de segurança, pareceu que todos acordaram de pesadelos ao mesmo tempo e simplesmente... – Ela parou e massageou a testa, e Stephen percebeu que havia algo que ela ainda não havia dito. Ele olhou para Wong, que captou seu olhar. Stephen sabia o que ele estava pensando; o mesmo pensamento que havia cruzado sua mente. Pesadelo. Um demônio que governava o reino da Dimensão dos Sonhos, do qual pegou seu nome, era um dos mais antigos e perigosos inimigos de Stephen. Certamente era possível que ele tivesse algum dedo nos eventos que Sharanya estava descrevendo. No entanto, não parecia possível que ela pudesse supor tudo aquilo.

Apesar de horrível, sua história era surpreendentemente desprovida de ameaça sobrenatural, de uma perspectiva comum. Normalmente, as pessoas não procuram o Sanctum até acordarem vomitando moscas compulsivamente ou com a cabeça girando 180°. Era verdade que Sharanya estava carregando a sanguessuga psíquica, mas *ela* não sabia disso. Seu cérebro não estava sendo usado como fenda dimensional para a invasão de um exército demoníaco, nem como posto avançado para células terroristas paranormais. Ninguém estava fazendo prédios inteiros desaparecerem simplesmente passando por eles ou sendo assediado por corvos que gritam ofensas em esperanto. Não havia nem mesmo um ralo psíquico. Stephen já havia se convencido de que faria tudo ao seu alcance para ajudá-la, mas, além de remover a sanguessuga psíquica – e talvez iniciar uma conversa com Pesadelo –, ele ainda não tinha certeza do que mais poderia fazer.

Parecendo notar a distração de Stephen, Wong começou a questionar Sharanya a respeito de sua mãe, dando tempo para que Stephen delicadamente vasculhasse a mente da moça. Enquanto Sharanya esclarecia como a mãe ficara sabendo sobre o trabalho de Stephen – aparentemente, ele havia ajudado a acabar com a possessão da sobrinha do dono do armazém onde ela fazia compras –, o mago fechou os olhos e tocou psiquicamente a mente dela com a sua própria, vasculhando silenciosamente suas memórias do evento.

Seus olhos rapidamente se abriram um segundo depois. Sharanya estremeceu e tocou a têmpora.

– Eles chamaram meu nome? – Stephen perguntou, seu tom era duro.

– Sim, mas como é que...? Isso não faz sentido! – Sharanya balbuciava, abalada pelo fato de Stephen ter revelado parte de sua memória que estivera relutante em compartilhar.

Stephen se voltou para Wong, explicando:

– Quando acordaram, todos os objetos da pesquisa gritaram "Doutor Estranho!". Segundos depois, atacaram-se violentamente.

– Como você sabe disso? – Parecendo oscilar entre a curiosidade e a consternação, Sharanya tinha os olhos arregalados e os punhos fechados. Ela se virou para Wong, desesperada para articular uma versão da realidade que fizesse sentido para ela. – Talvez estivessem apenas chamando por mim ou por um dos outros doutores, dizendo que se sentiam estranhos. Quer dizer, sim, é verdade, todos disseram a mesma coisa: "Doutor Estranho!". Mas poderiam estar se referindo a qualquer coisa, certo?

Wong lhe ofereceu um sorriso enigmático.

– Geralmente, as explicações mais simples são melhores do que as mais complexas. Mesmo quando você não as entende.

Sharanya sacudiu a cabeça para Wong.

– Então ele está lendo minha mente, e você está citando a Navalha de Occam para mim. Você está certo, eu não compreendo nada disso.

– Meu trabalho frequentemente se intersecciona com outros reinos – Stephen disse, como explicação. – É possível que esses indivíduos tenham sido obrigados a falar com a voz de uma entidade alienígena na intenção de chamar minha atenção. Isso é potencialmente um bom sinal, já que implica que há boa vontade em cooperar. – Enquanto falava, Stephen retirou uma das mãos da capa e discretamente enviou um dardo sedativo na direção da sanguessuga psíquica, com um movimento do dedo indicador esquerdo. Para quem não tem experiência com mágica, poderia parecer uma simples tremida de mão. – Eu acho que você vivenciou o eco de um enorme desequilíbrio em uma dimensão vizinha.

– E existem muitas? – Sharanya perguntou, sua voz num tom entre o assombro e o escárnio. – Dimensões vizinhas?

Stephen a olhou nos olhos, perguntando-se o quanto ela realmente gostaria de saber. Existem milhares delas – agressivas, predatórias e sempre expandindo. A realidade em que ela existia era uma coisa pequena e frágil que já havia sido completamente devastada e substituída pelo menos uma vez, pelo que ele sabia.

Ele era o único ser vivo que se lembrava disso.

– Existem – ele concordou. – E suspeito que as respostas que você busca estão dentro de alguma delas. Se você permitir que eu investigue em seu nome, certamente entrarei em contato assim que tiver mais informações.

Fingindo ajustar a posição de um artefato sobre a lareira como desculpa para sair do campo de visão da visitante, Stephen se colocou atrás da sanguessuga psíquica e pisou com força e firmeza em sua cauda. Ele geralmente não se sentia tímido em cuidar de seus assuntos na frente do público em geral, mas dessa vez achou melhor agir com cautela, preocupando-se em não causar aflições desnecessárias. A maior parte das pessoas se sentia mais feliz em permanecer inconsciente a respeito dos organismos espirituais que infestavam seus quadros mortais.

– E o quê... hum, quanto algo desse tipo me custaria? – Sharanya perguntou apreensiva, virando o pescoço para segui-lo com os olhos.

– Não podemos estimar isso até entendermos melhor as forças com as quais estamos lidando – Stephen respondeu distraidamente. A sanguessuga psíquica se tornou ciente de sua presença e estava tentando se enfiar ainda mais nas costas de Sharanya.

Wong se apressou em esclarecer.

– Não há custo monetário associado à assistência do doutor.

Sharanya pareceu ficar claramente mais aliviada com tal informação, e se voltou novamente para Stephen.

– Então, há mais alguma coisa que você precisa de mim neste ponto, ou...?

– Eu gostaria de colocar um feitiço de proteção em você antes que se vá, mas não precisa ficar alarmada. Isso não é uma indicação de que estou prevendo ameaças à sua segurança.

Stephen lançou o feitiço rapidamente enquanto a cientista o observava por sobre o ombro. Quando ele terminou, fez um gesto para que Wong a acompanhasse até a porta.

– Pode me seguir, por favor, Dra. Misra?

Sharanya olhou assustada enquanto Wong começava a seguir na direção das portas da sala de estar. Ela começou a se virar para encarar Stephen – a sanguessuga se virando com ela, tentando fugir do alcance do doutor – quando Wong a interrompeu com um toque gentil em seu cotovelo.

– Ah, é, adeus – ela disse a Stephen por sobre o ombro. – Obrigada por... sua ajuda. Foi um prazer conhecê-lo.

Stephen assentiu em agradecimento, mas não fez mais do que olhar para ela. Ele estava ocupado em rapidamente envolver a figura cilíndrica da sanguessuga em tendões de energia. Era a maneira mais simples de separá-la da hospedeira.

E também era o melhor jeito de não causar nenhum ferimento, no entanto... exigia muita concentração.

2

SHARANYA NÃO ACREDITAVA EM MÁGICA, mas o feitiço de proteção a deixou nervosa. O Doutor Estranho havia gesticulado de modo tão casual que chegou a ser desconcertante. Não deveria ter feito uma demonstração maior daquilo, fazendo algo brilhar, faiscar ou sair fumaça? Nada nele fazia sentido para ela. Nada no Doutor Estranho estava de algum modo alinhado às suas expectativas.

Muitos dos psíquicos e dos adivinhadores que Sharanya conheceu por insistência da mãe haviam sido solícitos e extrovertidos. Embora parecesse um homem de compaixão, havia algo de quieto e reservado no Doutor Estranho. Para Sharanya, ele parecia mais um cientista do que um místico, desde a preocupação distraída até... seja lá o que passou a preocupá-lo. Sharanya se deu conta de que não fazia ideia. Ela havia entendido muito pouco do que ele havia dito, e menos ainda do que ele havia feito. E mesmo assim se sentiu melhor por ter conversado com ele. Quase como se tivesse contratado um detetive particular para limpar as arestas mais obscuras e assustadoras da sua vida.

Ela parou para observar as portas que o mordomo – ou seja lá o que ele fosse – havia fechado quando saíram da sala de estar do mago. Assim que se fecharam, um tumulto irrompeu do recinto – estalos, explosões e a voz do mago, cantando.

– Está tudo bem ali? – perguntou.

– Ele vai ficar bem – Wong respondeu.

Parecia completamente confiante em sua declaração, então Sharanya decidiu deixar para lá, e repentinamente voltou a atenção para uma forma familiar nos fundos do hall de entrada. Havia algo imensamente perturbador a respeito daquela casa.

Estava prestes a perguntar a Wong se ele também havia visto, quando sentiu um puxão súbito na parte superior das costas. Olhando por sobre o ombro, não discerniu nada fora do ordinário, mas sentiu vontade de tocar as omoplatas. Suas costas subitamente ficaram estranhas, como se uma camada de roupa tivesse sido arrancada dali, deixando a pele exposta. Sentiu um arrepio involuntário, mas teve que admitir que inesperadamente começou a se sentir muito melhor. Seguindo Wong para a fraca luz do sol daquele fim de tarde no Village, ela girou os ombros, experimentando, e ficou maravilhada pelo aumento da extensão do movimento.

– Por favor, não hesite em nos visitar novamente – Wong disse.

Sharanya assentiu e então dobrou o pescoço para os lados, ouvindo-o estalar. Realmente sentia como se uma centena de quilos tivesse sido tirada de seus ombros, mas detestava creditar esse bem-estar a uma visita de quinze minutos a uma casa de charlatões na Bleecker Street.

– Vou deixar meu telefone com você – disse ao mordomo enquanto pescava um cartão de visitas na bolsa, com a intenção de ser educada. – Assim, ele poderá falar comigo se, bem... aparecer algo.

Wong sorriu placidamente, permanecendo ereto sobre os degraus da casa branca de três andares em estilo colonial, erguendo o rosto para sentir a brisa primaveril.

– Tenho certeza de que não haverá problema.

– Sei que tenho um cartão aqui em algum lugar... Ah! Aqui está! – Ela lhe entregou o cartão de visitas, que ele aceitou graciosamente enquanto ela continuava falando. – Acho que minha mãe pode ficar um pouco confusa a respeito do tipo de mágica que ele faz. Algo que, honestamente... suponho que eu também esteja. Dimensões vizinhas, foi o que ele disse? É alguma coisa relacionada a Reiki?

Wong cruzou as mãos atrás das costas e continuou sorrindo.

– É um pouco mais além disso.

Sharanya assentiu enquanto fechava a bolsa.

– Mais como astrologia, então? Isso explica tudo. Minha mãe vai querer que ele faça o mapa astral dela. Ela é obcecada com isso; me liga todas as manhãs para ler meu horóscopo. De qualquer modo, por falar na minha mãe, prometi que ligaria para ela quando estivesse saindo daqui, portanto... obrigada novamente por me receber.

– O prazer foi nosso.

Sharanya se virou para acenar uma última vez enquanto começava a subir a Bleecker na direção da Macdougal, já enfiando o fone de ouvido e selecionando o número da mãe na agenda do celular. Enquanto se apressava para chegar à larga avenida, passando pelos velhos apartamentos de tijolos do começo do século XIX, alinhados com seus portões de ferro fundido, pensava se ainda daria para voltar à fundação a tempo de revisar algumas notas da pesquisa.

A voz da mãe invadiu seus ouvidos.

– *Sharanya? É você? Por que demorou tanto?*

– Sinto muito, mãe. Só estou saindo agora.

– *Está indo para casa?*

– Não, estou indo para o escritório.

– *Mas já são quase cinco! Vai ter alguém lá?*

– Tem sempre o pessoal da segurança do edifício, mãe, já lhe disse isso.

Sharanya olhou para os galhos de uma pereira, a luz do sol sendo filtrada pelas suaves folhas e batendo em seu rosto voltado para cima. Ela sempre gostou daquela mistura de ruas que formavam Greenwich Village, a aparentemente infinita sucessão de lojas, cafés, bares e restaurantes. Se sentia segura ali e, de algum modo... contida.

– *Bem...* – sua mãe perguntava. – *Como foi?*

Sharanya suspirou.

– Foi bem. Mas, para ser honesta, mãe, também foi uma bela perda de tempo. – Ela olhou para a porta de ferro de uma loja fechada do outro lado da rua. – Embora ele tenha colocado um feitiço de proteção em mim... – ela acrescentou com um sorriso irônico, achando que a mãe poderia ficar impressionada com aquilo. – Acho que posso andar por Hell's Kitchen agora sem correr perigo.

Do outro lado do fone, a voz de sua mãe aumentou de tom, em pânico.

– *Hell's Kitchen? Não ouse fazer isso! Sharanya, não me obrigue a pedir que seu irmão vá buscá-la.*

Sharanya revirou os ombros e os olhos simultaneamente.

– Mãe, lá está cheio de jovens profissionais atualmente, eu só estava provocando.

– *Bom, essa visita vai ajudá-la, você vai ver. Mesmo que tenha apenas falado com ele.*

Sharanya se sentiu tentada a mencionar o súbito alívio em suas costas, mas não sabia como explicar isso. A mãe acabaria ficando preocupada e querendo saber o que havia de errado.

– Se *você* se sente melhor por eu ter ido, então acho que valeu a pena.

– Você não pode ignorar o que não entende, Sharanya. Mas deixe para lá. Me conte tudo. Ele é um doutor de verdade?

– Mãe, *eu sou* uma doutora de verdade. Não faço a *menor ideia* do que ele seja.

– Não, não quero saber se ele tem doutorado. A sobrinha do Sr. Jayaraman, Amiya, disse que ele é cirurgião. Ela soube disso pelo avô do marido. Você não perguntou? Homens gostam quando mostramos interesse em seus feitos, Sharanya. E um cirurgião seria um bom marido para você.

Sharanya atravessou a Macdougal e, decidindo que precisava de mais cafeína, empurrou a porta de uma pequena cafeteria na esquina.

– Mãe! Ele me foi apresentado como "Doutor". O que eu deveria fazer? Exigir que me mostrasse a licença médica dele? Achei que você quisesse que eu fosse lá para perguntar a respeito de assassinos, e não para ficar noiva. Você quer que eu volte lá?

– Não fale nesse tom comigo. Não é culpa minha se você ainda não se casou.

Sharanya grunhiu enquanto entrava na fila atrás de um rapaz de camiseta vermelha segurando uma bolsa de laptop. Normalmente, o agradável cheiro do café recém-moído e o brilho do chão de madeira polido elevavam seu humor, mas a mãe estava testando sua paciência.

– Não é *culpa* de ninguém, mãe.

– Ele é atraente?

– Pelo amor de...! Ele parecia mais uma versão de pele pálida e olhos azuis do Kunal Kapoor, está bem? Mas o que isso tem *a ver* com o resto?!

Sharanya se assustou quando um sujeito de terno cinza parou atrás dela e gritou para a barista por cima de suas cabeças.

– Um macchiato duplo para viagem!

– Ah, com o bigode e aqueles olhos expressivos? Adorei ele em Pinte de Açafrão!

O jovem na frente de Sharanya se virou para fazer contato visual, indicando sua surpresa com a falta de educação do outro homem. Sharanya deu de ombros para mostrar que também estava chocada e então tentou responder à mãe, enquanto o jovem se virara para falar com o fura-fila.

– Ei, tem uma fila aqui, colega...

– Eu contei que ele usa uma capa? Dentro de casa. Como um super--herói ou algo do tipo. E tem um assistente que parece um monge. Asiático, acho, e careca, mas com um sorriso muito simpático.

– Eu não fico em filas – o homem de terno resmungou. – Tenho compromissos.

O jovem se voltou novamente para Sharanya, assustado. Ele parecia não se decidir se ficava ultrajado ou se divertia.

– Ele realmente disse isso?

– Espere um segundo, mãe, tem algo acontecendo aqui.

– *O que é, Sharanya? Você está bem?*

Sharanya apertou o mudo no fone de ouvido e se dirigiu ao fura-fila com ar autoritário e voz de censura.

– Desculpe-me, senhor, mas você não pode furar a fila desse jeito. Nós estávamos esperando.

O homem se aproximou da barista e bateu com o punho no balcão diversas vezes enquanto ordenava:

– Macchiato! Duplo! Para viagem! *AGORA*.

A barista, de cabelos rosa e com dois piercings no nariz, parecia estar a dois segundos de explodir em lágrimas.

– Senhor, você *precisa* entrar na fila!

– Opa! Ei! – reclamou o homem de terno.

O jovem de camiseta vermelha subitamente se lançou sobre ele, agarrando-o pelas costas do paletó cinza. Sharanya congelou quando se deu conta de que o fura-fila tinha se esticado para agarrar com força o braço da barista e o sacudia violentamente.

Sharanya lembrou-se da noite horrível na prisão, quando ela destrancou a porta do laboratório do sono. Seu primeiro pensamento foi de que os homens haviam sido atacados por algum tipo de animal selvagem – sangue espalhado por todo o recinto, cobrindo os cobertores, os lençóis de algodão e quase todo o chão de linóleo. Dr. Conde havia sido estrangulado com um cabo de monitor. Uma enfermeira tinha sido atingida com o monitor de respiração; um dos sujeitos do estudo foi apunhalado diversas vezes com uma agulha hipodérmica. Os que restaram bateram uns nos outros até a morte com os próprios punhos. Sharanya não podia imaginar um pesadelo real que pudesse ser mais assustador do que aquilo.

– Sharanya? Sharanya, o que está acontecendo? Você ainda está aí?

O que *estava* acontecendo? Sharanya ergueu os olhos e piscou várias vezes. A realidade a havia abandonado. A pouco menos de dois metros dela, o jovem de camiseta vermelha lutava furiosamente com o homem de terno cinza. A barista havia pulado o balcão e gritava que queria demissão, que sempre tinha sido boa demais para aquele lugar. Com os nervos à flor da pele, Sharanya estava prestes a entrar em pânico, mas foi distraída pela barreira de assustadora beleza que começou a brilhar ao redor dela, protegendo-a do perigo.

3

– STEPHEN?

– Estou aqui, Wong.

Stephen fechou a porta do porão, selando-a com um rápido feitiço, enquanto Wong entrava na biblioteca.

– A sanguessuga psíquica malebranchiana? – Wong perguntou.

Stephen assentiu.

– Eu a prendi na sala de jogos. Ela vai conseguir se alimentar dos fantasmas residuais que estão lá sem causar mais nenhum dano. A Dra. Misra notou a extração?

– Ela pareceu um pouco mais confortável, mas nem um pouco mais sábia. Me deu seu cartão, para que eu possa encontrá-la.

Stephen sabia que Wong se divertia quando via alguém subestimando seus poderes de Mago Supremo, mas seu foco estava em outra coisa. Ele olhava para o vazio, pensando pela milionésima vez sobre o problema de preparar a humanidade para uma inclusão mais ativa no universo que ela realmente habita. O mundo era muito maior, e agressivamente mais ameaçador do que a maioria das pessoas sabia; geralmente Stephen se pegava desejando que houvesse maneiras melhores de compartilhar as maravilhosas e inspiradoras facetas da magia com a população em geral, enquanto pudesse continuar protegendo-a dos terrores que espreitam nas sombras. E assim ele continuava fazendo um esforço de passar a conta-gotas algum conhecimento paranormal para eles, esperando que lentamente a população tomasse consciência, numa proporção que fosse capaz de tolerar.

– Estive pensando no fato de os sujeitos do estudo terem me chamado em seus sonhos. É intrigante. Obviamente, qualquer coisa que toca a Dimensão dos Sonhos traz o Pesadelo à mente, mas, se ele estiver planejando algo, por que tentar chamar minha atenção?

Wong assentiu.

– Pensei o mesmo. É de se esperar o oposto... algum tipo de cortina de fumaça ou tentativa deliberada de distraí-lo. Suponho que tenha ido tudo bem na delegacia...

Stephen alisou o bigode.

– Sim. Embora eu me pergunte, para começar, por que alguém precisa estocar um Abthalavuun.

Wong franziu a testa.

– Um...?

Stephen fez um gesto de dispersão.

– Um Abthalavuun. Um bichinho de estimação dos ancestrais. Um devorador de almas, pequeno e cheio de tentáculos, com predileção especial por carne humana.

– Encantador.

– Em todo caso, eu estava indo procurar mais alguns portais interdimensionais, para ter certeza de que tudo está como deixei.

Wong lhe dirigiu um sorriso indulgente.

– Não. Você vai ao Bar sem Portas.

Stephen franziu o cenho.

– Não acabamos de fazer isso?

– Quatro meses atrás, sim. Temo que seja hora novamente.

Wong se referia a um encontro semestral de manejadores de magia, e, apesar de Stephen compreender a importância de fomentar a comunidade daqueles que possuem poderes arcanos, achava os encontros cansativos. Tentando se convencer de que poderia usar o encontro como oportunidade de compartilhar informações sobre o assunto atual, ele assentiu.

– Certo. Obrigado, Wong.

Ele seguiu até o vestíbulo, mas então se voltou novamente para o amigo.

– Poderia ficar de olho na Dra. Misra? Não posso fazer isso, e parece que ela atraiu a atenção de alguma coisa.

– Certamente, Doutor.

Voltando para a amável agitação de Greenwich Village, Stephen virou à esquerda na Bleecker e novamente na Sullivan. Ele não notou o sol que se punha nem o suave vento primaveril, distraído pela variedade de energias místicas e bactérias interdimensionais que se juntavam sobre as auras pulsantes das pessoas pelas quais ele passava. Entidades paranormais entravam e saíam de sua visão periférica, algumas tentando se esconder dele, enfiando-se por entre as sombras, mas deixando um rastro de impressões psíquicas, outras ficavam presas em loops temporais de emoções, insensíveis à sua atenção. A população de Nova York continuava a seguir ruidosamente, completamente desatenta aos fantasmas que a seguiam ou aos fardos espirituais fque era obrigada a arrastar. Mas Stephen sabia que algo estava fora de lugar. Em adição aos ânimos mais acirrados que o habitual ao redor dele – uma discussão sobre o valor de uma corrida de táxi numa das esquinas acabou virando uma briga de socos, e havia policiais perto de uma lanchonete prendendo um adolescente que gritava algo a respeito de precisar de sementes de papoula para fazer uma simpatia –, podia sentir o perigo esgueirando-se na realidade como a pressão de um barômetro que cai quando uma tempestade se aproxima.

Assim que atravessou um cruzamento, desviou de um ciclista e deu as costas para o toldo preto de uma pequena barraca de leitura de mãos e tarô, enfiada no espaço entre um restaurante e um bar, pensando que deveria se lembrar de parar ali algum dia. Depois de ter atravessado a rua em segurança, olhou ao redor, para se certificar de que ninguém o observava – não que isso fosse um problema em Nova York –, e então caminhou na direção de uma parede de tijolos de um prédio de apartamentos de quatro andares.

Aquela era uma das muitas entradas do Bar sem Portas, um pequeno *lounge* com assoalhos imundos escondido nas entranhas da cidade e acessível apenas aos usuários de magia. Calorosamente iluminado por lamparinas com tons de joias penduradas no teto, e luxuriosamente decorado com folhas tropicais e relíquias mágicas do mundo todo, o bar era tocado por Chondu, o Místico, um autoproclamado mestre das artes místicas da ioga, tão evoluído que não precisava nem de um corpo, preferindo aparecer como uma cabeça em uma jarra. Havia dias que Stephen achava que podia entender a atração que todos sentiam por aquele lugar.

Estava menos cheio do que ele esperava. Sentado num dos bancos do bar, estava um homem magro e careca que ele não reconheceu. Além dele, apenas a Feiticeira Escarlate, o Doutor Vodu e Satana estavam presentes.

– Alguma chance de vocês terem semente de papoula aqui? – ele perguntou enquanto se movia na direção da cabine coberta por folhas de sapé onde seus colegas se reuniam. Uma jarra gigante de vidro com um líquido fúcsia, decorada com flores de orquídea, folhas de hortelã e fatias de laranja, jazia sobre a mesa entre eles, com três canudos imensos irrompendo da borda. Ao vê-lo, Feiticeira Escarlate sorriu, Satana se endireitou no banco e Doutor Vodu baixou a cabeça, num rápido sinal de respeito.

– Estava na outra bolsa, sinto muito – Wanda, a Feiticeira Escarlate, se desculpou. Ela era uma bela morena de olhos azuis, vestida de vermelho dos pés à cabeça, especialista em uma forma antiga de feitiço sobrenatural que lhe permitia manipular os campos de probabilidade. Stephen era uma das poucas pessoas na Terra que entendia como isso funcionava. – E com certeza vamos ter que remarcar a reunião... Parece que todos andam meio loucos. Filho de Satã e Magia avisaram que não viriam, e eu não consegui falar com Topázio nem com Jennifer Kale. Você estará livre na primeira segunda-feira de abril?

Stephen sentou-se ao lado de Satana, que abriu espaço, deixando-o embaixo do cuidadoso olhar de uma carranca esculpida em madeira chamada kanalia. Satana, literalmente um súcubo vindo do Inferno, estava vestida quase toda de preto, em contraste com a pele pálida quase transparente. Seus cabelos negros tinham luzes vermelhas, e ela exibia aquele maldoso sorriso de escárnio que Stephen frequentemente via em seu rosto.

– Em abril acho que é possível – ele disse à Feiticeira Escarlate. – Com as ressalvas habituais.

Doutor Vodu suspirou.

– Se você ainda estiver vivo até lá, e com uma forma humanoide e/ou corporal razoável, e se este plano de existência em particular não tiver se tornado fora de seus limites e/ou na ausência de um apocalipse iminente. Sim, sim, nós sabemos.

Jericho tinha pele escura e cabelos negros curtos, com uma mecha branca no centro. Ele usava uma grande capa vermelha, igual em tamanho e cor à capa de Stephen, e era discípulo de Loa. Assim como Stephen, levara uma vida civil antes de imergir inteiramente na magia, embora como psicólogo em vez de cirurgião.

Stephen aceitou o canudo que Satana empurrou na direção dele e sugou sutilmente da jarra comum.

– Eu gosto de ser claro.

Satana riu.

– Você acha que o Mago Supremo pode comprometer uma noite da semana? Não dá para usar seu amuleto para ver o futuro ou algo assim? Quero dizer, algo do tipo "expectativa de uma invasão dos Demônios Piromanos de Muspelheim, vamos deixar para quarta-feira..."?

– É o Olho que Tudo Vê de Agamotto, Satana, e não uma agenda eletrônica.

Stephen ouviu o rangido do banco diante do balcão sendo arrastado atrás dele e percebeu um lampejo de movimento pelo canto do olho. A magia corrente no recinto subitamente desapareceu, como se puxada para longe por uma correnteza; Stephen sentiu o vácuo, como se estivesse com falta de ar. Ele lançou um feitiço de proteção simples na frente da mesa, bem a tempo de desviar um rompante de energia negra que vinha em sua direção, rugindo como um raio laser.

– Isso foi um feitiço paralisante? – Satana perguntou incredulamente, sentindo a magia atrás da barreira de Stephen.

O estranho que estava no balcão agora se encontrava parado diante da mesa deles, com um sorriso sarcástico no rosto; um conjunto de tatuagens de runas emitia um brilho azul por sua testa inteira. Era magro e rijo, tinha a cabeça completamente raspada e barba por fazer.

– *Você* é o Mago Supremo? – ele exigiu saber, olhando feio para Stephen. Strange fez sinal para que os colegas permanecessem sentados e olhou para o agressivo intruso, que aparentava estar mais confuso do que com raiva.

– Para este reino, sim, nos meus melhores dias. Também sou conhecido como Doutor Estranho. E quem é *você?*

– Ah, por favor, diga "sou seu pior pesadelo" – Feiticeira Escarlate pediu, com os olhos brilhantes.

– Eu esperava mais algo do tipo "sou seu sucessor" – Satana acrescentou, gracejando.

– Sou o cara que vai chutar sua bunda – respondeu o estranho.

Doutor Vodu suspirou e apontou para as mulheres.

– As respostas delas são melhores.

– Que pena eu estar aqui a negócios, e não ter tempo para... travarmos um duelo – Stephen respondeu no mesmo tom. – Sem mencionar que duelos de mágica, além de serem proibidos no bar, são em geral uma tremenda má ideia.

O jovem apenas rangeu os dentes e ergueu os punhos em posição de boxeador. E de repente uma energia começou a ser irradiada de suas mãos, brilhando o mesmo tipo de luz elétrica azul que saía das tatuagens. Ele desferiu dois rápidos e fortes golpes no ar diante dele. Em resposta, duas poderosas rajadas de energia mágica atingiram a barreira de Stephen. Com a expressão impassível, Stephen sentiu o tremor do bloqueio. O jovem podia ser um desconhecido, mas sua magia não era peso-pena.

– Tudo bem, vou chamá-lo de Canhoto Canhestro – disse Satana.

– Não, não. – Feiticeira Escarlate balançou a cabeça. – Ele lidera com a direita, então acho que pode ser o Ambidestro Ambiental de Shaggoth. Ou, que tal, Careca Caprichoso?

Doutor Vodu grunhiu.

– Eu só queria saber o que ele está bebendo. Arrumar briga com o Doutor Estranho? Isso é prova de coragem nível 1.900. O que, incidentalmente, também é conhecido como estupidez.

Stephen se colocou de pé, movendo-se instintivamente na frente de seus amigos, e franziu o cenho para o recém-chegado.

– Vamos fazer o seguinte: se você quiser dizer aos seus colegas que derrubou o Mago Supremo, não vou desmentir. Mas não é um jeito muito bom de deixar uma primeira impressão, só vou lhe dar mais uma chance de recuar.

Perseverante, o jovem empinou o peito, deu um passo à frente e abriu a boca como se fosse rosnar. Um vórtice negro e nebuloso cheio de uma luz azul fosforescente ganhou vida atrás de sua língua. Ele respirava enquanto a coisa crescia, tomando o ar em volta de suas mãos e sugando a barreira de proteção de Stephen – junto a metade da energia espiritual e iluminação ambiente do recinto. As tatuagens rúnicas em sua testa pulsavam de energia – assim como os olhos, que ganharam o mesmo tom cerúleo.

– Está certo, que merda é essa!? – Satana se colocou de pé, e todos os resquícios de humor sumiram de seu rosto. Doutor Vodu também se levantou, lentamente. Stephen fechou as mãos ao lado do corpo, e seu cenho foi se tornando mais grave, mas permaneceu com a voz composta quando falou novamente.

– Você está despreparado, e é perigoso. Nem mesmo *eu* seria arrogante o suficiente para abrir e tentar controlar uma singularidade no plano mortal. Se você insistir, alguém vai acabar se machucando.

– E vou lhe dar um spoiler, novato – Satana sibilou, apontando para Stephen. – Não vai ser ele.

O intruso engoliu a barreira de Stephen, e então sorriu ferozmente, com a energia azul estalando por entre os dentes.

– Vou derrubá-lo, velhote. Esse é o meu destino, e não há nada que você possa fazer para me impedir.

Batendo as mãos brilhantes e então as afastando novamente, o adversário de Stephen começou a formar uma bola de energia negativa que crepitava e se contorcia entre as palmas das mãos. E no exato momento em que impulsionou as mãos para a frente, na intenção de lançar a bola de energia para cima do Mago Supremo, Stephen saiu da posição em que estava e saltou na direção do atacante. Dando um passo até ele, segurou gentilmente o pulso do feiticeiro com uma das mãos e deslocou o cotovelo dele com a outra. O feitiço implodiu, absorvido de volta pela pele do feiticeiro, enquanto Stephen girava os quadris e atirava o atacante no chão, prendendo-o ali. Ele soltou o pulso do feiticeiro quando o jovem começou a convulsionar. O feitiço reemergia como algum tipo de rede mística eletrificada que rodeava e o prendia no que parecia ser uma dolorosa paralisia.

– Que feitiço foi aquele? – perguntou Doutor Vodu, olhando para o jovem quase como se sentisse alguma simpatia.

– Não foi feitiço – Stephen respondeu calmamente, ajeitando a capa. – Foi aikido.

– Há algo de errado com seus poderes? – Satana perguntou, olhando para o canudo que dividira com ele, como se temesse algo contagioso.

Stephen examinou o jovem iniciante na magia, caído ali no chão.

– De jeito nenhum. Só estou deixando um bom exemplo. – Inconscientemente, ele começou a girar e flexionar as mãos, e então se virou para olhar diretamente nos olhos vermelhos de Satana. – Soluções mundanas para problemas mundanos. Intervenções públicas são sempre preferíveis àquelas mágicas.

Doutor Vodu concordou, pensativo.

– E suponho que também seja uma boa maneira de não perder contato com sua humanidade.

Stephen notou que Satana franziu o rosto sutilmente. "Humanidade" era algo de que ela era tecnicamente desprovida. Ele a olhou nos olhos e permaneceu olhando, até que notou o início de um sorriso. Feiticeira Escarlate tomou outro gole da jarra de Scorpion.

– O que você acha que há com ele? Quero dizer, para ele ter feito toda essa pose. Até mesmo *eu* pensaria duas vezes antes de desafiar você, Stephen, e olha que eu sou integrante dos Vingadores.

Com a expressão confusa, Satana se virou para Feiticeira Escarlate.

– Achei que Strange também fosse um Vingador.

– Sim, mas eu me tornei Vingadora *primeiro*.

Doutor Vodu retomou seu assento, aparentemente satisfeito por ver que o intruso não se levantaria tão cedo.

– "Esse é o meu destino"? Como assim? Não é o tipo de frase que se ouve todos os dias. E ele não está sozinho, quero dizer, em seu desafio. Ultimamente, tenho visto muita coisa parecida.

Feiticeira Escarlate assentiu, enquanto Stephen voltava ao seu lugar, ao lado de Satana.

– É verdade. A última semana tem sido insana. Acidentes graves com mortes estão acontecendo direto, e a taxa de criminalidade é a mais alta de todos os tempos: desde assassinatos até gente que atravessa o cruzamento sem olhar ao redor. Se quer falar de desafios, o Metaloide tentou roubar a Reserva Federal ontem. O *Metaloide*.

Satana ergueu as sobrancelhas.

– Será que eu quero mesmo saber?

Feiticeira Escarlate balançou a cabeça.

– Você absolutamente não quer. – Ela suspirou, esfregando a testa com a mão enluvada. – Deus, eu queria ter dormido melhor noite passada. Tantos sonhos esquisitos. E no meio da madrugada recebemos um chamado de Luke Cage... ele e Punho de Ferro precisavam de apoio. E também não era para algo grande, apenas para controlar o volume de loucos. É como se todos os malucos do universo, depois de terem comido uma tigela de cereais no café da manhã, decidissem que podem ser tudo o que quiserem.

Jericho se inclinou no assento, dirigindo seu comentário para Stephen.

– Você sabia que alguém tomou um tiro em T'Challa ontem?

– O Pantera Negra?

– Sim. E também não foi um supervilão... apenas algum racista que mora no subúrbio. Ainda estamos falando de casualidades, mas definitivamente há uma sensação de dinâmica de grupo acontecendo aqui.

As mãos de Stephen começaram a tremer, então ele as enfiou embaixo da mesa e voltou sua atenção para a forma proeminente no chão diante da cabine. Abrindo seu terceiro olho, tentou ver quem era o jovem. Seu nome era Nicholas Volkov, tinha 22 anos e vivia com os pais no Upper East Side. Além das tatuagens rúnicas e de alguns itens mágicos em sua posse, seus poderes pareciam ser em maior parte baseados em mutação e muito recentes para ele, mesmo assim, havia algo... algo mais. Stephen não conseguia descobrir, mas aquilo mexia com seus sentidos, como um cheiro ilusório ou um momento de *déjà-vu*.

– Captando alguma coisa? – Doutor Vodu perguntou, seguindo a linha de seu olhar.

– Na verdade, não – Stephen admitiu. – Nada que explique nada, de todo modo. O nível de álcool no sangue dele é apenas 0.02; ele não parece estar sob controle da mente ou possuído. Ele é apenas... ambicioso. – Não era habitual, mas ele examinou as funções cerebrais do jovem, transformando um feitiço de adivinhação em algo parecido com uma ressonância magnética com um rápido e preciso gesto da mão esquerda. – Há uma quantidade surpreendente de atividade em seu córtex visual, considerando que ele esteja inconsciente...

– Isso significa apenas que ele está sonhando. – A atenção sombria de Jericho estava na bebida. – Estou lhe dizendo, há algo na água. Nem tudo provém da magia, sabe...

– Na verdade – Stephen disse calmamente, olhando para a mesa, onde um bilhão de pequenas vidas brilhavam, entrando e saindo da existência, enquanto células cresciam, e se dividiam, e se multiplicavam, e morriam. – Tudo provém.

Por um tempo, Jane ficou em dúvida se conseguiria chegar até a cidade. O serviço Metro-North estava interrompido até Scarborough, e o motorista do ônibus de viagem no qual ela havia embarcado decidiu que dirigiria até a Califórnia ao invés de Manhattan, porque ele "gostava de fazer as coisas do seu jeito". Jane teve que vagar pelos arredores de Glenwood por algum tempo, e então conseguiu cortar caminho por um pequeno bosque no Sprague Brook Park e atravessou o Bug Carousel no Zoológico do Bronx. Por um segundo, pensou estar em um táxi que passava apressadamente pelo Southern Boulevard, e no instante em que olhou para cima, descobriu que, de alguma forma, havia conseguido chegar até o Grand Central Terminal. No entanto, não conseguia se lembrar de como chegara até ali, e estava certa de que não tinha dinheiro suficiente para pegar um táxi.

O Edifício Baxter, com seus 35 andares, estava localizado na esquina da Rua 42 com a Madison Avenue, a menos de um quarteirão da Grand Central. A construção abrigava as Indústrias Parker e também a Fundação Baxter, e apesar de sua estrutura discreta, era conhecido por ter um complexo sistema de segurança. Jane observou o edifício de frente para um banco do outro lado da rua, imaginando como conseguiria entrar. Atrás dela, uma fila de pessoas agitadas que esperavam a vez para usar o caixa eletrônico subitamente correu para dentro do banco quando rumores de uma queda nos valores das ações chegaram ao centro da cidade. Alguém disparou uma arma de fogo na casa de câmbio do outro lado da rua. Jane se dirigiu ao Edifício Baxter, passando pelo caos que se seguiu. Gritos, buzinas e sirenes distantes, tudo era estranhamente reconfortante para ela, como se o mundo externo finalmente tivesse acertado o passo com o caos que havia em sua cabeça.

As portas de vidro do edifício deslizaram para os lados conforme Jane se aproximou, e ela percebeu que o lobby era aberto ao público. Uma mesa de recepção estava posicionada bem ao lado da entrada, e leitores de cartões eletrônicos protegiam o corredor onde ficavam os elevadores. Olhando para o guarda, Jane não conseguia decidir se deveria ficar com medo. Seria mais um daqueles dias alucinantes, e ele se tornaria alguém que ela viria a conhecer, ou uma gárgula, ou acabaria subitamente aos amassos com ele na sala de manutenção do prédio? Ou seria o tipo de dia em que ele a deteria e a faria se sentar em uma claustrofóbica saleta enquanto esperavam o pai dela vir buscá-la?

Ele ergueu o olhar enquanto ela se aproximava, mas seus olhos passaram direto por ela, verificando o lobby. Ela continuou movendo-se até os leitores de cartão, convencida de que conseguia sentir a respiração do edifício. Cada inspiração a enraizava com mais firmeza no mundo real; cada exalação se tornava um sonho.

Havia acabado de passar pelo guarda quando sua atenção foi atraída por uma enorme pintura na parede. Uma típica arte corporativa; um cubismo abstrato inócuo em tons de bege, marrom e verde-escuro formando quadrados de vários tamanhos que se sobrepunham. Enquanto Jane observava assustada, padrões de estrelas começaram a emergir. Ela andou lentamente até ele, transfixada. Depois de um rápido olhar por sobre o ombro para confirmar se alguém a estava observando, Jane entrou na pintura.

Alguns degraus eram grandes, e os quadrados, difíceis de escalar, mas Jane persistiu, movendo-se através da espessa tinta, determinada a subir. Quando parou para tomar fôlego, por um momento lhe pareceu que estava em um elevador, parada atrás de algumas outras pessoas que não notavam sua presença ali. Mas então ela saiu por um espelho no terceiro andar e vagou pelo labirinto de corredores, até que encontrou uma fileira de escritórios em uma área marcada como "Complexo de Biologia".

Parou para pegar a faca na mochila, tentando se lembrar do motivo de estar ali. Havia nomes nas placas ao longo das paredes, mas as letras se embaralhavam e giravam. A luz no corredor começou a morrer, e uma das placas começou a sangrar. Jane observou o sangue correndo pela parede, leu o nome e se lembrou.

A ciência tinha destruído as Passagens, então não precisava ter medo de fazer o sangue escorrer. Apenas um pequeno corte.

Só assim ele notaria.

4

STEPHEN PENSOU NA CONVERSA que havia tido no bar enquanto fazia a breve caminhada para casa, esfregando as mãos doloridas. Integrada à sua vida como era, a magia havia deixado de ser um elemento isolado dentro da moldura do universo – tudo dizia respeito à magia, do mesmo modo que tudo dizia respeito à vida ou aos ciclos da natureza. A magia simplesmente estava ali, uma parte indelével da estrutura das coisas, um componente da existência sem o qual a própria existência não existiria. E, uma vez vista, não pode mais ser escondida.

E existia ainda além do reino do pensamento humano, quase como a ciência quântica ou a vida alienígena; a maioria das pessoas raramente, ou nunca, pensava sobre ela, e os poucos que a estudavam e entendiam faziam isso correndo o risco de se desprenderem permanentemente da realidade mundana. Apesar de Stephen entender todas as maneiras pelas quais o individual é construído, há algo nele que o faz se sentir cada vez mais em risco de ser totalmente absorvido por alguma força maior, *a* força maior, um tipo de transcendência que poderia subordinar ou até obliterar definitivamente sua senciência e seu ego. Talvez aquele fosse outro estágio da iluminação para a qual o Ancião o guiou durante seu treinamento arcano inicial. Seu objetivo naquela época era chegar a um estado de perfeita união com o universo. Será que o Ancião imaginava que um dia Stephen se sentiria obrigado a resistir a essa união se quisesse continuar servindo como Mago Supremo? Eles haviam discutido o que significava defender a Terra conscientemente, mas Stephen nunca perguntou se seria possível fazer isso inconscientemente. Ele sabia que teria de se render à magia para poder usá-la como instrumento de manifestação de sua vontade, mas também não teria de resistir a ela para *ter* uma vontade a manifestar? Tais contradições definiam sua vida.

Como havia enviado Wong para seguir a Dra. Misra naquela tarde, o assistente não estava lá para recebê-lo quando chegou ao Sanctum Sanctorum. Não que o lugar estivesse calmo – o Sanctum nunca estava, não realmente. Equilibrado sobre as linhas de Ley, repleto de portais interdimensionais, assombrado, consagrado e tomado por relíquias ocultas, o lugar onde Stephen residia era na verdade uma entidade por si própria, um elo entre passagens mágicas, espirituais e paranormais.

Ele a protegera de invasões mágicas externas com um feitiço que retirou da própria energia da casa, e aprendeu a navegar pelo labirinto de corredores e portas voláteis com relativa calma, mas não era o tipo de lugar no qual podia realmente baixar a guarda. Mesmo assim, Stephen sentia certo carinho por aquele local. O Sanctum era o único lugar que ele podia considerar um lar.

Seguiu para o andar superior, para a câmara de meditação, e se preparou cuidadosamente para uma projeção astral. Como Mago Supremo, ele era capaz de atravessar fisicamente todos os reinos e dimensões, mas podia viajar mais rápido entre distâncias maiores em sua forma astral. Reservou um momento para se purificar em luz branca incandescente, criou um círculo de proteção e pediu a Vishanti que o guiasse. Finalmente, acendeu uma vela e se sentou de pernas cruzadas no centro de um enorme tapete. Respirando fundo e depois soltando todo o ar dos pulmões, ele fechou os olhos e entrou em um estado profundo de relaxamento, concentrando-se na frequência em que o universo estava vibrando. Abrindo seus olhos astrais, ele olhou para sua forma física sentada em meditação profunda diante da vela. Tudo parecia estar em ordem.

Viajando para fora do corpo, Stephen imediatamente viu mais do que seus amigos magos tinham discutido no bar. Havia uma inquietação que parecia estar crescendo, uma súbita impaciência com a banalidade e a insignificância do dia a dia que levava as pessoas a tentarem, de um modo espetacularmente mal-informado, manejar certas energias – desde incidentes pessoais até problemas no trabalho, crimes violentos até assassinatos em massa. Ele observou batedores de carteiras em ação, pessoas roubando coisas em bancas de jornal e três brigas de trânsito num raio de quatro quarteirões. Todas as estações de metrô estavam fechadas, como prevenção a algum tipo de ameaça. Parecia que a humanidade havia se colocado sob a influência de algum espírito malevolente, mas Stephen não conseguia detectar suas manifestações, ou mesmo os meios pelos quais ele conseguia manipular tantas almas mortais. A perturbação não parecia ser de natureza demoníaca, nem extraterrestre. E se isso fosse interdimensional, estaria vindo de uma dimensão que Stephen não conhecia, pois nenhum dos condutores que ele conhecia estava aberto.

A não ser...

... a não ser que tenha sido gerado internamente. Uma das primeiras lições que aprendera na escola de medicina: danos ao organismo nem sempre são criados por forças externas – algumas das piores desordens provêm de algum mau funcionamento dentro dos próprios sistemas corporais.

Flutuando em forma astral acima da fonte, no centro circular do Washington Square Park, Stephen pensou no que havia acontecido naquele dia: a história da Dra. Misra a respeito do assassinato em massa no laboratório de sono; os sujeitos acordando dos pesadelos, chamando seu nome; o hiperativo córtex visual do jovem que o havia atacado... tudo apontava para a Dimensão dos Sonhos. E por conta de a Dimensão dos Sonhos ser tão organicamente conectada à realidade senciente mortal, indivíduos influenciados por seus sonhos não registrariam o fato de estarem sendo possuídos, controlados ou de qualquer outra forma manipulados por um reino externo.

Na verdade, a Dimensão dos Sonhos é tão intrinsecamente ligada à humanidade que a maioria das pessoas supõe que a cria todas as noites partindo do zero. Mesmo aqueles que a imaginam um lugar físico geralmente, apesar de improvável, pensam nela como algo localizado dentro de seu próprio cérebro – um plano concomitante de existência. E isso não é completamente errado. Um ser adormecido não atravessa o espaço físico para chegar à Dimensão dos Sonhos. Porém, para chegar lá acordado... A Dimensão tem seu próprio hábitat, com suas próprias regras e perigos. E entre os seres que dominam o lugar está um dos mais antigos e perigosos adversários do Doutor Estranho: Pesadelo.

Com um nó de antecipação no estômago, Stephen caminhou na direção da passagem mística que levava até Hypnagogia, o estado entre o acordar e o sonhar. Para entrar realmente na dimensão, era mais seguro conjurá-la da maneira que qualquer sonhador faria: visualizando o ponto em que desejava entrar. Era uma dimensão com notória dificuldade de ser mapeada porque existia em um constante estado de fluxo e recriação, moldado pelas Passagens de proteção que separavam os reinos. Stephen tinha a convicção de que as Passagens também mantinham as dimensões juntas. Havia um soberano distinto que governava cada reino dos sonhos independentes, mas as Passagens existiam como territórios neutros, um lugar onde os sonhadores poderiam entrar com segurança na dimensão e viajar por entre os reinos. Sempre se perguntava a respeito da falta de um guardião senciente para elas; sem saber que as havia criado e sustentado por todos aqueles anos.

Para Stephen, as Passagens sempre pareceram gigantes tubos de vidro invisíveis, a não ser que a luz as atingisse da maneira certa; os muros eram sólidos para os sonhadores, mas permeáveis para os fragmentos de sonhos e habitantes dos reinos que deslizavam para dentro e para fora deles, para guiar os sonhadores inconscientes até seus sonhos individuais. Esses produtos oníricos tomam qualquer formato imaginável, de pessoas a objetos e até pequenos animais; às vezes são trechos de canções ou uma paisagem que se desfralda para receber o sonhador que a conhece.

Stephen assumiu uma posição de lótus flutuante sob o arco da passagem e visualizou o Reino dos Sonhos de Sinais. Devotado à resolução de problemas e tomadas de decisão, parecia um bom lugar para começar. Apesar de não ter estado ali havia um bom tempo, lembrou-se das entradas pelos dois lados da Passagem central, de céu azul e colinas verdejantes – o tipo de paisagem que Stephen teria desenhado quando era um garotinho na ensolarada e segura Nebraska. Ele não conseguiria se lembrar de como o grande reino parecia ou era dali, mas a Passagem que o levava até ele lhe parecia muito familiar e suficientemente simples para conjurar seu olho da mente.

É por isso que, no momento em que pisou na Passagem, imediatamente se virou para verificar o ponto de entrada. O céu azul-claro estava carregado de nuvens – colossais nuvens cinzentas espetadas em raios com formato de garfos que atacavam a Terra ao mesmo tempo em que os trovões retumbavam. As antes suaves colinas agora queimavam como um inferno, pontuadas por uma montanha gigante – Stephen entendeu imediatamente que era o Olimpo –, disparando através das montanhas e se erguendo por sobre o emaranhado de Passagens. As membranas que faziam as paredes da Passagem pareciam incomumente finas e elásticas, inflando-se e encolhendo-se indecisamente ao seu redor. Alguns sonhadores confusos vagavam pelo tubo, observando guias igualmente perdidos que pareciam não reconhecer. Stephen estremeceu involuntariamente e se enrolou na capa, sentindo soprar o vento gélido, que parecia querer empurrá-lo de volta para a passagem pela qual havia entrado.

Ele havia apenas tocado o Amuleto de Agamotto, com a intenção de abrir o Olho, quando um Somnivore caiu na frente dele com um ar ameaçador. Criaturas do Reino do Pesadelo, os Somnivores geralmente são formados pelas lágrimas de suas presas, e muitos deles são combinações de fobias, como o centauro aracnídeo lobisomem que agora encarava Stephen. Um hirsuto e musculoso torso humano estava encarapitado no topo de uma aranha gigante de oito pernas e coroado com a cabeça de um lobo de olhos verde-escuros brilhantes e baba escorrendo pelas presas. Embora a maioria dos sonhadores normais fosse imune a sofrer danos físicos na forma astral, as regras sempre eram diferentes para Stephen, que pagava por ter o poder de influenciar os reinos que visitava por conta da própria vulnerabilidade de suas leis físicas. Ele ergueu as mãos, com as palmas pulsando de energia arcana, preparando-se para a defesa.

A criatura saltou com um grunhido que Stephen sentiu na base da espinha. O mago conseguiu lançar um pulso de energia pura no torso da coisa, mas foi lançado para trás quando ela pousou atrás dele e rasgou em pedaços uma cena onírica diante de um sonhador aterrorizado. Com a testa franzida, Stephen observou cuidadosamente a interação da coisa com o sonhador, aliviado ao ver que, embora o Somnivore fizesse o máximo para causar pânico e intimidá-lo, não parecia ser capaz de qualquer dano corporal. Enquanto Stephen murmurava as primeiras palavras de um feitiço de amarração, a criatura se virou e olhou com a carranca por sobre o ombro, e então subitamente saltou. Stephen finalizou o encantamento, posicionando a mão esquerda em um Karana mudra apotropaico. Com esse gesto, canalizou energias místicas e disparou o feitiço na direção das pernas da criatura.

Carregado pelo próprio impulso, o Somnivore desabou para a frente, e seus pés se agrupavam sob ele, presos e apertados pela corda mágica, enquanto Stephen fechava a mão esquerda em punho. Em uma atitude desesperada, esticando as mãos humanas, a fera tentou agarrar o braço esquerdo de Stephen, arrancando sangue quando o pegou de raspão, e ainda tentou mordê-lo com as presas caninas, antes de cair estrondosamente de focinho no chão. Stephen disparou uma rajada gravitacional em seu crânio, apenas para ter certeza de que a coisa ficaria no chão, e momentaneamente se horrorizou quando os pelos e a pele da besta deslizaram para fora, revelando um enorme cérebro. Enquanto Stephen olhava fixamente para a cena horrenda, o cérebro da criatura se rompeu brutalmente, como se um cirurgião segurando um bisturi com mãos trêmulas tivesse aberto uma fenda ali.

Stephen ergueu a sobrancelha. Era estranho encontrar um Somnivore do Reino dos Pesadelos tão longe de seu domínio natural; mais estranho ainda era ver que a coisa era capaz de manipular sonhos no meio das Passagens. Normalmente, Stephen pensou consigo mesmo, uma pessoa tinha de estar dentro do Reino dos Pesadelos para atrair esse tipo de atenção.

O som do bater de asas de um bando de pássaros voando acima dele chamou sua atenção naquela direção. Estavam evidentemente fugindo de alguma outra ameaça. Voando tanto dentro quanto fora dos limites da Passagem, a revoada se separou de um modo que Stephen nunca havia visto antes. Ele se virou a tempo de ver as paredes da Passagem se distenderem, e dúzias de outros Somnivores de várias formas e tamanhos penetraram pela membrana que se afinava. Vinham em ondas, como predadores raivosos, perseguindo os mansos fragmentos de sonhos. Com muita facilidade, as criaturas capturavam e evisceravam os guias, deixando uma trilha de carnificina atrás de si. Dentro de segundos, os fragmentos ensanguentados levantavam-se novamente, zumbis de pesadelos, renascidos de suas formas anteriores. Emitiam um brilho verde-escuro, completamente corrompidos pelas forças do reino invasor.

Stephen respirou fundo e endireitou os ombros, aguardando-os virem em sua direção com sede de sangue, um pouco surpreso e um tanto aliviado por Pesadelo em pessoa não estar liderando o ataque. Cauteloso demais para empurrá-los à força através da já frágil membrana das Passagens, quanto mais mandá-los de volta a seu reino, Stephen rapidamente dispensou a ideia de um feitiço de banimento e repassou suas opções. Feitiços de invocação estavam fora de cogitação pela mesma razão:

não parecia sábio trazer entidades interdimensionais para as Passagens enquanto os domínios estavam caóticos daquela forma. Ataques de elementais poderiam exacerbar o estado frágil das membranas e, apesar de parecer eficaz em curto prazo, um feitiço de amarração grande o bastante para diminuir o volume das criaturas que vinham em sua direção poderia comprometer a mobilidade dos sonhadores e dos fragmentos de sonhos que tentavam passar em segurança pela zona. Ele precisava neutralizar a ameaça dos Somnivores enquanto os deixava mais ou menos onde estavam. Seria uma manobra mágica complicada – mas, felizmente, Stephen era muito bom no que fazia.

– Por Agamotto, ser onividente.
Por quem o perigo renasceu!
Com aspectos mais gentis e atraentes,
que essas criaturas se transformem!

Uma erupção de energia arcana surgiu dentro dele, e Stephen inteligentemente a conteve. Mentalmente, segurou cada fio dela, torcendo o feitiço na transmogrificação de que precisava, antes de soltá-lo na direção dos Somnivores atacantes. A magia caiu sobre eles em uma onda de luz cor de fogo, sem interferir na velocidade ou intenção deles. Várias centenas de Somnivores saltaram na direção do Mago Supremo, com as garras afiadas apontadas para sua grossa capa vermelha. Muitos deles chegaram até a atingi-la.

Mas no momento em que chegaram até ele, cada uma das criaturas foi transformada em um frágil e meigo gatinho.

5

SHARANYA TOSSIU e olhou para o incenso de sálvia, tentando calcular quanto tempo mais aquilo ainda queimaria. Depois do incidente na cafeteria, do qual ela escapara ilesa, a mãe lhe suplicou que comprasse incenso e incensário numa pequena loja na Christopher Street, no caminho para o Edifício Baxter, e o acendesse no escritório, para "limpar o espaço". Não valeria a pena tentar explicar a ela, pela milésima vez, que o local de trabalho dela estava fisicamente a salvo; os assassinatos tinham ocorrido no Ravencroft. Seria mais fácil ir adiante com aquele pequeno ritual – além disso, lhe daria o que conversar com a mãe, além da sensação desconcertante de ter sido protegida do perigo por um escudo brilhante de pura luz.

Sharanya sabia que a mãe atribuiria a experiência ao feitiço de proteção do Doutor Estranho, mas é claro que isso não fazia sentido. No caminho para o escritório, Sharanya havia decidido que aquilo provavelmente havia sido uma manifestação alucinatória de um estresse pós-traumático. O incidente na prisão certamente havia sido perturbador o bastante para engatilhar um EPT temporário, e talvez sua mente tivesse sentido a necessidade de criar a sensação de ser fisicamente protegida.

Em todo caso, o incenso realmente cheirava melhor do que todos os produtos de limpeza industrial que a Fundação Baxter usava. Sharanya acendeu a luminária de mesa para contra-atacar a escuridão da noite que chegava e voltou a atenção para suas anotações.

Ela repassou os relatórios de sonhos de cada sujeito que acordou chamando o nome do Doutor Estranho, tentando encontrar algo em comum entre eles, mas até aquele momento seus esforços haviam sido frustrados. Além de todos os pesadelos, que ela já havia estudado, eles não pareciam ter mais nada em comum. As polissonografias variavam dentro dos parâmetros esperados, e os temas dos sonhos cobriam um largo espectro, como sempre tinham coberto. Todos os temas mais comuns estavam ali, e nenhum era significativamente dominante: perseguições, quedas, agressão física, conflitos interpessoais, eventos perdidos, perda de dentes, paralisias, falhas e desamparo, ataques de animais, insetos e vermes, preocupações com a saúde, mortes, assassinatos, família, desastres naturais, o desaparecimento de entes queridos, guerra, monstros, Apocalipse... Sharanya já os havia separado segundo o Sistema de Análise Quantitativa do Conteúdo dos Sonhos de Hall e Van de Castle, e novamente dentro dos Tópicos de Pesadelos, de Schredl, e então estava destacando menções de experiências sensoriais específicas quando ouviu a porta do escritório se abrindo.

Ao erguer o olhar, Sharanya viu uma garota parada na entrada. Embora fosse um pouco tarde para visitas, Sharanya supôs que fosse alguma estudante procurando informações sobre possibilidades de estágio. Seus cabelos eram tingidos de preto e estavam bem bagunçados apesar do comprimento, na altura dos ombros, que o tornava bem simples de ser mantido penteado. Sua compleição era esguia, porém atlética, e o tamanho de seus olhos castanhos era amplificado pelos círculos escuros sob eles. Em adição ao ubíquo uniforme de estudante universitário, composto por jeans, tênis e uma camiseta com estampa, ela usava um blusão verde com colarinho de pele, alguns números maior que seu manequim; carregava a mochila habitualmente lotada em um dos ombros.

Sharanya exibia um sorriso de saudação quando viu o brilho de uma faca na mão esquerda da garota, então deu um pulo para trás da mesa e pegou o telefone.

– Estou ligando agora mesmo para a polícia! – ela avisou, com as mãos tremendo enquanto destravava a tela. Imperturbável, a garota correu na direção de Sharanya com os olhos fixos e arregalados e os lábios esticados, exibindo duas fileiras de dentes brancos e perfeitos.

Sharanya congelou de terror, e o telefone escorregou de sua mão antes que ela pudesse discar o segundo "1" de "911". Mais uma vez sua visão foi distorcida pelo adorável e estranho brilho, e ela teve a sensação de estar sendo protegida enquanto ainda observava o telefone cair. Pouco antes de o aparelho bater ruidosamente na mesa, outra forma se materializou entre ela e a garota.

Houve um borrão de movimento enquanto a pessoa que havia tão graciosamente se interposto entre Sharanya e sua atacante desarmava a garota com um movimento fluido, e então uma calma voz familiar emitiu um único comando:

– Durma.

A garota caiu para trás e a faca ficou girando no linóleo enquanto a outra figura a segurava a um centímetro do chão.

– Wong? – Sharanya berrou.

Wong inclinou a cabeça, cumprimentando-a, e então ergueu a garota inconsciente em seus braços. Sharanya pressionou a mão contra o peito e tentou diminuir a velocidade da respiração, mas se deu conta de que ainda estava lutando contra a histeria quando viu a faca que a garota havia empunhado flutuar do chão e entrar suavemente no cinto de Wong.

– Você está bem, Dra. Misra?

Sharanya engoliu em seco.

– Sim. Acho que sim... – Soltou o ar longamente e estremeceu. – Mas... quem é ela? E de onde você veio?

– O Doutor Estranho me pediu que ficasse de olho em você – Wong explicou, como se isso respondesse às perguntas.

Sharanya olhou ao redor, perturbada. Embora fosse possível alguém se esconder embaixo da mesa, ela estava sentada diante dela, e Wong havia vindo da direção dos arquivos, que estavam encostados na parede.

– Quanto à garota, eu não sei, mas gostaria que o doutor desse uma olhada nela. – Wong hesitou, com a cabeça pendendo levemente para o lado. – Sinto muito que ela tenha conseguido chegar tão perto de você. Infelizmente eu não a vi até que já estivesse na porta.

– Isso... isso é loucura... – Sharanya protestou, afundando em sua cadeira, ainda tremendo. Estava prestes a perguntar a Wong se ele queria que ela chamasse a segurança, mas ele se virou para a parede e aparentemente começou a conversar com o vazio.

– Doutor! Você está sangrando! Está tudo bem...? Ah... Desculpe interromper, mas a Dra. Misra acabou de ser atacada... Não, o feitiço segurou, e eu tenho a situação sob controle... Não que eu possa ver, temo... Entendi. Estaremos aí em breve.

Wong virou-se novamente para Sharanya com um sorriso reconfortante, como se tivesse acabado de fazer uma ligação telefônica em vez de ter conversado com a parede.

– O doutor gostaria que nós o encontrássemos no Sanctum. Ele abandonou a forma física lá e prefere recuperá-la antes de dar prosseguimento. Isso pode parecer estranho, mas, por favor, não entre em pânico.

Sharanya desenroscou a tampa da garrafa de água de alumínio e deu um longo gole antes de responder. Obviamente, não queria ir a lugar nenhum com aquele homem, isso seria loucura. Ela também não poderia deixá-lo levar a garota, pois ela estava evidentemente instável e precisando de avaliação médica. Sharanya tentava pensar na melhor maneira de explicar isso a Wong, quando foi distraída por uma súbita anomalia em seu campo de visão. Por um momento, foi como se Wong e a garota estivessem sumindo. Ou talvez todo o recinto estivesse desaparecendo...

Sharanya sentiu uma pontada nauseante no estômago e fechou os olhos. Quando os abriu novamente, o linóleo branco do chão do escritório havia sido substituído por um tapete persa.

Wong se teleportou para a sala de meditação com a Dra. Misra e a garota que dormia enfeitiçada no exato momento em que Stephen abriu os olhos e apagou uma vela aromatizada. Sharanya parecia estar a ponto de vomitar – uma reação comum à primeira experiência com teleportação –, mas conseguiu manter o conteúdo de seu estômago lá dentro.

Depois de arrumar uma pilha de almofadas de meditação e deitar a garota em cima, Wong entrou no círculo de proteção de Stephen e avaliou o ferimento com cuidado. Apesar de não haver nenhum dano físico nem na manga nem no braço do Doutor Estranho, Wong podia ver o rasgo psíquico que havia sofrido na Passagem da Dimensão dos Sonhos.

– Somnivore? – perguntou.

– Certamente – respondeu Stephen. – Estão correndo à solta pelas Passagens, uma horda deles. Acho que agora podemos identificar nosso culpado com segurança. – Stephen assentiu para Sharanya antes de olhar na direção da garota inconsciente. – Dra. Misra, seja bem-vinda. Você já viu essa jovem antes?

Sharanya olhou para a cabeça da jovem, aparentemente muito assustada para falar. Wong se deu conta de que deveria tê-la preparado melhor para a teleportação, e se perguntou se Stephen limparia a mente dela antes de mandá-la embora. Ele reparou nos olhos dela percorrendo a enorme sala, observando os artefatos e a arquitetura. Apesar de haver alguns itens muito grandes, como uma urna de bronze de incenso com três metros de altura e um Buda Shakyamuni sentado de seis metros, a sala de meditação era uma das menos cheias de coisas do Sanctum Sanctorum e, portanto, a que tinha aparência mais normal. Os espessos carpetes árabes, apesar de luxuosos, não eram nada que não se podia encontrar em qualquer casa, e as almofadas de meditação em tons coloridos podiam ser vistas em qualquer academia ou loja de artigos de meditação.

A característica que definia o recinto, no entanto, era a Janela dos Mundos: uma janela enorme e circular, cruzada por quatro linhas semicirculares formando o Selo de Vishanti. Uma característica assombrosa que nunca falhava em absorver a atenção dos visitantes, mesmo daqueles que não sabiam de seu poder de repelir atacantes místicos. Wong a considerava belíssima pela manhã, quando fachos de luz do sol a atravessam, mas sabia que Stephen gostava mais dela no escuro, quando emoldura milhões de estrelas cintilantes contra o azul-escuro do céu noturno. Todas as vezes que Stephen olha pela Janela, Wong fica imaginando o que ele vê. Apesar de tecnicamente ser um humano mortal, o Mago Supremo é mais poderoso do que muitos deuses, mais sábio que a maioria dos filósofos e, Wong tem certeza, mais dedicado que a maioria dos super-heróis com quem luta lado a lado.

Stephen levantou-se e se alongou antes de cruzar a sala e abaixar-se ao lado da garota inconsciente.

– As Névoas de Morpheus? – ele perguntou ao assistente.

Wong assentiu.

– Ela deveria estar no hospital... – Sharanya disse em tom brando, quase sumido, aparentemente encontrando sua voz enquanto observava Stephen. – Ela precisa de ajuda.

– Eu vou ajudá-la – Stephen garantiu, então se levantou, fez um gesto rápido e preciso com a mão direita e observou sem nenhum entusiasmo a garota levitando a meio metro do chão, seguindo o movimento de sua mão. Ele pausou o movimento, parando-a no centro da luz branca do círculo de proteção que havia criado sob a Janela dos Mundos.

Wong concentrou novamente sua atenção em Sharanya, observando a cientista lutar contra o ceticismo. Super-heróis, alienígenas invasores, seres interdimensionais atravessando o tecido do tempo e espaço, nada disso parecia fazer as pessoas se sentirem mais confortáveis com a magia. Até os que não acreditam entendiam que, em algum lugar nas profundezas de sua psique, essa magia é inata – enraizada na existência como conhecemos, brotando do solo da realidade – e tangível apenas se eles a alcançassem. Cientistas como a Dra. Misra geralmente pensam com descrença nas armadilhas do misticismo, e veem o universo com sua forma mais insondável cada dia mais. Mitose, simetria expandida, 50 bilhões de galáxias do universo conhecido, até mesmo aqueles que evitam defini-lo como mágico podem sentir seus poderes.

Stephen parecia querer fazer um pequeno espetáculo para ela, embora fosse difícil dizer se sua intenção era convencê-la da veracidade de seus poderes ou impressioná-la. Embora tenha sido sempre assim – Wong ainda se lembrava do jeito indiferente e contido de Stephen antes de conhecer a mulher que se tornaria sua esposa –, na última década o Mago Supremo tinha se tornado uma espécie de conquistador. Uma sequência de relações sem foco abriu gradualmente caminho para algo que, do ponto de vista de Wong, seria uma série crescente de relacionamentos de uma noite. Embora fossem tratadas com decoro e casual cordialidade, as parceiras de Stephen claramente se viam desarmadas. Por isso Wong não ficou surpreso de ver Stephen evocando o poder de Agamotto e abrindo seu terceiro olho com mais pompa do que o necessário, mas notou que o mago parecia quase impaciente – estava pulando os pequenos feitiços de adivinhação e indo direto para as leituras mais invasivas. Quando ele já se encontrava flutuando de pernas cruzadas ao lado da garota, com os dedos pressionados contra a testa dela, Wong se deu conta de que ele tinha intenção de soltar a própria consciência na mente dela para fazer uma entrevista direta, e decidiu que era melhor tirar Sharanya da sala de meditação. Era impossível causar mal a alguém com um feitiço de adivinhação padrão, mas entrar na mente de outra pessoa era potencialmente perigoso.

– Vamos deixá-lo trabalhar em paz – Wong sussurrou, fechando a porta atrás de si. – Gostaria que eu lhe servisse um chá?

Dra. Misra parecia desconfortável com a visão dos artefatos enfileirados no corredor escuro fora da sala de meditação, mas não se manifestou. Ela devia estar se sentindo completamente fora de seu ambiente. Wong sorriu, tentando reconfortá-la, enquanto ela o seguia pela escadaria estreita e circular.

– Pode me seguir, por favor? Segure-se no corrimão, mas tome cuidado, não toque em mais nada. E sugiro que mantenha os olhos voltados para a frente o tempo todo.

– Suponho que a casa seja assombrada... – Misra comentou pensativamente antes de colocar a mão no corrimão, como se tivesse acabado de tocar, ou ser tocada por, algo desagradável.

Wong continuou a descida, sabendo que o melhor seria levá-la para a cozinha o mais rápido possível. Levando em conta que, é claro, uma vez lá, conseguisse mantê-la longe do refrigerador, que era literalmente uma porta para o Inferno.

– Sim, é... – ele respondeu. – E também é frequentemente cheia de convidados incomuns, assim como ela própria tem vida.

Wong parou e aguardou no segundo andar até que Misra saísse com segurança da escadaria, que tinha a tendência de mudar de formato, numa espécie de homenagem improvisada a Escher.

– O Sanctum Sanctorum é o lar da mais extensa coleção de artefatos ocultos e fenômenos místicos desta dimensão... e provavelmente de qualquer dimensão. Tudo isso pode ser um pouco demoníaco para quem tem senso de humor em escala cósmica. É melhor ir sempre direto ao assunto. Eu pediria que você se contivesse em tocar, abrir, esfregar, ler, orar para, provar ou conversar com qualquer coisa que não tenha sido explicitamente aprovada pelo doutor ou mesmo por mim.

– Você mora aqui? – A voz da Dra. Misra saiu sussurrante e oca, como se tudo o que pretendesse dizer fosse cuidadosamente articulado em um esforço para não gritar. – Você e o Doutor Estranho? – De frente para o corredor do quarto, ela se assustou e subitamente se atirou contra a parede. – Algo acabou de... *olhar* para mim! Lá de trás!

– Não dê atenção, Dra. Misra. Vamos continuar por aqui... – Wong apontou para o próximo lance de escadas, satisfeito por notar que a escadaria realmente conduzia para baixo.

– Mas não era... hã... humano ou... algum tipo de animal que eu já tenha visto. Era... muito pequeno. E olhou diretamente para mim.

– Possivelmente um homúnculo. Eu não me preocuparia. Apenas fique perto de mim, por favor. – Wong começou a descer a segunda escada. – E, respondendo à sua pergunta, sim, eu resido aqui, assim como o Doutor Estranho. – Wong ergueu o olhar para encontrar Sharanya observando cuidadosamente os degraus de lã e seda persa enquanto o seguia, desesperadamente tentando se apegar a algo que parecesse normal.

– Você é assistente dele? – ela persistiu.

– Exatamente.

– Mas você também conhece... *magia*?

A pergunta foi recebida como uma declaração de que Sharanya estava tentando convencer a si mesma a acreditar nas coisas que dizia, a palavra "magia" foi dita com tanto esforço que Wong teve que cerrar os lábios com força para não rir.

– Nem de perto como Stephen. Ele me instruiu nas artes místicas, e eu o instruí nas artes marciais. Eu também cozinho, limpo, curo, agendo, guardo, sou mordomo e até dou uma de médico às vezes.

Sharanya finalmente ousou erguer o olhar novamente quando pisou no térreo, encontrando os olhos de Wong com um leve estremecimento.

– Minha mãe me perguntou se o Doutor Estranho é médico...

Dando a ela um momento para se orientar, Wong sorriu antes de gentilmente levar Sharanya para longe da escada.

– Não mais, mas ele era o chefe dos neurocirurgiões no Hospital de Nova York.

Os olhos de Sharanya se iluminaram, com interesse; Wong pôde ver que ela ficou satisfeita de descobrir algo que fazia sentido para ela.

– Sério? Quando foi isso?

Ele suspirou, preparando-se para ver a cara dela cair.

– Muitas décadas atrás. Por aqui, por favor...

6

STEPHEN SE LEMBROU de que fazia certo tempo que não vagava dentro da mente de alguém, mas, mesmo assim, aquela lhe parecia inimaginavelmente alienígena. Levou vários segundos para compreender que parte dela *era* literalmente alienígena, e mais tempo ainda para encontrar a garota em questão. Ela parecia perdida na paisagem dos próprios pensamentos, um território muito distante para que navegasse em segurança. Estava além de qualquer coisa que uma mente humana é capaz de construir.

– Então... – ele disse quando finalmente a encontrou sentada em uma colina arejada cheia de alliuns roxos, abraçando as pernas junto ao peito. – Você é uma Inumana.

Ela olhou feio para ele.

– *Você* é inumano.

– Não, Senhorita Jane Beatrix Bailey de Poughkeepsie. *Uma* Inumana. Mistura da névoa de terrigeno, casulo, súbitos novos poderes estranhos... Tudo isso lhe soa familiar?

Ela desviou o olhar com uma leve torção de boca.

– Isso já aconteceu com outras pessoas?

– Na verdade, já. Com centenas, creio eu. Posso imaginar que seja muito perturbador, mas lhe garanto que não é uma coisa ruim... e de maneira alguma isso foi causado por algo que você possa ter feito ou deixado de fazer.

Stephen seguiu o olhar dela para a paisagem estranha, notando um penhasco ao longe.

– O que é isso, então? – Jane perguntou, dando-lhe as costas, com os olhos castanhos arregalados de preocupação.

– O que é um Inumano?

Enquanto considerava como explicar a genética dela, Stephen se lembrou das consultas médicas que fez no passado. Impressionante como passou por muitas delas sem evidenciar o mais leve traço de empatia. Um pequeno sorriso surgiu em seus lábios enquanto silenciosamente agradecia a sorte e a obstinação desesperada que o levaram até o Ancião todos aqueles anos atrás. Era algo que se pegava fazendo com um agradável grau de regularidade.

– Entendo que você tem um pouco de DNA alienígena, de uma raça chamada kree. Mas você é essencialmente humana, uma humana evolucionariamente acelerada. Há uma comunidade com a qual você pode estabelecer contato, eu posso ajudá-la, se quiser, mas primeiro, Jane, vou lhe fazer uma pergunta óbvia. Por que você atacou a Dra. Misra?

– Quem?

– A cientista... Cabelos escuros, cerca de um metro e sessenta, trabalha na Fundação Baxter...

Jane franziu o cenho e olhou para os joelhos.

– Apenas um pequeno corte – ela disse. – Só para que você notasse. E me ajudasse. Vamos conseguir a Cura. Mas talvez eu tenha chegado cedo demais?

Stephen balançou a cabeça, sem entender a resposta ou a questão que a seguiu. O mago olhou novamente para o horizonte e descobriu que a paisagem havia mudado em torno deles. Estavam agora na beira do penhasco que ele havia notado antes. Era incomum alguém ser capaz de surpreendê-lo com uma mudança como aquela – ele podia ouvir cada pensamento de Jane, sentir cada mudança no ritmo de suas batidas cardíacas. Cada uma das mentes em que ele já entrara, cirúrgica ou magicamente, era única de alguma maneira, mas Jane era desorientadora, mesmo para ele.

– O que você quer que eu cure, Jane?

– O quê? – Jane piscou para ele e balançou a cabeça. – Não, você não. – Ela cobriu o rosto com as mãos e emitiu um leve grunhido. – Muitos doutores...

Stephen se levantou, a capa batendo ao vento atrás de si enquanto ele espiava por sobre a beirada do abismo. Um batalhão de homens em armaduras douradas e túnicas vermelhas aguardavam na formação de falange ao fundo do penhasco; eles pareciam estar esperando ordens, mas Stephen não conseguia determinar quem as daria.

– O que você quer que eu note? – ele perguntou, tentando novamente.

Jane mordeu o polegar, e suas feições enrijeceram-se por causa da confusão mental.

– Foi ciência que... explodiu... Não, isso não está certo. – Ela fechou os olhos bem apertados por um segundo, como se estivesse tentando se lembrar de algo, e então os abriu novamente e olhou para Stephen. – Ele disse que não a machucaria.

– Quem disse?

– O homem cego.

Parecia bem evidente que, falando com ela, não conseguiria nenhuma informação compreensível, então Stephen voltou sua atenção para fazer uma verificação mágica da saúde mental da garota. Não havia desequilíbrios químicos além dos normalmente encontrados na adolescência, nenhum defeito cerebral ou ferimentos. Estava prestes a começar a procurar marcas genéticas quando o céu acima deles escureceu tão dramaticamente que os dois levantaram os olhos.

– Vai chover de novo – Jane comentou com muita tristeza. Ela se levantou, aproximou-se e segurou o antebraço de Stephen. Ele olhou para as mãos que seguravam as mangas de sua túnica, assustado pelo quanto aquele pequeno gesto o fez se sentir protetor. – Talvez sangue.

O clima realmente havia se tornado assustador, e Jane ficou arrepiada com o vento feroz que atingiu as flores roxas que cobriam a colina, envergando seus caules, a ponto de quase deitarem na grama.

– Achei que estava com meu casaco – ela disse baixinho, mais para si mesma do que para Stephen. Relutantemente, retirou as mãos da manga dele e esfregou os braços nus. Relâmpagos rasgaram o céu, lançando longas e assustadoras sombras por sobre a colina, apesar de não haver nada ali em que pudessem se projetar.

Stephen assumiu uma expressão carrancuda, incomodado pela própria confusão. Erguendo os braços acima da cabeça, desenhou o formato de um arco parabólico com os primeiros dois dedos de cada mão, e conjurou uma cabana com um quarto. Instantaneamente, estavam dentro de um pequeno espaço escuro, parados perto de uma lareira acesa, aconchegante e calorosa, mesmo com a chuva fustigando a estrutura exterior. Havia uma mesa entalhada à mão atrás deles, com cadeiras de palha, um pequeno armário perto de uma das paredes e uma pequena e simples cama em um dos cantos. Parecia algo saído de um conto de fadas; Stephen havia apenas criado a estrutura, ele sabia que a garota era inconscientemente responsável pela decoração interna. Ele massageou mecanicamente a mão esquerda enquanto se virava para ela.

– Jane, você está ciente de que tem vagado para dentro e para fora dos sonhos?

A garota ergueu o olhar com óbvia preocupação, pressionando os lábios com força. Seus olhos escuros se enevoaram. Os trovões explodiam diretamente sobre eles, estremecendo a cabana, como se alguém tivesse feito isso com as próprias mãos. A sensação assustadora lembrou Stephen de que precisava terminar a avaliação de insanidade. Enviando seus sentidos para o lado de fora, ele encontrou e seguiu os rastros da consciência da garota. Apesar de desgastada, ainda criava uma linha interrupta através da paisagem de sua mente. Isso, pelo menos, era uma boa notícia.

Prestes a dizer a ela que estava tudo sob controle, sentiu uma gota de água pingar em sua nuca. Voltando sua atenção para cima, ele viu que o teto estava repleto de Somnivores de dentes afiados em forma de pequenos babuínos. Eles rosnavam ansiosos para a cabana, tentando arrancar as tábuas do teto. Ele olhou para Jane, tentando entender se estavam sob o controle dela, mas a garota parecia paralisada de medo, e não se moveu nem mesmo quando o teto se abriu. Stephen lançou um campo de energia sobre eles, e girou quando presas surgiram na parede de trás. Criaturas selvagens do tamanho de búfalos invadiam agora a cabana de todos os lados. Enquanto abriam buracos nas paredes com os dentes, Stephen viu dúzias delas agindo juntas do lado de fora, na chuva, com os olhos assustadoramente brilhantes enquanto tentavam demolir a estrutura.

Stephen apertou o ombro de Jane, para lhe dar segurança, e sentiu que ela tremia.

– Tente ficar calma – ele a instruiu, erguendo a voz para que a garota pudesse ouvi-lo, apesar do ruído das criaturas devoradoras de madeira, o grunhido das feras maiores e da chuva.

Enquanto ele começava a criar mentalmente um feitiço de banimento, duas das paredes da cabana desmoronaram juntas, e Jane gritou quando os monstros parecidos com toupeiras, com longos bigodes e garras afiadas, começaram a surgir do assoalho. As criaturas em forma de búfalo começaram um avanço lento e ameaçador. Stephen iniciava seu encantamento, então as direcionou para fora da mente de Jane e para dentro da Dimensão dos Sonhos, no entanto, limpar a mente da garota ainda estava longe de deixá-la mais centrada.

– Vós, habitantes de Pesadelo,
Que esta mente invadem,
Deixem os Ventos Impetuosos de Watoomb
De volta para o seu reino os soprarem!

Uma borrasca de vento iridescente soprou por sobre a colina, atravessando a cabana e a chuva, e os Somnivores voaram dali como areia. As roupas de cama saíram voando, misturando-se com as cinzas da lareira, e então ficaram apenas Jane e Stephen na chuva sobre as colinas, parados em meio aos escombros da cabana destruída, onde só restava uma parede em pé.

Soltando o ar na relativa calma, Stephen se virou para encarar Jane.

– Isso tudo está na sua cabeça, Jane. Eu não vou dizer que pensamentos não machucam, mas você não está correndo perigo real aqui.

Ela estremeceu, cruzando os braços com força. Stephen se lembrou do grande casaco verde com capuz que ela estava usando no Sanctum e o invocou de memória.

– Eu estou sempre em perigo – ela disse enquanto ele a ajudava a vesti-lo. – E estou sempre sonhando.

Stephen não teve dúvida de que ela acreditava no que ele estava dizendo.

– Vamos resolver isso – ele garantiu.

Ela olhou para ele com alívio, mas então seu olhar vagou por sobre o ombro, e seus olhos se arregalaram de horror. Virando-se, Stephen seguiu na direção do olhar dela. Todos os Somnivores que ele havia banido se reuniram mais acima na colina, e agora corriam na direção deles em ruidosa debandada.

Aquilo deveria ser impossível. Ele os havia banido de volta para a Dimensão dos Sonhos. Mesmo que o subconsciente da garota estivesse preso a eles, não deveriam ser capazes de retornar tão rapidamente.

Stephen se perguntava se deveria ter feito um feitiço de banimento diferente – o Cone do Conjurador, talvez – quando Jane decidiu fugir. Ela saiu correndo das ruínas da cabana para a ruína ensopada de chuva. Stephen a deixou ir, sabendo que, mesmo sendo possível desaparecer na mente de alguém, não era possível se esconder de alguém que está dentro de você. Ele simplesmente seguiria seus rastros de consciência de volta até ela quando estivesse pronto, e nesse meio-tempo usaria sua ausência como desculpa para executar uma magia maior e mais violenta, sem medo de danificar sua psique.

Mas enquanto sua forma corria e desaparecia pela subida de uma colina vizinha, e os Somnivores se lançavam para cima dele, Stephen se deu conta de que a consciência da garota havia desaparecido, tinha sumido completamente de dentro de sua cabeça, o que não deveria ser possível, sob nenhuma circunstância, a não ser coma ou morte.

Incapaz de encontrar o som das batidas do coração de Jane, ou ao menos um brilho da força vital dela que indicasse a sua presença, Stephen se soltou da mente dela e voltou para sua forma corporal com um estalo impaciente, deixando que os Somnivores da cabeça dela lutassem entre eles. Ele estava determinado a verificar as forças vitais dela assim que chegasse ao Sanctum, mas, quando abriu os olhos, descobriu que os dedos que tinha pressionado contra a testa da garota agora pairavam no ar.

Ele flutuava sozinho em seu círculo de proteção. O corpo de Jane havia desaparecido. A boa notícia é que não havia mais dúvida sobre quem culpar pela situação em que ela se encontrava.

Sharanya segurava com as duas mãos a xícara de chá de porcelana Bizen, sentindo o calor que se infiltrava pela cerâmica marrom-avermelhada. Na noite seguinte ao episódio dos assassinatos, ela havia tentado se confortar com o pensamento de que nunca mais enfrentaria algo tão assustador. Pelo menos aqueles eventos não a fizeram questionar a própria sanidade. Não houve homens flutuando no ar, escudos mágicos de proteção, nenhum artista das artes marciais ou teleporte espontâneo. Sentada na esquisita cozinha do Doutor Estranho, na Bleecker Street, bebericando o oolong que Wong havia lhe servido enquanto preparava uma bandeja para levar para cima, Sharanya foi lentamente se sentindo calma novamente. Até ver a aparição do Doutor Estranho abrindo e fechando armários ao redor dela com um olhar distraído. A figura se parecia exatamente com ele, e se movia de modo completamente natural, porém não tinha cor e era transparente. Ela instintivamente se encolheu, mas Wong olhou para ele com a tranquilidade habitual.

– Procurando alguma coisa, Doutor?

A aparição falou com uma voz que, apesar de soar fraca, era como se viesse de algum lugar muito longe. Sem dúvida pertencia a Stephen Strange.

– Jane. Você a viu?

– A garota? Não. – Wong parou o que estava fazendo e então cuidadosamente se inclinou contra o fogão. – Você não colocou as Faixas Vermelhas de Cyttorak nela?

A aparição do Doutor Estranho suspirou com irritação, então se posicionou diante do refrigerador e rapidamente abriu a porta. Depois a fechou com uma batida ainda mais rápida.

– Não me ocorreu que ela poderia fisicamente fugir dos confins de sua própria mente.

– Você verificou todo o sótão? – Wong perguntou, bebendo seu chá.

– Vou procurar lá agora – disse a aparição enquanto olhava embaixo da pequena mesa à qual Sharanya se sentava. Sharanya se levantou preocupada, sem vontade de descobrir como seria ser tocada por tal coisa.

– Nós já voltamos – Wong prometeu. Ele ergueu a bandeja que estava preparando e sorriu para Sharanya. – Vamos?

– Ele perdeu a garota? – Sharanya perguntou enquanto mexia nervosamente no bracelete. – Aqui? Na casa?

Embora parecesse óbvio que tanto o Doutor Estranho quanto Wong se esforçavam para que os visitantes se sentissem a salvo, Sharanya não conseguia pensar em um lugar onde ela sentiria mais medo de se perder.

– Não necessariamente. – Wong foi se aproximando de costas da porta vaivém da cozinha, com a bandeja nas mãos, e Sharanya se apressou em segui-lo de volta pelas escadas até a sala de meditação. – Talvez ela esteja em outra dimensão.

Sharanya não tinha certeza se isso era melhor. Sequer tinha certeza de saber o que isso significava. Ela apressou mais os passos quando atravessou o segundo andar, sentindo um calafrio ao se lembrar da estranha criatura que havia vislumbrado ali, e tentou não tocar os corrimãos.

Wong se movia mais rapidamente ao subir do que ao descer. Se ele estava ou não preocupado, esse seria o único sinal externo – e ele estava em sintonia com as escadas, descendo os degraus de dois em dois. Sharanya engoliu em seco e alternou entre olhar para os degraus e manter os olhos fixos nas costas de Wong, observando os músculos que se expandiam e contraíam com sua respiração, que ela tentava acompanhar.

No entanto, ambos pararam de respirar ao mesmo tempo quando Wong largou a bandeja ao passar pela porta da sala de meditação. Ela ficou tensa, esperando que o bule se espatifasse no chão, espirrando chá quente pelo assoalho todo. E sem nem mesmo olhar para eles, Strange fez um rápido gesto naquela direção, e os objetos pararam no meio do ar.

O mago... *feiticeiro*... Sharanya não sabia ao certo do *que* chamá-lo... estava levitando novamente, a capa flutuando dramaticamente ao seu redor enquanto ele se concentrava em uma enorme fenda no ar. Crepitando de energia, a fenda era orbitada por um arco oval de hieróglifos vermelhos reluzentes. Sharanya teve a impressão de que o Doutor Estranho abriu uma fenda no espaço-tempo contínuo.

Wong perdeu o fôlego ao ver o que seu patrão fazia.

– Doutor! O que está fazendo?!

– Cansei desses joguinhos, Wong. Estou evocando Pesadelo.

Sharanya sentiu os batimentos cardíacos dobrarem de velocidade quando percebeu a preocupação na voz do mordomo.

– Evocá-lo *aqui*? Stephen, isso seria prudente?

Um terceiro olho subitamente se abriu no centro da testa do Doutor Estranho enquanto ele olhava para o vazio que havia criado e começou o que Sharanya teve certeza de se tratar de um encantamento, com seu tom hipnoticamente autoritário.

– Que os Vapores de Voltor dividam,
Em nome Daquele ser onividente,
E revelem meu inimigo ancestral,
Cujo reino divaga em sonhos completamente!

Encontrando aparentemente tudo o que procurava, o mago lançou o braço direto na fenda enquanto respondia à pergunta do assistente com os dentes cerrados.

– Jane, ao que parece, é um condutor para a Dimensão dos Sonhos. *Foi assim* que ela desapareceu. Seu subconsciente está diretamente ligado à Dimensão; ela literalmente fugiu deste reino para aquele sem nunca abandonar a própria mente. Com certeza Pesadelo acha que pode usar a mente dela para liderar um exército invasor na direção da nossa dimensão. Só que eu vou dar um fim nisso agora.

Sharanya franziu o cenho. Sonhos e pesadelos eram algo que ela entendia bem, mas se sentia completamente incapaz de acompanhar o que Doutor Estranho estava dizendo.

– Desculpe, mas... *onde* está a garota agora? – ela perguntou.

Mas Wong fez outra pergunta ao mesmo tempo.

– Mas como você sabe que não é isso mesmo que ele quer?

Strange não ouviu nenhum dos dois. Com o braço ainda enfiado na fenda, ele olhou para a larga janela circular que dominava o quarto e entoou outro encantamento. Se Sharanya já não estivesse morrendo de medo, o fato de Wong abrir os braços e se colocar protetoramente na frente dela a deixaria.

– Que os Vapores de Voltor dividam,
e acelerem meu decreto imperioso.
Pesadelo de Everinnye,
eu o evoco até mim, ser pavoroso!

Com um grunhido selvagem, Strange puxou uma entidade através da laceração que havia criado no ar e a lançou sobre o tapete no centro do círculo de proteção.

A criatura era humanoide, apesar dos quase três metros de altura, cabelos escuros arrepiados e um perturbador tom verde de pele. Tinha orelhas pontudas e longos dedos, parecidos com os de um duende, e um brilho demoníaco nos grandes e avermelhados olhos.

Sharanya recuou aterrorizada, mas então parou, e o choque inicial foi se desfazendo. Olhando com mais atenção, a entidade parecia franzina e fraca, como se estivesse faminta de comida e luz.

– Stephen – a criatura grunhiu, sem se dar ao trabalho de se levantar. – Graças à Shuma-Gorath você finalmente recebeu minha mensagem.

Livro

2

Prólogo

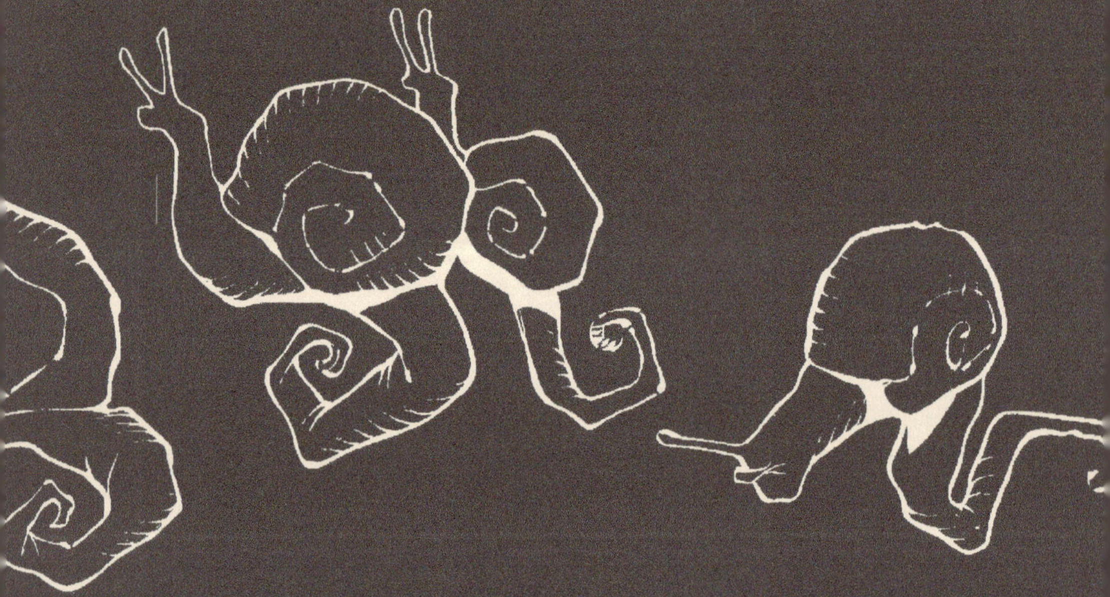

JANE CORRIA ÀS CEGAS COLINA ABAIXO, NA CHUVA. Sentindo algo se movendo com agilidade acima dela, ela olhou para cima e viu uma águia dourada voando em meio à tempestade, a envergadura de sua asa lançando uma sombra negra na grama molhada. Ela corria rapidamente para acompanhá-la, atravessando um pequeno vale e subindo uma pequena colina, soltando pequenas nuvens de vapor ao respirar o ar seco e frio. Quando ela parou, sem fôlego, no topo da colina, a chuva foi diminuindo e finalmente parou, e faixas de luz solar iluminavam as ruínas de pedra de um altar. O ar tinha cheiro de ozônio e terra molhada. Jane respirou fundo e foi se acalmando.

Estreitando os olhos para o céu claro, viu uma segunda águia planando na direção da outra, que vinha da direção oposta. Elas se encontraram no centro do sol, diretamente sobre as ruínas de um templo circular de pedra. Apenas três colunas dóricas permaneciam intactas, segurando juntas o fragmento de uma cornija de três camadas a alguns metros de uma parede desabada. Embora nunca o tivesse visto antes, Jane subitamente entendeu que estava diante do Oráculo de Delfos. Ela pisou cautelosamente no centro do Tholos, onde as águias se encontraram acima. Ao procurar por elas no céu, porém, protegendo os olhos do brilho ofuscante do sol, não encontrou nenhuma pista dos pássaros.

– Ele é chamado de ónfalo – disse uma fraca voz masculina atrás dela.

Jane se virou e encontrou o olhar de um velho cego e barbado sentado em uma das baixas pedras quadradas que um dia tinha feito parte da parede do templo. Ele se apoiava em um longo cajado nodoso. Ela tinha quase certeza de que o conhecia.

– O umbigo do mundo... – continuou o ancião.

– Nós já nos encontramos antes, não é? – Jane perguntou, colocando uma mecha do cabelo negro atrás da orelha.

O velho sorriu.

– Sim, Jane. Sou Predivino, lembra? – Ele fez um gesto amplo, indicando tudo ao redor. – E este é meu domínio: o Reino dos Sonhos Proféticos.

Jane olhou ao redor desconfiada.

– Achei que fosse a Grécia...

– Então, é – Predivino concordou com um gesto ausente de cabeça. – Pelo menos por enquanto. – Ele estreitava os olhos para o céu, como Jane havia feito, dirigindo-se ao sol mais do que a ela.

Jane se abaixou diante dele, e abraçou os joelhos.

– Por que estamos aqui?

Predivino esfregou a testa.

– É muito difícil entender a resposta para uma pergunta que começa com "por que", minha cara. Quase não há esperança nenhuma para um "por que".

Jane suspirou e o fitou com um olhar exasperado.

– Tudo bem. *O que* eu estou fazendo aqui?

Predivino apoiou-se no cajado para se colocar em pé.

– Tornando-se algo – ele respondeu com um sorriso suave. – Há um curador, uma ponte... e um remédio. – Ele piscou para ela e então abriu bem os braços. Como em resposta, o chão diante deles se dividiu com um estalo ensurdecedor e despencou, sem deixar nada no lugar. A Terra havia se dividido em duas e caído pela metade no esquecimento.

Jane ficou boquiaberta e se escondeu sob a cornija de Tholos, assustada com a velocidade com que metade de tudo havia desaparecido – metade do planeta, metade das pessoas, metade dos mares e metade do céu. Era como se pudesse dar um único passo para a frente e saltar da beira de um mundo plano para a galáxia com suas nuvens espalhadas pelo infinito espaço. Ela olhou por sobre o ombro para Predivino, mas não viu ninguém; reunindo coragem, arrastou-se até o lado da meia esfera que antes tinha sido a Terra para espiar lá embaixo.

Embora a visão fosse estonteante, o coração de Jane se encheu de esperança. Abaixo dela, girando lentamente no espaço, estava a Terra. Ela estava em outro lugar, e talvez seu perigo não sinalizasse o fim de tudo. Talvez a realidade marchasse sem ela.

Olhando mais de perto, viu bilhões de pequenas luzes iridescentes piscando por toda a superfície do planeta, conectadas umas às outras por cordões prateados finos como teias de aranha. Lágrimas saltaram de seus olhos quando ela se deu conta do que significavam: cada luz era uma vida humana, todas conectadas, girando juntas, pensando, respirando, evoluindo, sonhando...

Ela passou as costas da mão pelo rosto e conteve a respiração. Talvez não houvesse problema em morrer, ou enlouquecer, ou seja lá que diabos estava acontecendo com ela, contanto que tudo lá embaixo continuasse.

Logo que teve tal pensamento, algumas das luzes começaram a crepitar, seu dourado suave brilhando sem vida e desaparecendo enquanto as linhas entre elas piscavam e sumiam como serpentinas.

7

STEPHEN TEVE DE ADMITIR que seu velho inimigo estava com aparência terrível.

Embora fosse inimaginavelmente poderoso em sua própria dimensão, Pesadelo era muito menos nos reinos da realidade desperta. Em parte foi por isso que Stephen preferiu evocá-lo longe de seu reino nativo, por mais perigoso que fosse tê-lo caminhando sobre a Terra. A entidade demoníaca extradimensional não podia ser subestimada em lugar nenhum. Ele era sagaz, forte, cruel e ambicioso em todos os lugares e momentos, consistentemente retendo a habilidade de sobrepujar qualquer um que tivesse medo de alguma coisa. Stephen havia descoberto do modo mais difícil que era quase impossível existir completamente sem medo, algo que Pesadelo reconhecia por instinto. Ele era a incorporação viva do terror, e podia usar qualquer coisa como arma – desde os pensamentos de alguém até o próprio ar que os cercava.

Diminuições regionais de seus poderes, em todo caso, não explicavam sua aparência esfarrapada. Depois de colocar Sharanya a uma distância segura, Wong havia empurrado uma cadeira até o centro do círculo de proteção – que agora funcionava como círculo de restrição –, e Pesadelo se arrastou com dificuldade até ela.

– Sua mensagem? – Stephen olhava o demônio enquanto o questionava. Pesadelo parecia estar faminto, mas como isso poderia ser possível para uma criatura que se alimentava de medo, algo que nunca ficava fora de estoque, ainda mais durante o tipo de caos que Stephen havia testemunhado na semana anterior? – Foi você quem fez os sonhadores chamarem meu nome?

Pesadelo esticou um dos cantos dos lábios num perigoso rosnado, mas mesmo assim permaneceu impassível.

– Eu teria lhe mandado uma mensagem pelo celular, mas é terrivelmente difícil conseguir um bom plano de telefonia móvel na Dimensão dos Sonhos. Então, consegui que aqueles cavalheiros passassem minha mensagem?

Stephen falou por entre os dentes cerrados:

– Sim, segundos antes de eles se matarem entre si.

Pesadelo arregalou os olhos de interesse – ou prazer.

– Ops. Foi mal. Suponho que eles devam ter pegado alguma... agressão residual contra você de minha parte. – Ele voltou os olhos brilhantes na direção do Mago Supremo e deu um sorriso forçado.

Stephen olhou para Sharanya. Ela parecia hiperventilar discretamente, sem dúvida tentando conciliar o que a criatura tinha acabado de dizer e a própria compreensão a respeito do que havia acontecido no laboratório. Wong colocou a mão sobre seu ombro, tentando confortá-la.

– Por que você está tentando entrar em contato comigo? – Stephen perguntou a Pesadelo, voltando a atenção para ele.

O sorriso de Pesadelo desapareceu, e ele respondeu com óbvia impaciência, em um tom de voz que Stephen sempre considerou perturbadoramente urbano:

– Porque a Dimensão dos Sonhos está uma zona de guerra, Stephen. E eu sou uma das casualidades.

O demônio soou genuinamente irritado. Pelo canto do olho, Stephen viu Sharanya se agitar. Apesar de claramente aterrorizada pela presença de Pesadelo, ela parecia estar desenvolvendo uma pergunta para ele. Stephen lançou um olhar de aviso para Wong, que apertou a mão em volta do ombro de Sharanya. Stephen planejava usar os conhecimentos dela mais tarde, mas no momento não queria que ela chamasse atenção para si na presença de Pesadelo.

– Uma zona de guerra? Quem está lutando?

Pesadelo balançou a cabeça, seu tom era desdenhoso.

– Você não tem dormido muito, não é, Stephen?

Aquilo era verdade, mas não incomum. Stephen nunca dormia muito – um pouco porque estava sempre muito ocupado, e um pouco porque normalmente tinha pesadelos tão horripilantes que tinha o cuidado de não ter mais do que um ciclo de sono por noite para não danificar sua sanidade. Muitos deles eram obra pessoal de Pesadelo: Stephen já havia enfrentado o demônio dos sonhos antes, salvando o mundo desperto inúmeras vezes de suas tentativas de invasão. Como acabou conhecendo Stephen muito bem ao longo dos anos, Pesadelo havia construído uma série de terrores noturnos vívidos para cada um dos medos e dúvidas que o mago não escondia. Durante anos Stephen resistira a essas tentativas noturnas de enfraquecê-lo, e o Soberano dos Pesadelos ainda não havia encontrado uma rachadura significante na armadura de Stephen. A crença de Strange no trabalho que fazia – nas entidades que servia e no universo que defendia – era absoluta. Com o passar do tempo, Pesadelo parece ter se aborrecido com tal exercício, ou talvez tenha se dado conta de que o próprio trabalho de Stephen já lhe trazia suficiente agonia mental. Deixou que Stephen atormentasse a si mesmo; em compensação, Stephen aceitou os pesadelos – fossem os de criação de Pesadelo ou os seus próprios – como um dos muitos fardos de se usar o manto de Mago Supremo.

Pesadelo olhou feio.

– As Passagens estão desmoronando. Ninguém sabe o que deu início a isso, mas parece que um dos meus companheiros Soberanos dos Sonhos está tirando vantagem da crise e atacando outros reinos, sem dúvida com a intenção de conquistar toda a dimensão.

Stephen estreitou os olhos.

– Isso soa como algo que *você* poderia tentar.

– E, no entanto, aqui estou, pedindo sua ajuda! Você honestamente acredita que eu faria isso se tivesse alguma outra opção? – A preocupação de Pesadelo parecia sincera. – Com as Passagens comprometidas, qualquer um de nós pode invadir o território do outro sem impedimentos. A Dimensão se tornará essencialmente indefesa contra as ameaças externas... e, internamente, reinos inteiros podem ser subjugados.

– As Passagens? – Wong lançou a Strange um olhar apologético enquanto Sharanya, ignorando seus avisos, subitamente levantou-se e se dirigiu diretamente a Pesadelo. – O que são?

Ela se aproximou lentamente do círculo, mas congelou no meio do passo no momento em que a atenção de Pesadelo se voltou para ela.

– São pontos de entrada para a dimensão e literalmente passagens entre os reinos; elas os mantêm separados e seguros dentro das dimensões – Pesadelo explicou, mantendo a cabeça levemente inclinada para o lado enquanto a observava com olhos ferozes e brilhantes. – Sem elas ou, às vezes, apesar delas, os reinos podem se poluir uns aos outros até mesmo a ponto de se absorverem mutuamente. Sonhos de aviso, por exemplo, sempre existiram em seu próprio espaço, mas agora foram absorvidos pelo meu reino. Sonhos Proféticos e o poder de seu soberano, Predivino, tornaram-se fracos conforme a ciência deteriorou a fé das pessoas nos sonhos proféticos, por isso o reino encolheu.

Seus olhos vermelhos voltaram-se rapidamente para Strange.

– Sinto que isso está acontecendo com o meu: outro reino está entrando, tentando engolir tudo. Em resposta, meus habitantes começaram a desafiar, querendo o controle. Não é desconhecido que um ou dois Horrores queiram me testar de tempos em tempos, mas agora é como se toda a população da Dimensão dos Sonhos estivesse envenenada por uma ambição implacável. Estão tentando efusivamente me tirar de lá. E quanto mais eu fico lá, mais meu reino se vê sem defesas!

Lembrando-se do ferimento que recebera antes, Stephen cruzou os braços.

– Se você está tão preocupado com a integridade das Passagens, por que fez seus Somnivores tomarem conta delas tão ferozmente?

– Não é culpa minha, Stephen. Eles estão famintos. Quanto mais o reino diminui, mais são forçados a sair para caçar.

Stephen apontou para a condição de Pesadelo.

– E suponho que o mesmo possa ser dito de você...

Pesadelo fez uma careta.

– Sim. Estou faminto. Meu reino encolhe a cada dia. E os poucos sonhadores que capturo parecem ser fanáticos intrépidos, megalomaníacos demais para temer qualquer coisa além do fracasso. E com isso eu os torturo nos sonhos, para ter certeza, mas não é o suficiente para me sustentar.

– Hã, desculpe... – Sharanya interrompeu novamente, dessa vez olhando o demônio nos olhos quando ele se virou na direção dela. – Você disse que seu reino está... encolhendo? O que isso *significa*?

O demônio de Everinnye se levantou, desdobrando-se lentamente até a sua altura, completa e intimidadora, e sorriu sombriamente para Sharanya. Ela se encolheu e se afastou dele; Stephen conhecia muito bem o sentimento de pânico e a profunda aversão que devia estar revirando seu estômago enquanto a sombra de Pesadelo caía sobre ela.

A respiração de Stephen acelerou.

– Dê mais um passo na direção dela e eu mesmo destruirei seu reino – ameaçou calmamente.

A sala escureceu. Pesadelo saltou na direção de Sharanya com os dentes à mostra, num movimento tão rápido que Stephen não teve tempo de compreender como ele havia se libertado do círculo de contenção. Stephen respirou fundo, alarmado, e lançou um feitiço de imobilidade na forma atacante do demônio. Uma energia negra e crepitante foi lançada tarde demais de suas palmas. Ele ouviu o ruído do pescoço da Dra. Misra se quebrando.

– Doutor?

A voz preocupada de Wong chegou até Stephen no mesmo instante em que ele se lembrou do feitiço de proteção que havia lançado em Sharanya naquele mesmo dia, horas antes. Arquejava de exaustão, tentando acalmar a respiração, quando a sala retornou à sua vista. Sharanya estava parada ao lado de Wong, piscando confusa, e Pesadelo estava exatamente no mesmo lugar onde Stephen o havia colocado, dentro do círculo de proteção, sorrindo maldosamente.

– Evidentemente muito tempo se passou desde nosso último encontro, Stephen. Não é de seu feitio mostrar as cartas dessa maneira. Obrigado pelo lanchinho. Já me sinto melhor.

Enquanto Stephen enrijecia a mandíbula e desenhava uma runa de proteção na própria testa com o dedo indicador, para manter o Senhor do Medo longe, Pesadelo voltou novamente sua atenção para Sharanya.

– Pequena Sharanya Misra... – O demônio sorriu quase que encantadoramente para a neurocientista, sua voz desconcertantemente humana em contraste com a aparência horrenda. – Faz anos que você não me visita em meu reino. Que bom vê-la novamente.

Sharanya se encolheu levemente com a intensidade do olhar dele, mas não desviou os olhos.

– Já nos... conhecemos? – ela perguntou, com a voz fraca de confusão.

Pesadelo continuou a sorrir calmamente para Sharanya enquanto se dirigia ao Mago Supremo.

– Duvido que ela se esqueça desta vez. A não ser que você tenha a intenção de limpar a mente dela, Stephen.

Stephen olhou feio para ele.

– Não ligue para ela. Onde está a garota?

– Que garota? Do que você está falando? Você não vai me ajudar?

Negação. Divergência. Desvio. Stephen sabia que tudo isso era típico de Pesadelo. Nada que o demônio dissesse era confiável. Com um rápido movimento de dois dedos, ele lançou um pequeno feitiço de iluminação de falsidade.

– Jane Bailei. A Inumana. Não pode me dizer que não a conhece, você estava praticamente transmitindo através dos sonhos dela.

Os olhos de Pesadelo se estreitaram, e ele girou os ombros, agitado.

– Aquela garota? Ela é que está por trás disso tudo?

– Sem dúvida. – Stephen se aproximou. – Como você a conhece?

Pesadelo aparentemente se irritou com aquele tipo de pergunta.

– Do mesmo jeito que eu conheço todo mundo, Stephen. Pelos sonhos ruins. – O feitiço de Stephen indicava que Pesadelo estava contando a verdade. O demônio continuou: – Eu sou realmente o único soberano dos sonhos que tentou fazer contato? Eu pensei que todos eles estariam freneticamente tentando falar com você. Apesar de que, se eu soubesse que você simplesmente me arrancaria da Dimensão dos Sonhos, teria pensado duas vezes. Sem eu lá para protegê-lo, o Reino dos Pesadelos estará arruinado ao cair da noite!

Stephen já tinha se convencido a investigar e deter o poder que ameaçava a Dimensão dos Sonhos, e salvá-la completamente – incluindo o Reino dos Pesadelos –, mas não conseguiu resistir à tentação de alfinetar o inimigo.

– Chega de pesadelos, chega de você... Devo confessar que não vejo problema nisso.

– Ei, não seja apressado – Sharanya disse subitamente.

Pesadelo se aproximou lentamente dela em resposta, seus dedos quase tocando os limites do círculo que Strange havia criado. Sharanya congelou. Estavam perto o bastante para se tocarem, e embora Stephen soubesse que o círculo de contenção prevenisse isso, estava quase certo de que Sharanya não sabia. Se ela estava achando que o demônio se provaria algum tipo de truque holográfico ao ser visto de perto, estava prestes a ter uma brusca surpresa.

– Pesadelos são desagradáveis – ela engoliu em seco e continuou –, mas eles têm uma função. Precisamos deles.

Enquanto falava, Sharanya olhava para o rosto de Pesadelo com frequência e estabilidade maiores, por períodos de tempo cada vez mais longos. Stephen imaginou que ela estava fazendo um esforço para fazer isso, tentando normalizá-lo ao incluir o senhor dos sonhos na conversa, cujo assunto era mais ligado à sua área de conhecimento. Ele desejou sorte a ela.

– Enquanto você dorme, eles trabalham aquele tipo de ansiedade que você tenta impedir que o domine enquanto está acordado.

Stephen havia começado a esfregar as mãos, mas parou repentinamente quando se deu conta de que Pesadelo o observava, notando o gesto mecânico. Ele então cruzou os braços e enfiou as mãos nas dobras da capa.

– Digamos que algo o esteja incomodando, parado em sua mente como uma ansiedade ativa, causando tensão. – Enquanto Sharanya continuava, seus olhos vagavam nervosamente de volta a Pesadelo. – Quando você dorme, seus sonhos se tornam uma narrativa, uma história que seu cérebro movimenta, literalmente, por meio das químicas, até sua memória. É mais fácil lidar com as memórias do que com o estresse ativo porque entendemos que elas aconteceram no passado. São coisas, digamos assim, às quais já sobrevivemos. – Seu olhar colidiu com o de Pesadelo nesse momento, e ela respirou fundo, alarmada, antes de desviar o rosto e continuar a explicação. – Na verdade, qualquer sonho ruim é isso. Tecnicamente, um pesadelo é um sonho ruim do qual você acorda ativamente tenso.

Stephen assentiu, retirando uma das mãos para fora das dobras da capa para pinçar a ponta do nariz. Ele compreendia a necessidade funcional dos sonhos ruins, mas também sabia o quão pernicioso Pesadelo podia ser. Era intrigante imaginar uma presença na Dimensão dos Sonhos que poderia acalmar as agressões do demônio, mas Stephen afastou o pensamento para reconsiderar que já tinha mais informações a respeito da natureza e intenção dessa potencialmente explorável ameaça. Nesse meio-tempo, teria que se concentrar em encontrar Jane.

– Estou ciente de tudo isso, mas ainda há uma garota desaparecida que estava no quarto minutos atrás.

Pesadelo ergueu um dos ombros, fazendo um quase dar de ombros defensivo.

– Temo que não haja nada que eu possa fazer para ajudar nisso, Stephen. Não consigo imaginar por que você acha que eu saiba alguma coisa a respeito de onde ela esteja.

Stephen notou o primeiro piscar de luz vermelho, ainda que fraco, em seu feitiço detector de mentiras, o que indicava que Pesadelo não estava sendo completamente honesto. Suas mãos se fecharam em punhos; com um quase indecifrável estremecimento de dor, ele as abriu.

– Talvez porque seus Somnivores a tenham perseguido para dentro da Dimensão dos Sonhos.

– Ela está na Dimensão dos Sonhos? Fisicamente? – O demônio ergueu uma única sobrancelha. – Como isso é possível?

– Não tenho plena certeza ainda. – Stephen se voltou para Sharanya. – Dra. Misra, se os sonhos existem em um espaço físico, e esse espaço estiver sendo usurpado, o que isso significaria para a experiência de sonhar da humanidade? Poderia, por exemplo, influenciar seu comportamento?

Ainda parada praticamente cara a cara com Pesadelo, Sharanya virou a cabeça na direção de Stephen. Pareceu que o movimento lhe custou muito esforço, uma tentativa deliberada de não temer algo tão claramente aterrorizante.

– Você quer dizer, se um tipo de sonho se tornar menos frequente ou cessar de existir?

Stephen pensou por um momento antes de responder.

– Vamos supor o oposto. E se um tipo específico de sonho começar a dominar a experiência de todo mundo durante o sono?

Sharanya assentiu.

– Suponho que seja possível. Se todos os pesadelos se tornassem subordinados a, por exemplo, sonhos eróticos, então eventualmente sim, poderia haver mudanças no modo de cortejar. Ou se todos os sonhos fossem prazerosos, sonhos felizes, poderia haver uma erosão lenta da saúde mental, enquanto que os fatores estressantes aumentariam, ou possivelmente algumas pessoas poderiam deixar de ser tão obstinadas e ambiciosas. – Stephen observou Sharanya finalmente dar um passo para trás, afastando-se do círculo de contenção. – No entanto, tudo isso é teórico. Obviamente, não posso falar de casualidades diretas.

– E se essa garota Inumana que você está procurando for apenas uma condutora? – Pesadelo colocou o dedo indicador sobre os lábios, pensativamente. – Você disse que sentiu uma canalização imortal passando através dela, mas tenho absoluta certeza de que não era eu. E se fosse... Dormammu?

Pesadelo infundiu tanta ameaça no nome que Stephen se pegou virando na direção dele.

– Não era Dormammu, mas seu comprometimento em tentar me assustar é admirável. – Stephen olhou para a Janela dos Mundos. – A informação de que preciso não está aqui. Está lá, na Dimensão dos Sonhos. Wong, você ainda está com a faca que Jane usou para ameaçar a Dra. Misra? Quero colocar um feitiço de psicometria nela, para que possa localizá-la quando estiver lá dentro.

– Sim, Doutor.

Wong puxou do cinto a faca de caça e a entregou cuidadosamente a Stephen. O Mago Supremo abriu seu terceiro olho para examinar o objeto, procurando traços psíquicos de sua proprietária. Era uma faca de caça sólida, desenvolvida para permitir troca de lâminas. A arma pesava duzentos gramas, tinha cabo de termoplástico e lâmina de aço inoxidável de quase dez centímetros. E o mais significante ainda, havia sido presente do pai de Jane no aniversário dela de 19 anos. Ela a associava aos acampamentos que costumavam fazer todos os verões, dando a Stephen exatamente a primeira das duas coisas de que precisava.

Ele a colocou em seu altar para fazer seu encantamento e se virou para a outra.

– Se não são pesadelos, Dra. Misra, você tem alguma ideia de que outro tipo de sonho poderia causar um aumento dos crimes violentos?

Sharanya mexia no amuleto em forma de elefante preso à sua pulseira enquanto respondia. Stephen presumiu que aquele era um esforço inconsciente de acalmar os nervos.

– É mais ou menos isso que estou buscando com minha pesquisa. Ou melhor, o oposto... Que tipo de sonhos pode ajudar a diminuir os casos de violência em populações psicóticas. Mas... – Ela olhou para o chão. – Isso presume que tudo acontece dentro do cérebro.

Ela apontou para Pesadelo, mas sem olhá-lo.

– Não consigo nem começar a explicar como tudo isso se encaixa no... – a voz dela sumiu. Sharanya era incapaz de expressar em palavras Pesadelo e a dimensão que ele representava. Quando ergueu os olhos para Stephen novamente, ele reconheceu a chama da curiosidade em seu olhar. – Achei que estava ocupada demais tentando determinar como os hemisférios direito e esquerdo do cérebro se comunicam, mas se os sonhos ocorrem completamente em outro reino... um deles para onde viajamos sem deixar nossos corpos... Como isso realmente *funciona*?

Stephen pensou no quanto a ciência cerebral havia evoluído desde que ele a estudara, e o quanto ainda tinha de evoluir.

– Você quer respostas – ele disse, permitindo-se um leve sorriso para diminuir a intensidade de seu olhar. – Não há nada que eu possa lhe explicar com palavras. Mas posso levá-la diretamente para a experiência.

Sharanya pareceu confusa por um segundo, e então ficou estarrecida.

– Espere... Você quer dizer... ir com você? Para outra dimensão?

– Você vai para lá todas as noites, Dra. Misra. Embora, eu admito, não desse jeito.

Enquanto Sharanya continuava olhando para ele boquiaberta, o sorriso de Stephen se alargou.

– Venha comigo, e terá respostas com que nunca sonhou...

8

– POR QUE você não está tentando me convencer a não fazer isso?! – Sentada em uma pilha de almofadas de meditação contra uma das paredes e ouvindo o encorajamento da mãe, Sharanya começava a se perguntar por que havia se dado ao trabalho de ligar para casa. – Acho que você não entende o que está acontecendo aqui, mãe. Estou prestes a ir dormir no sótão da casa de um estranho com outro homem "observando meu corpo" para que possamos acessar a Dimensão dos Sonhos, encontrar uma garota que tentou me matar e levar um demônio para casa! Ah, e provavelmente impedir uma guerra enquanto estivermos lá!

Strange havia terminado de encantar a faca de Jane e estava ocupado preparando um condutor mágico para a Dimensão dos Sonhos. Sharanya estremeceu quando se lembrou de Jane apontando a faca de caçador para ela. E mesmo assim, quando viu a jovem deitada inconsciente no tapete, com o mago pairando sobre ela, não conseguiu sentir medo ou raiva dela. Embora Sharanya ainda não conseguisse aceitar bem a ideia de que Jane Bailey havia, de alguma forma, desaparecido para uma dimensão completamente separada da nossa, era muito evidente que ela estava perdida e precisando de ajuda. Se salvá-la fazia parte das atribuições da agenda, então pelo menos uma parte do que Sharanya havia concordado parecia válida.

– Você tem de sair e fazer coisas novas se pretende encontrar alguém, Sharanya. Não venha me dizer que acha que o chefe de neurocirurgia do New York Hospital não vale algumas horas da sua noite de sexta-feira.

– Isso não é... ele não faz mais isso. Esqueça que eu lhe contei essa parte, mãe. É completamente irrelevante. – Ela bebericou o outro chá que Wong havia lhe oferecido e torceu o nariz. O oolong havia sido substituído por uma beberagem medicinal que a ajudaria a dormir e turbinar seus sonhos. Não tinha nada do sabor gracioso de ervas de que ela tanto gostou antes, esse tinha gosto de terra e mofo.

– Não é irrelevante. Isso diz muito sobre a personalidade e sobre os ganhos em potencial desse homem. As pessoas confiam nele, não é?

Sharanya olhou para o Doutor Estranho. Emoldurado pelo círculo da incomum janela que se sobressaía em uma das paredes da sala, ele murmurava palavras estranhas e fazia gestos dramáticos enquanto exibia a calma expressão de um cientista. Para Sharanya, parecia que ele também falava como um cientista, o que tinha o perigoso efeito de fazê-la sentir como se tudo tivesse sentido, mesmo quando as coisas que ele dizia eram claramente impossíveis. Pior, quando seus olhos azul-claros olharam diretamente dentro dos seus, Sharanya teve a desconfortável sensação de que faria quase tudo o que ele lhe pedisse.

Ela colocou a xícara sobre uma mesinha de café ali perto, que estava coberta de livros, assim como quase todas as superfícies do cômodo. Curiosa, examinou os exemplares mais próximos dela. O livro no topo tinha algo a ver com tunelamento quântico, embaixo desse havia um sobre números primos gêmeos, assim como um livro de referência de equações quadráticas.

Sharanya voltou o olhar para Strange e então baixou a voz.

– Mãe, acho que ele gosta de estudar matemática. Para *se divertir*. Há um livro aqui sobre números primos gêmeos. Você sabe o quanto uma pessoa tem que ser nerd em matemática para estudar números primos gêmeos?

– Vá e aproveite, Sharanya, e me ligue assim que chegar em casa. Tenho de ir agora. Seu irmão está na outra linha...

– Está bem. Boa noite, mãe. Eu te amo. – Sharanya desligou e tirou o fone bluetooth do ouvido. – Realmente espero vê-la novamente.

Ela fez um esforço para tomar outro gole de chá, pensando no quanto seria melhor estar tomando uma taça de vinho. Strange estava fazendo um sinal de chifres invertido com as mãos e murmurando algo em uma língua que ela não entendia. Pesadelo também observava, com ávido interesse, e Sharanya ficou imaginando se ele também conhecia magia – e, caso conhecesse, se seria o mesmo tipo de magia que Strange conhecia. Ela balançou a cabeça e olhou desconfiada para a xícara. Ela tinha certeza de ter acordado naquela manhã uma pessoa que sabia o quão imprudente seria aceitar bebidas estranhas oferecidas por homens estranhos em casas estranhas, mas aquele havia sido um dia muito longo e peculiar.

Quando ela ergueu o olhar, Strange estava agachado ao lado dela, parecendo completamente normal, não fosse pela capa vermelha.

– Normalmente entraríamos na Dimensão dos Sonhos pelas Passagens – ele explicou calmamente, exibindo uma expressão que deixava claro que esperava ser levado a sério. – Mas isso não é uma opção no momento. Em vez disso, vou abrir um portal para um dos reinos dos sonhos com o qual estou mais familiarizado. Quando você chegar lá, estará em um sonho, e provavelmente não estaremos juntos. Isso pode causar certa desorientação no começo, mas lembre-se... os sonhadores são muito poderosos na Dimensão dos Sonhos. Você vai perceber que o reino é bastante receptivo a seus pensamentos. – Ele então olhou dentro dos olhos de Sharanya. Apesar de seu olhar ser compassivo, ela tentou se desviar. Havia algo intenso nele, e ela já começava a se sentir meio grogue pelo chá. – Eu vou ao seu encontro o mais rápido possível. Apenas se concentre em sua respiração e espere. Wong vai proteger sua forma física aqui; você não correrá nenhum perigo real.

Sharanya piscou quando um novo pensamento lhe ocorreu.

– Mas e você? Poderá correr algum perigo?

Strange parecia despreocupado. Sharanya teve a distinta impressão de que ele arriscava a vida com certa frequência e destemidamente. Cada vez mais confusa pelo chá dos sonhos, ela não conseguiu decidir se aquilo era reconfortante.

– Pesadelo e eu vamos fisicamente... então, sim, tecnicamente estaremos vulneráveis a danos corporais, assim como Jane, até conseguirmos trazer o corpo dela a salvo de volta para este plano. Mas deixe que eu me preocupo com essa parte.

Sharanya ficou surpresa com a boa vontade que sentia em fazer isso.

– E se Pesadelo me encontrar antes de você? – ela perguntou, bocejando. Apesar de o pensamento ser alarmante, Sharanya notou seu próprio pânico com um distanciamento embriagado.

– Vou levá-lo por um tempo para que recobre suas forças – Strange respondeu. – E não vamos começar no reino dele. Apenas tenha em mente que você sobreviveu a todos os pesadelos que já teve.

Subitamente, o mago esticou as mãos e tocou a testa de Sharanya com um dos dedos, desenhando o que ela sentiu ser uma forma oval, antes de pressionar a palma da mão contra sua testa. Era a primeira vez que ela realmente olhava para as mãos dele. Estavam horrivelmente danificadas – duras e cheias de cicatrizes. E quando ele a tocou, enviando um pequeno raio de energia através de sua carne como um ponto de energia elétrica, começaram a tremer.

– Wong disse que você já foi cirurgião cerebral... – ela soltou de repente, sentindo que precisava saber mais sobre o homem em cujo sótão estava prestes a dormir. – Isso é verdade?

– Isso foi em outra vida. – Ele estava quase se levantando, mas então pensou melhor e resolveu explicar. – Eu provavelmente preciso esclarecer isso... Não quis dizer em outra vida literalmente. Foi há muito tempo, e eu era um homem diferente naquela época. – Sharanya o observou atentamente, tentando ignorar a sensação de que os olhos de Pesadelo estavam fixos em suas costas. – Posso ver que você está lutando com todas essas informações – Strange reconheceu. – Pense na magia como uma extensão da ciência; que fica abaixo das moléculas e átomos, é lá que ela está, segurando tudo junto. É a razão do triunfo da interdependência coletiva sobre as dissimilaridades classificatórias. É a vida querendo existir, e encontrando um modo de prosperar, em um universo indiferente. – Ele tomou a mão dela, fechando-a calmamente em punho enquanto a cobria com a sua. Sharanya teve a impressão de que aquelas cicatrizes eram provenientes de operações, talvez dúzias delas.

– Realidade – ele disse, com a mão cobrindo seu punho. Em seguida, ele tocou gentilmente seu polegar. – Ciência. – E então tocou seu mindinho. – Magia. São todos os mesmos componentes... Nós estamos apenas desembaraçando o problema das extremidades opostas.

A confiança do mago parecia absoluta, e quando ele se levantou de novo, ela não conseguiu pensar em objeções que valessem a pena ser ditas, por mais louco que todo aquele plano lhe parecesse. Sentindo-se prazerosamente letárgica, Sharanya observou a energia luminosa do feitiço que Strange lançou, cheio de padrões luminosos projetados no sótão do Sanctum enquanto ele abria um portal através do tempo e do espaço. Aquele encantamento parecia a mais estranha canção de ninar que Sharanya já havia ouvido.

– Ergam-se, névoas sulfurosas, neste plano ideal,
Para dissolver a costura das três dimensões.
Abram uma porta para o Reino Irreal,
Desvendem a Dimensão dos Sonhos!

9

STEPHEN ENTROU NO PORTAL TREMELUZENTE e instantaneamente afundou na suavidade ondulada de um grosso edredom branco. Embora ela pudesse ter resistido, deixou-se aconchegar sobre ele, sorrindo enquanto a ilusão, retirada de sua memória, e não criada a partir de um desejo seu, se amalgamava ao seu redor.

Se não tivesse reconhecido a sensação de frescor dos lençóis em contato com a pele, então a luz do candelabro refletindo em sua pele e o formato de coroa o teriam feito cair em si. O quarto estava escuro, iluminado apenas pelo brilho das chamas fracas estalando em uma lareira. Era seu quarto favorito no Plaza – ou teria sido, não fossem os aprimoramentos quiméricos. A cama redonda, as janelas que iam do teto ao chão, a profusão de orquídeas, ele tinha ciência de que aqueles detalhes foram tomados emprestados de outros quartos em outros lugares, criando um quarto totalmente novo, mas que em cada detalhe lhe era confortavelmente familiar. O seu quarto de hotel – aquele que só existia em sua mente.

E na Dimensão dos Sonhos.

Sentindo uma mão suave e quente em seu braço, Stephen se lembrou do motivo de não poder se considerar um praticante da filosofia Zen. Muito da prática dependia de não se apegar – de merecer, de se afeiçoar, de desejar –, pela simples e muito boa razão de que tudo tem a ver com equilíbrio e nada a ver com autonegação. Mas Stephen queria. Ele sempre queria. Quando era mais novo, tinha o desejo de ser prestigiado, o filho mais velho de uma família de fazendeiros do Nebraska sonhava com uma vida melhor, na qual ninguém o olhasse de cima. Ele se apressara para concluir a faculdade de Medicina e passou pela sucessão rápida de mortes de familiares com um único foco em mente, cada vez mais convencido de que o sucesso validaria os sacrifícios emocionais que ele faria para chegar até ali. Era uma lógica circular, mas havia sido efetiva. Ele havia se tornado um cirurgião cerebral conhecido mundialmente – chefe de seu departamento, o melhor de sua área –, mas também um filho da mãe indiferente, arrogante e narcisista, de acordo com todo mundo. A fome, é claro, nunca foi saciada, embora ele não soubesse muito bem como saciá-la. Mais dinheiro? Mais prestígio? Mais vidas salvas? Ele havia chegado ao topo da carreira, e mesmo assim se sentia vazio.

Entretanto, teria continuado assim, não fosse o acidente de carro. Ele saiu da estrada, mergulhando de frente na lateral de um banco de areia. Disseram que teve sorte de continuar vivo, mas em uma situação em que outros médicos viram um milagre, Stephen viu apenas uma maldosa reviravolta do destino. O acidente destruiu suas duas mãos, os nervos ulnar e medianos foram rompidos. Sua carreira como cirurgião tinha acabado. Ele jamais seguraria um bisturi novamente.

Havia algumas coisas que poderia ter feito para se adaptar, mas não o fez. Em vez disso, caiu na bebedeira e no desespero. Seu único pensamento era o de recuperar o que havia perdido, e perseguiria esse fim obsessivamente, em busca de uma cura. Tomou experimentos farmacêuticos, exigiu operações, suportou procedimentos caros e dolorosos, mas sem sucesso. E quando estava pronto a admitir que a medicina ocidental – seu credo – havia falhado com ele, já estava falido, bêbado e vagando sem objetivo.

Foi nesse estado que ouviu pela primeira vez os sussurros a respeito de outros tipos de remédios; métodos de tratamento de saúde supernaturalísticos, curas místicas. Convencido de que não tinha nada a perder, ele seguira os rumores mais atraentes até o Tibete.

Houve muita sorte ali. Às vezes ria, pensando em como o universo se esforçou para fazê-lo chegar aonde devia chegar. O acidente, os ferimentos na mão, as histórias que ouvira sobre seres mágicos que podiam curar qualquer enfermidade, Stephen sabia que seu destino repousava em nada além de pura sorte e sua própria natureza obstinada. E mesmo assim, em sua busca pelo status perdido, ele tropeçou no próprio renascimento. A necessidade voraz de colocar tudo no lugar onde estava antes do acidente desapareceu de sua mente como um pesadelo. Uma nova vida emergia, uma vida cheia de mágica, compaixão e surpresa. Encontrou abrigo junto ao Ancião, e se realinhou mental, moral e espiritualmente enquanto treinava para ser um mago. Substituiu a arrogância pela humildade, a ganância material pela servidão altruísta, a misantropia pela verdadeira empatia. Seus modos descuidados com os companheiros humanos tornaram-se um sentimento de proteção afiado, a necessidade coletiva deles, que antes havia sido insustentável, agora o fazia querer desenvolver mais poderes para poder supri-la. A fome por prestígio foi substituída por uma fome de conhecimento, e o mundo que se abriu diante dele era tão vasto que ele sabia que poderia suprir tal apetite pela duração de cinco vidas e ainda teria deixado de aprender um milhão de coisas.

– Você está esquecendo algo – uma voz lírica, feminina, sussurrou em seu ouvido. – Você esqueceu uma coisa que aprendeu a desejar.

Stephen se virou para examinar a bela figura deitada ao seu lado. A mulher à sua esquerda tinha longos cabelos loiros, pele branca e olhos de um azul tão profundo quanto os de uma sereia. Seus lábios vermelhos estavam levemente entreabertos.

– E qual é? – ele perguntou delicadamente, passando um braço em volta dos ombros dela. A pele dela era macia sob seu toque.

– Ah, esqueci – ela provocou. – É um segredo que você gostaria de esconder de si mesmo. Mas vou lhe contar, Stephen Strange.

Gentilmente, ela tomou a mão dele, passando os dedos por entre os dele. Fez uma pausa, franzindo o cenho de brincadeira, e olhou para a aliança que estava ali.

Stephen se assustou, puxando a mão. Ele não conseguia se lembrar de quando a havia colocado. E, o mais perturbador, não conseguia se lembrar de quando a havia tirado. Era um anel mágico, mas apenas semicompleto, uma única aliança que ele e a esposa usavam simultaneamente.

– Você ainda a chama assim? Sua "esposa"? – A loira sorriu zombeteira enquanto passava as unhas pelo peito dele, e Stephen se deu conta de que estava na cama com a soberana do Reino dos Sonhos Eróticos. – Ora, veja só quem, afinal de contas, acabou se tornando um romântico incurável...

Ele sabia o que ela queria dizer com "afinal de contas". O romance nunca havia sido parte de sua vida antes da metamorfose. Ele não tinha tempo nem paciência para isso, evitava a intimidade com tanto esforço que ocasionalmente se perguntava se aquilo não era o motor que o empurrou de vez para o abismo. As outras pessoas eram desorganizadas. Precisavam de coisas. Morriam. Ele não queria nada disso.

E se fosse honesto consigo mesmo, essa desconexão com o mundo continuava, apesar de que, de um modo muito menos egoísta, depois de sua transformação. Havia ainda tanto a aprender, tanto a desapegar, experimentar e dominar. O Ancião e Wong se tornaram seus únicos amigos de verdade; ele achava que todos os outros ou precisavam de sua proteção ou de sua oposição. Ninguém se aproximava, não realmente. Pelo menos, no começo. Pelo menos até que...

– Você está mantendo a contagem, Stephen? – Erotica riu, apontando para além da cama, onde o quarto subitamente se encheu de belas mulheres que ele conhecia, na mais pura definição da palavra. Ocasionalmente, elas o olhavam nos olhos e compartilhavam um sorriso cheio de segredos. Lá estava Wanda novamente. Morgana. Linda. Uma estudante de magia, de cujo nome ele não conseguia se lembrar. – Porque acho que você se esqueceu de algumas.

Stephen pigarreou e sentou-se.

– Foi ótimo vê-la, como sempre, Erotica, mas estou aqui a trabalho, e realmente preciso ir...

– Stephen Strange! – Ela deu um tapa brincalhão em seu ombro. – Alguém poderia pensar que você tem mais medo de seus sonhos bons do que dos ruins.

Antes que ele respondesse qualquer coisa, ela montou sobre ele e o prendeu contra a cabeceira da cama, exibindo um sorriso predador. Ele respirou fundo e estremeceu.

– Me parece que você não quer me deixar partir... – ele reconheceu e, num gesto automático, acariciou a parte baixa das costas dela. – Mas tenho um trabalho a fazer aqui...

– Ah, eu sei. Mais trabalho do que imagina, Stephen. – Ela se inclinou sobre ele, com os cabelos se fechando como uma cortina em volta de seu rosto e os lábios a poucos centímetros dos dele. – Seria mais fácil se você me visitasse mais, mas suponho que Pesadelo o esteja mantendo muito ocupado.

Stephen a olhou fixamente e lentamente encheu o peito de ar, retomando o controle da respiração.

– Onde ele está, Erotica? Passamos juntos pelo portal, e você sabe tão bem quanto eu que não posso perdê-lo aqui.

A expressão da Soberana dos Sonhos ganhou uma característica triste e petulante, mas sua voz se manteve sedutoramente doce.

– E por que você faria isso? Por que o traria aqui? Por mais feliz que eu esteja em tê-lo fisicamente aqui, em carne e osso, não posso deixar de me perguntar por que está tão obstinado em destruir essa parte de si mesmo.

A incerteza dominou o tom de voz de Stephen enquanto ele colocava as mãos sobre os ombros dela e a empurrava gentilmente para trás.

– Destruir essa...? – Ele se sentou. – Eu não sei do que você está falando, Erotica, mas estou aqui para ajudar. – A luz da lua encheu as janelas, iluminando o quarto com listras azuis prateadas. Stephen começou a procurar suas roupas, e logo as viu sobre um sofá ao lado da lareira. Tentou tirar Erotica de cima dele, mas ela mudou de posição e pressionou a boca contra o ouvido dele.

– Pesadelo está aqui – ela sussurrou. – Não precisa se preocupar com ele. E não precisa se preocupar comigo também, porque no momento ele está fraco demais para me machucar. Eu o teria mandado para longe, mas presumi que você estava com ele por algum motivo.

Stephen tentou se manter no assunto.

– Pesadelo está me ajudando com o problema nas Passagens. Estão infestadas de Somnivores, como você com certeza deve ter notado, e eles indicam ou confirmam que há um problema muito maior acontecendo nesta dimensão.

Erotica lançou um olhar suplicante para Stephen.

– É claro que notei – ela disse. – Os reinos maiores estão tomando e consumindo os menores completamente. Toda vez que isso acontece, as Passagens que os separam também são consumidas. E assim se torna cíclico: Passagens fracas ou ausentes levam aos reinos que se expandem; e os reinos que se expandem destroem mais Passagens. Sem ela não haveria limites, nem divisões. Você realmente queria ver um levante de sonhos eróticos e pesadelos? Apenas fique aqui comigo, Stephen. O reino estará seguro enquanto você estiver aqui. – Ela se inclinou para a frente, o suficiente para morder o lábio inferior dele, e então voltou à posição anterior, baixando a voz. – E prometo que o manterei bem distraído...

Stephen fixou os olhos em Erotica, tentando manter o foco.

– No entanto, não é Pesadelo – ele disse. – Está acontecendo com este reino também. – Finalmente se forçando a admitir que havia se recuperado da névoa de delírio inicial que sempre nublava seus pensamentos naquele reino, e sabendo que afundaria novamente nela se não se levantasse da cama, Stephen se teleportou para diante da lareira, tendo o cuidado de reaparecer completamente vestido. – Tenho de descobrir quem está por trás de tudo isso, e a resposta está enterrada em algum lugar dentro da psique de uma garota muito confusa...

– Uma garota? – Erotica se levantou da cama lentamente, sua pele brilhando sob a luz da lua. – Que utilidade você daria para uma garota se eu estou aqui?

– Ela está perdida, assustada e potencialmente conectada ao problema com as Passagens. – Stephen agraciou Erotica com um sorriso modesto e uma reverência. – Prometo que a visitarei novamente, mas agora preciso ir.

Ele não a viu cruzar o quarto, mas Erotica subitamente surgiu parada diante dele, seus olhos azuis hipnóticos reluzindo nos seus enquanto ela desenhava um coração com a ponta dos dedos em sua túnica.

– Você vai me fazer apelar, não é?

Subitamente o quarto se dissolveu, deixando Stephen momentaneamente incerto de sua localização. Ele olhou para cima, fazendo um esforço para se reorientar, apenas para ver as estrelas girando acima. Quando pararam, ele estava sentado no telhado do Sanctum Sanctorum, no escuro do pré-amanhecer. Erotica estava sentada ao seu lado, com a cabeça encostada em seu ombro, e seu manto estava em volta dela. Abraçados, os dois tentavam se aquecer. Stephen engoliu em seco. Ele conhecia essa memória.

– Não... – ele disse repentinamente.

– Não o quê?

Erotica esticou o pescoço e suas curvas se tornaram mais voluptuosas. Sob a luz da lua, seus cabelos ganharam uma característica prateada, reluzindo um branco suave. A garganta de Stephen se contraiu. Antes que pudesse se conter, ergueu a mão para afastá-la. Ele ansiava tão intensamente por ver o rosto de Clea que de alguma forma não se surpreendeu quando isso aconteceu. Ela ergueu a cabeça e sorriu para ele, com os grandes olhos azuis cheios de surpresa, e Stephen perdeu o fôlego. O cenho expressivo, o nariz pequeno e arrebitado, os lábios delicados... Ele conhecia tudo aquilo tão bem...

– Não olhe diretamente para ela – ouviu a própria voz dizer, de uma distância de muitos anos. – É brilhante o suficiente para ferir seus olhos.

– Quantos anos você tem aqui? – Era a voz de Erotica novamente, ajoelhando-se no telhado ao lado dele, nua e aparentemente invisível para Clea.

Stephen a ignorou. O planeta rodava lentamente na direção do sol, e Clea testemunharia seu primeiro nascer do sol na Terra com uma surpresa tão calorosa e enorme quanto a estrela que ela observava. Stephen não conseguia parar de olhar para ela.

– Passado dos trinta? Quase quarenta? E você, honestamente, nunca tinha estado apaixonado.

Clea segurou o braço dele e apertou.

– Ah, Stephen! É assim todas as manhãs?

Ele riu, encantado pelo deleite dela.

– É assim.

Clea tocou sua boca, pressionando os dedos contra os lábios dele enquanto assistia ao nascer do sol sobre Nova York. Depois de um momento, radiante nos primeiros raios dourados do dia, ela se virou para Stephen e o olhou nos olhos.

Ele sabia que ela não era real, mas segurou as mãos de Clea assim mesmo, levando-as até o coração antes de segurar a mão livre e puxá-la para perto de si. Enfiando os dedos nos cabelos dela enquanto se beijavam, ele se deixou levar pelo cheiro delicioso daquela pele e pelo gosto daquela boca, que se abria para a dele.

Apenas um. Apenas para relembrar.

Sempre era mágico quando se beijavam.

10

SHARANYA ABRIU OS OLHOS e se viu deitada descalça em uma cama confortável dentro de um limpo quarto de hotel. O sol do outro lado das grandes janelas ia alto, e ela sentiu um calor agradável no rosto.

Sentando-se, ela se espreguiçou e sorriu, deleitada pela calma pacífica. Notando uma porta de vidro de correr na extremidade das janelas, levantou-se, caminhou até ela e a abriu. O ar lá fora era fresco, com apenas um toque de maresia. Olhando por sobre o fino balcão de cimento, viu que estava pelo menos vinte andares acima de uma tranquila vista oceânica. Aquilo a lembrou de uma imagem que tinha visto de um hotel em San Diego enquanto pesquisava sobre uma conferência, à qual decidiu não comparecer por não ter condições financeiras. Será que afinal havia ido, e de algum modo esquecido da viagem de avião? Considerando como se sentia serena, estava sendo estranhamente difícil pensar com clareza.

Ela se assustou quando ouviu o som do cartão-chave destravando a porta. Voltando para dentro do quarto, fechou as portas de correr e olhou confusa para o homem que entrou. Era inegavelmente bonito: alto, ombros largos, espessos cabelos negros, olhos castanhos inteligentes e um sorriso cativante. Era indiano, a mãe com certeza o adoraria. Sharanya tinha certeza de que o conhecia, e que ele pertencia àquele lugar, mas não fazia ideia de qual seria o nome dele.

– Então, eles só tinham este no seu número. Eu tentei me convencer de que eles são "carvão"...

Ele tirou um par de chinelos de dedo da sacola, ainda grudados um ao outro por um prendedor de plástico, e sorriu apologeticamente. Por um segundo, sua confiança quase se abalou. Ele era tão sincero, expressava familiaridade... Até tinha uma piada íntima sobre ela odiar usar preto. Ansiosa por tocá-lo, ela subitamente se lembrou da conversa divertida que tiveram antes de ele sair apressadamente para ir até a loja de lembranças do lobby. Ela o havia mandado comprar algum sapato à prova d'água, para que pudessem fazer uma caminhada romântica pela praia. Toda a discussão lhe veio à mente como se tivesse acontecido naquele exato segundo. Ela também podia prever a noite romântica que eles tinham planejado para mais tarde. E ficou parada no quarto, olhando para ele. O tempo já nem mesmo fingia correr de modo linear.

Com o rosto corado, Sharanya fez um esforço e se aproximou dele parado ali, segurando os chinelos com a mão direita. Ela tocou delicadamente os músculos de seu braço esquerdo, e se derreteu inteira quando ele sorriu em resposta. Parada de frente para ele, a química entre os dois a dominava. Ele era absolutamente perfeito. Como ela podia não se lembrar de quem ele era? Ele largou os chinelos e a segurou pela nuca com a mão grande e quente, tirando gentilmente seus cabelos do pescoço enquanto a puxava para perto de si. Sharanya fechou os olhos e estremeceu de prazer enquanto se inclinava para beijá-lo.

– Isso é estranho – ele disse de repente. Ela abriu os olhos. Ele olhava por sobre o ombro dela, para a maleta aberta em cima do pequeno banco de metal perto da televisão. – Você trouxe uma faca de caça?

O ar parou na garganta de Sharanya. Ela tinha uma faca. Não... ela tinha *visto* uma faca. Recentemente, tinha visto uma faca em algum lugar, mas não conseguia lembrar por que aquele pensamento a perturbou.

– Estranho... – ela repetiu.

Com uma sensação de urgência começando a tomar conta de seu peito, Sharanya se afastou um passo, sentindo como se estivesse esquecendo algo importante.

– Isso é estranho, e eu preciso ir... – ela disse.

– Shar, não, a conferência só começa amanhã de manhã. Você não precisa ir a lugar algum.

Com menos alarme do que a situação demandava, Sharanya se deu conta de que estava completamente errada. Era uma mulher na sala com ela. Tinha os mesmos cabelos brilhantes do homem, só que mais compridos, e olhos dourados, que brilhavam maldosos quando ela empurrou os óculos escuros para o topo da cabeça. A química era tão forte quanto. A mulher sorriu, suas covas suavizavam o sorriso que se dissolvia, e mais uma vez Sharanya se convenceu de que a conhecia, mesmo sem conseguir se lembrar de como tinham ido parar ali. A mulher jogou os chinelos embaixo da cama torcendo o nariz, com evidente desagrado.

– Você está certa, são horríveis. Tão normaizinhos... Vamos descalças. Eu massageio seus pés quando voltarmos... – Ela inclinou a cabeça para o lado e subitamente puxou Sharanya para perto de novo. – A não ser que você queira que eu os massageie agora...

– Ah, hummm... – Sharanya tinha empacado no adjetivo "normaizinhos", mas agora sentia os joelhos enfraquecerem enquanto a mulher a empurrava gentilmente na direção da cama. Ela então se sentou na borda do colchão.

– Vamos lá, deixe-me ver esses pés.

Sharanya obedeceu, e então deslizou languidamente os pés até o colo da mulher e fechou os olhos. Ela engoliu em seco, arrepiando-se de prazer conforme as mãos suaves e de movimentos precisos da mulher seguiam da planta de seu pé até a panturrilha. Ela até suspirou involuntariamente quando outra pessoa se sentou na cama atrás dela e começou a massagear seus ombros.

– Ah, massagens – disse o homem que havia comprado os chinelos. Ele trabalhava seus ombros enquanto a mulher de óculos escuros massageava-lhe os pés. – Sempre a melhor forma de acessar o coração de uma mulher.

Os olhos de Sharanya rapidamente se abriram e ela saltou da cama. Seus dois pretensos amantes fixaram os olhos surpresos nela, aparentemente sem se importarem com a presença um do outro no quarto.

– Não, não, não – Sharanya gaguejou, afobada. – Sinto muito. Preciso ir. Tenho de ir.

– Sério? – A mulher se levantou da cama, cruzou os braços sobre o peito e revirou os olhos. – Vocês médicos não conseguem equilibrar vida pessoal e profissional, não é?

Ainda sentado na cama, o homem concordou.

– É possível ter um relacionamento *e* uma carreira, sabia? É possível até ter mais de um. Mas é preciso se abrir para isso.

Sharanya piscou, magoada. Talvez fosse porque ainda não tinha encontrado a pessoa certa. Só isso. Irritavam-na os rumores que surgiram na família de que ela era lésbica, depois que fez trinta anos e não tinha ainda se casado. Ela gostava de mulheres, era verdade. Mas também gostava de homens. E, mesmo com essa aparente vantagem no quesito namoro, ela estava sozinha – e menos infeliz a respeito disso do que todos pensavam que estava.

– Não tenho pressa – ela disse na defensiva. – Tem muita coisa acontecendo no trabalho agora, e...

A mulher ergueu as mãos.

– Desisto. Sua mania de compartimentar é insana. Você é tão ruim quanto o Strange.

Strange! Doutor Stephen Strange! Com um súbito alívio, Sharanya sentiu tudo voltar a ela: o escritório, o ataque, o Sanctum, a jornada à Dimensão dos Sonhos. Strange havia avisado a respeito da desorientação. Ela olhou nervosamente para o relógio ao lado da cama, imaginando quanto tempo havia perdido, mas não conseguiu vê-lo.

– Vocês dois são absolutamente adoráveis. – Caminhando rapidamente para a porta, Sharanya falava rápido para os assombrados fragmentos de sonho. – Se algum de vocês *for* real, por favor, venha me encontrar... quando eu estiver, vocês sabem, acordada. – Após analisar cada um, ela lhes deu as costas e saiu pelo corredor do hotel.

A porta se fechou atrás dela com um estalo firme, e Sharanya se deu conta de que não tinha a chave. Nem sapatos. A excitação de se lembrar do que havia acontecido morreu tão rápido quanto surgiu. Ela olhou para os dois lados do longo corredor em desalento, sentindo o pânico aumentar; os arabescos do carpete em sua ondulação infinita seguiam nas duas direções. Ela não fazia ideia de como encontrar o Doutor Estranho.

Foi de um lado para o outro do corredor, escutando em algumas portas, mas não conseguia distinguir a voz de Strange no amontoado de gemidos, suspiros e risadas que pareciam emanar de cada uma delas. Lembrando-se da vista da sacada de seu quarto, começou a ficar desesperada. Não sabia como encontrar novamente *aquele* quarto. O hotel era enorme e cheio de sonhadores, com quem ela provavelmente não tinha a intenção de interagir. Podia vagar pelos corredores para sempre, ser forçada a sobreviver de gelo e máquinas de salgadinhos. E se tudo que Strange havia dito sobre a Dimensão dos Sonhos fosse verdade? E se estivesse em guerra, entrando em colapso? Como ela poderia sair dali? Terminaria trancada na própria mente enquanto seu corpo lentamente se decomporia no terceiro andar do Sanctum Sanctorum? Ou será que a morte física e mental seria instantânea, varrendo-a completamente da existência – como a garota, Jane, que havia desaparecido do nada?

As luzes do corredor se acenderam e em seguida se apagaram, lançando Sharanya na escuridão. Ela se virou, procurando algum brilho débil de um sinal de saída, e descobriu que seu caminho estava sendo bloqueado por uma forma quente e sólida. Segurando a respiração, ela se moveu para um dos lados. Aquilo se moveu com ela. Olhos vermelhos lampejaram no escuro. Presas brancas brilharam. Sharanya gritou.

As luzes piscaram e então se acenderam de novo, revelando Pesadelo no meio do corredor. Ele sorriu sinistramente.

– O que é tão bom para você quanto é para mim?

Sharanya segurou a respiração, com a mão sobre o peito. Tinha a desconcertante sensação de estar tanto aterrorizada por se ver sozinha com o demônio quanto aliviada por ter localizado um membro de seu grupo. Pesadelo estava de algum modo mais enérgico do que parecera no sótão, mas se isso era por conta de ele estar de volta à Dimensão dos Sonhos ou por apenas tê-la assustado, Sharanya não sabia ao certo.

– Você viu o doutor? – ela perguntou concisa.

Pesadelo olhou ferozmente para ambos os lados do corredor.

– Stephen está aqui em algum lugar, mais provavelmente com a soberana do reino, Erotica. Ela o adora. – Ele foi até a porta mais próxima e girou a maçaneta. Ficou claro que ele não podia entrar, e Sharanya se perguntou se ele tinha estado no corredor o tempo todo, sem poder entrar em nenhum dos quartos. – É intrigante, eu sei, mas de algum modo ela não gosta muito de mim.

Sharanya olhou para as portas mais próximas, desejando que estivessem numeradas como se fossem as de um hotel normal. Os livros de matemática que havia visto na mesinha de centro de Strange a fizeram pensar que ela deveria ter começado a procurá-lo por ali, batendo nos quartos marcados com números primos, mas ela não tinha essa sorte.

– Isso é bom, não é? Que ele peça ajuda dela?

Pesadelo lançou a ela um olhar maldoso.

– Se é assim que chamam hoje em dia. – Subitamente ele ergueu o olhar, estreitando os olhos, e Sharanya sentiu o estômago revirar. Ele ainda a aterrorizava. – Apesar de que, pensando bem, é mais provável que seja o contrário. Imagino que ela esteja suplicando a proteção dele neste momento. – Pesadelo deu um passo na direção de Sharanya, sorrindo de seu modo desconcertante e nada amigável. – Um cavalheiro de armadura reluzente, esse seu Stephen. Você se atiraria aos pés dele em frenética gratidão se soubesse quantas vezes ele se colocou, obstinadamente, entre você e os mais inomináveis horrores.

Sharanya não disse nada, e o demônio continuou, aparentemente adorando aquele tema.

– Dia após dia, o Mago Supremo é o vigia no muro, um único homem que incansavelmente mantém afastada a aniquilação de tudo que você ama. – Ele olha de lado para Sharanya. – E que bela figura ele mantém aqui, você não acha? Com aquela... confiança?... Aqueles pelos faciais e... hum... aquele físico *teso*...

Sem palavras, Sharanya olhou para Pesadelo.

– O que há de errado com você? Por que está falando desse jeito?

Pesadelo olhou para algo por sobre o ombro de Sharanya e então voltou a se concentrar nela. Ela tentou localizar o que havia atraído o olhar dele, mas não viu nada além de portas e mais portas, todas iguais.

– Você não o acha atraente?

Sharanya piscou.

– Por acaso você andou conversando com minha mãe?

– Apenas imagine o que ele pode fazer dentro do quarto com toda aquela mágica.

– Eu não entendo... A intenção de tudo isso é me assustar de novo?

– Não é um pensamento assustador, é? *Imagine*.

Sharanya deu de ombros, mas sua mente já se acelerava com a sugestão. Sinceramente, não era difícil pensar em Strange num contexto amoroso – mas o demônio havia entendido mal os detalhes. Não era o bigode nem o físico, e sim a intensidade e a calma autoafirmação. Ele parecia um homem que sabia seu lugar no universo – e provavelmente o dela, também. E as mãos dele... Apesar de aquilo ter lhe causado surpresa,

Sharanya achou que as cicatrizes eram bem sedutoras. Havia uma vulnerabilidade nelas que suscitava nela uma reação terna, de simpatia. Seja lá o que as havia causado, aquelas mãos o faziam humano.

No momento em que suas bochechas começavam a enrubescer, Pesadelo sorriu com satisfação e apontou para algo atrás dela: uma porta para uma escada com acesso ao telhado. Não estava ali alguns segundos antes, Sharanya tinha certeza. Ela olhou boquiaberta e confusa para Pesadelo.

– Você é uma sonhadora – ele explicou impacientemente. – E estamos no Reino dos Sonhos Eróticos... Você ainda não entendeu? – Ele abriu a porta de metal pesado e fez sinal para que ela fosse à frente.

Sharanya entrou na escada, os pisos de metal e concreto eram muito gelados sob seus pés descalços. Ela olhou para Pesadelo por sobre o ombro.

– Você está me dizendo que eu acabei de conjurá-lo?

Pesadelo deixou que a porta da escadaria se fechasse atrás de si e começou a segui-la em direção ao telhado.

– Bem, Denak sabe que *eu* não faria isso.

Olhando para os pés enquanto subia os degraus, Sharanya tentou visualizar um par de sapatos quentes e confortáveis. A Dimensão dos Sonhos a atendeu tão prontamente que ela sorriu, imaginando o que conjuraria em seguida enquanto abria a segunda porta pesada que conduzia ao telhado do edifício.

A sensação caiu sobre Stephen como as águas de uma cachoeira. Por um minuto completo ele se perdeu nela – o peculiar choque da intimidade sem defesas, o calor do corpo suave enquanto ela tremia em seus braços. Era a primeira vez que se beijavam.

Ou, Stephen supôs sentindo a raiva crescente, a segunda vez que se beijavam pela primeira vez. Porque aquilo não estava realmente acontecendo. Não era Clea de verdade. Ele não estava realmente sentado no telhado do Sanctum, e aquilo não era realmente justo. Ouvindo uma porta de acesso se abrindo, ele repentinamente se afastou de Erotica. Duas silhuetas vinham em sua direção no telhado, uma delas ainda estava no escuro.

– Ah, um pequeno teatrinho, que maravilha! – Pesadelo se aproximou do casal com um sorriso zombeteiro, passando na frente de Sharanya. – E mesmo assim, tristemente previsível, Stephen. Você poderia ter recriado aquele grupal dos anos 1980... Ah, ou se lembrar daquele Baile de Máscaras do Halloween. Mas não... você passou uma noite no Reino dos Sonhos Eróticos dando beijos castos em sua esposa.

Ainda disfarçada na ilusão de Clea, Erotica se levantou e olhou feio para Pesadelo. Stephen se arrepiou enquanto ia em direção a ela.

– Retire esse rosto – ele exigiu sombriamente de Erotica, que estava de costas para ele. – Imediatamente. – A presença de Pesadelo amplificava sua urgência. Stephen não tinha a intenção de se sujeitar a outro sonho ruim sobre a morte de Clea. Era um dos cenários favoritos de Pesadelo para torturá-lo.

Quando Erotica se transformou, ele soltou o ar, longa e lentamente. Mesmo uma deusa nua distraía-o menos do que uma Clea completamente vestida. Parada ao lado de Pesadelo, Sharanya observava Erotica, fascinada, antes de voltar seus olhos brilhantes para o Mago Supremo. Stephen assentiu, e ela sorriu de volta com uma expressão que Stephen presumiu ser de alívio.

– Não se aproxime! – De frente para Pesadelo, Erotica ergueu a mão, suspendendo o Senhor do Medo alguns centímetros acima do chão. Ela estava lívida quando se voltou novamente para Stephen. – Eu o quero fora daqui! Ele não é bem-vindo neste reino!

Pesadelo zombou, despreocupado com sua condição enquanto balançava no ar.

– Ah, Erotica. Eu tomaria cuidado com esse tom de voz se fosse você. Será que algum humano já visitou este lugar sem arrastar uma sombra de medo e vergonha atrás de si? Você não consegue sentir o fedor da mortalidade pairando sobre seus frenéticos sonhos de cópula? Você não existe sem mim, e seria embaraçosamente simples varrer este reino para dentro do meu.

– E, ainda assim, esse *não* é o motivo de estarmos aqui – Stephen o interrompeu, colocando-se entre os dois soberanos enquanto abaixava o braço de Erotica. Pesadelo desceu ao chão, Erotica olhava para ele com raiva por sobre o ombro de Stephen, mostrando os dentes no escuro.

– Você está fraco – ela o provocou, tentando partir para cima do inimigo, mas Strange a segurava fisicamente. Era perigoso tocá-la. Era capaz de sentir o calor que ela imagina se infiltrando em seu corpo, banindo o medo e a escuridão que emanava de Pesadelo como um cheiro. – Veja como está fraco! Você acha que pode me subordinar destruindo as Passagens entre nossos reinos? Você acha que a morte pode me eclipsar? – Ela parou de se esforçar, e Stephen a soltou, observando enquanto ela se acalmava. – O que o faz ter tanta certeza – ela sibilou para Pesadelo – de que o *seu* reino não depende do *meu?*

Em resposta, Pesadelo apenas sorriu ameaçadoramente, dando a Stephen outra oportunidade de interromper a discussão.

– Precisamos ir agora – ele disse. – Vocês podem resolver isso em outro momento.

– Ir? – Erotica agarrou o braço de Stephen, lançando a ele um olhar suplicante. – Apenas mande *ele* embora! Eu já disse que preciso de você aqui para proteger o reino comigo.

De um modo gentil, mas firme, Stephen afastou o braço dela e se colocou entre Pesadelo e Sharanya.

– Você vai ficar bem. Apenas continue mantendo o reino selado. Precisa deixá-lo o mais longe possível das Passagens até que eu as restaure.

– E se você não conseguir restaurá-las?

Stephen já caminhava na direção da porta que dava acesso às escadas.

– Eu acho que é melhor trabalhar com meu propósito de que teremos sucesso – ele respondeu.

Havia acabado de abrir a porta de entrada para a escadaria quando a maçaneta sumiu de sua mão e a pesada porta de metal se fechou com uma batida. Ele ouviu o som de um mecanismo trancando a porta do outro lado e se virou para Erotica com olhar desafiador.

– Um dos sonhos de Clea – Erotica disse brandamente, no momento em que captou o olhar de Stephen. Em contraste com sua voz, seus olhos eram duros. – Fique, e eu a trarei até você.

Stephen sentiu que perdia a paciência, algo que quase nunca acontecia. Tentando se controlar, ele caminhou lentamente até Erotica, sentindo os olhares de Sharanya e Pesadelo enquanto passava por eles.

– Erotica, não posso proteger seu reino sem proteger a dimensão como um todo. Até que eu reverta a erosão das Passagens, não há nada que eu possa fazer... nem aqui nem em qualquer outro reino dos sonhos... para influenciar o que poderá ou não sobreviver. Você me explicou isso alguns minutos atrás.

Erotica continuou encarando-o avidamente.

– Você protege a Terra. Algumas vezes à custa das dimensões vizinhas.

Stephen percebeu o tom de acusação em suas palavras, mas não estava no clima para um debate filosófico. Erótica não estava completamente errada. *Havia* uma hierarquia em jogo nessa defesa da vida senciente. Mas não havia nenhum compromisso racional ali. Ele não podia se concentrar em proteger um pequeno enclave quando era capaz de salvar um sistema maior.

– Se não nos deixar partir, terei que criar minha própria saída. E isso tem o potencial de causar sérios e imediatos danos ao seu reino.

– Por que simplesmente não o esmaga de uma vez, Stephen? – Pesadelo se intrometeu alegremente. – Talvez isso possa criar um tipo de saída de incêndio entre os reinos mais importantes e as Passagens. Quer dizer, sério, o que há aqui de tão importante? Brincadeira de integração de gêneros disfarçada de amantes misteriosos? Emissões noturnas?

A animosidade brilhou nos olhos de Erotica, e Stephen conseguia notar o esforço que fazia para controlar a voz, o que indicava um nível muito alto de raiva.

– Talvez você esteja certo – ela disse calmamente. – Talvez *seja mesmo* hora de ir.

Ela impulsionou a mão, com a palma para a frente, na direção de Pesadelo, e um raio vermelho de energia o lançou para fora do prédio.

Stephen não hesitou. Agarrando Sharanya quando passou por ela, correu na direção da borda e saltou atrás de Pesadelo. Sharanya gritou quando caíram, agarrando o pulso de Stephen com força enquanto tentava respirar. Estavam em uma altura tão elevada que tudo que Stephen podia ver era Pesadelo caindo vários metros abaixo deles na direção de um agrupamento de nuvens que obscurecia o chão. O vento passava por seu rosto, e Stephen tinha que se concentrar em fazer o Manto da Levitação diminuir a velocidade da queda. Com um braço em volta de Sharanya, que havia fechado os olhos e enfiado o rosto em seu peito, ele liberou a outra mão para tentar alcançar Pesadelo, pegando-o finalmente, com uma faixa de luz. E somente então Stephen permitiu que o manto se expandisse em volta dele e reduzisse a velocidade da queda.

Stephen lutou para se reorientar enquanto atravessavam as nuvens, mas outra cama de nuvens bloqueava o chão. Ele esperou até que atravessassem aqui – e então uma terceira apareceu. Estavam em um loop, mergulhando através do mesmo *altocumulus stratiformis* repetidamente.

Com um suspiro, Stephen soltou Pesadelo, precisando novamente da mão livre para canalizar energia através de um Karana mudra. Liberando um raio de energia arcana no agrupamento de nuvens, Stephen atravessou a barreira, e agarrou Pesadelo novamente enquanto seguiam para o Reino dos Sonhos Eróticos.

Houve um lampejo de trevas, uma obliteração de luz tão profunda que Stephen teve medo de desmaiar, e então sentiu uma desagradável pressão contra o abdômen, como se as costelas estivessem sendo comprimidas. Sentiu que estava caindo rápido demais novamente, mas então o manto o segurou, e a descida foi gentil até um vale de areia amarela, onde soltou Sharanya e Pesadelo no segundo que suas botas tocaram o chão.

Olhando para cima, teve que proteger os olhos da luz de um sol baixo. Estavam em um deserto, sem nada além de areia e arbustos ao longo de muitas milhas, o céu acima era branco e parado.

Sharanya respirou fundo, tremendo. Pesadelo se virou para ele com um sorriso no rosto.

– Com você nunca há momentos entediantes, Stephen. Isso eu tenho de admitir.

11

— ONDE ESTAMOS? – Sharanya perguntou, olhando ao redor para a extensão do terreno corroído, seco e pontuado por pequenas moitas. O ar era empoeirado e quente, com traços tênues de um incêndio distante.

– Isto é o que restou das Passagens – Stephen respondeu solenemente. – É pior do que eu esperava. Toda a membrana foi incendiada. – Ele viu os olhos de Sharanya se arregalarem com interesse quando ele sacou a faca de Jane.

– Espere – ela disse, soando confusa. – Como você a pegou? Eu acabei de vê-la... estava na minha mala.

– Sua mala? – Stephen ergueu a sobrancelha, mas manteve o olhar fixo no objeto que tinha na mão. Um raio de uma luz roxa suave e brilhante emanou da ponta da faca e seguiu para o leste. Parecia que o feitiço de psicometria que ele havia preparado no Sanctum estava funcionando, o rastro de luz provavelmente os levaria até Jane.

Pesadelo sorriu sombriamente para Sharanya.

– Você não trouxe nada. Tecnicamente, você não está aqui fisicamente, lembra? É apenas uma sonhadora.

Sharanya assentiu lentamente.

– É claro. A esquisitice dos sonhos. Deve ter sido meu subconsciente tentando me dar dicas. – Ela cruzou os braços. – É preciso certo tempo para se acostumar com este lugar.

– Não fique muito confortável. – Havia uma ponta de descrédito na voz de Pesadelo enquanto ele tirava a poeira das calças. – Este lugar pode não durar muito tempo.

Sharanya se virou para Stephen.

– Você pode consertar isso?

Stephen balançou a cabeça.

– Não é tão fácil. As Passagens cresceram lentamente e são feitas de um material orgânico de todas as partes dos reinos. Eu provavelmente poderia executar algum tipo de feitiço de cura para ajudá-las a se reconstruírem espontaneamente, mas isso precisaria estar ancorado em algum talismã, algo com uma forte conexão com esta dimensão. O dano que foi feito aqui precisa de um tipo muito específico de energia para ser reparado.

Olhando para a faca novamente, Stephen foi seguindo o rastro pálido da luz que atravessava o ermo, incitando os outros a ir com ele. Sharanya, ele sabia, queria ficar perto dele, e mesmo que Pesadelo decidisse fugir, não haveria muito para onde correr.

– Posso fazer uma pergunta? – Sharanya olhava para o manto de Stephen, mas ergueu os olhos quando ele concordou. – Notei quando você... recitou os feitiços, que eles tendem a rimar. Isso é necessário ou...?

– Ou apenas algo que fazemos para nos exibir?

Sharanya confirmou com um leve sorriso.

– Exatamente. É que parece um pouco... – Ela não quis terminar, talvez na esperança de que Stephen providenciasse o adjetivo correto. Como ele não disse nada, ela continuou. – Não sei... teatral?

Stephen assentiu.

– Teatral. Sim, correto. As artes mágicas têm uma longa tradição literária. As palavras são poderosas. Tão poderosas que, quando começamos a aprender a escrevê-las, nós as "soletramos". – O canto da boca de Stephen se curvou para cima conforme Sharanya respirava fundo. – Os feitiços devem ser trabalhados, e o uso de rimas ou aliterações é um modo de canalizar poder e intenção através deles. – Ele olhou para Sharanya e então deu de ombros. – E também os torna mais fáceis de ser memorizados.

Sharanya abriu a boca para responder, mas foi interrompida quando o chão começou a sacudir violentamente sob ela. Stephen se virou e viu uma fissura gigante partindo a terra embaixo deles. Aquilo começara em algum lugar além da linha do horizonte, e se aproximava deles com um aparente propósito e tremenda velocidade. Stephen quase não teve tempo de se atirar para proteger Sharanya antes que um verme gigante irrompesse do chão diretamente na frente deles, abrindo um par de mandíbulas escuras e deformadas para expor a tripla fileira circular de dentes afiados de uma sanguessuga. Uma sinistra luz verde era emitida de seu assustador estômago, e ele gritava, um grito de rasgar os tímpanos, que Stephen sentiu em toda sua espinha. O monstro tinha uns quinze metros de altura, com a circunferência de um silo.

Enfiando rapidamente a faca de caça de Jane nas dobras do manto, Stephen canalizou a energia de um feitiço de aprisionamento pelas mãos. Enquanto ele lançava a intensa luz de energia na direção da cavernosa bocarra da criatura, o feitiço criou uma imensa mordaça, protegendo seus companheiros dos dentes da fera.

– Um dos seus? – perguntou a Pesadelo enquanto o colossal verme debatia a cabeça no chão, em uma tentativa furiosa de libertar as mandíbulas. Parada na areia, Sharanya estava paralisada e boquiaberta de terror.

– Sim – Pesadelo admitiu. – Mas...

Olhando para Pesadelo, Stephen ficou sem saber o que dizer. O demônio estava de costas para o verme e olhando completamente para a direção oposta. Voltando-se para seguir sua linha de visão, Stephen viu outro monstro se lançando sobre eles. Tão grande quanto um avião, tinha o formato de um javali, com presas grandes e afiadas, e a cabeça coberta por centenas de brilhantes olhos verdes. Em vez de pernas, ele galopava sobre doze largos tentáculos, soltando fumaça e baba enquanto se aproximava. O verme da bocarra, enquanto isso, agora rosnava ameaçadoramente para o esquecido Pesadelo.

Cerrando os dentes, Stephen cambaleou na direção do imenso javali e caiu de joelhos na areia, com as mãos estendidas diante dele na posição de um Karana mudra. Enquanto a fera-javali corria para ele, Strange levitou no ar, e o monstro passou por baixo dele, chocando-se com o outro verme um segundo antes que este derrubasse Pesadelo. Atingido pelo javali, o verme caiu para trás, bem na fenda que havia surgido no chão. Strange simultaneamente se virou e se ergueu acima das duas imensas criaturas, fazendo um gesto de garra com as mãos. Em reação, a terra se abriu ainda mais embaixo delas. Levitando dez metros acima do terreno, Strange lançou um raio de força cor de fogo, derrubando as duas feras no buraco que havia criado.

– Pelo Hospedeiro Ancião de Hoggoth
E pelas luas de Munnopor,
Que agora estas bestas de Pesadelo
Desapareçam sem se opor!

O chão estremeceu novamente, fechando-se sobre os monstros, enquanto Strange descia. O som foi ensurdecedor. Quando suas botas tocaram o chão, a areia suave se transformou em terra intocada e ganhou um tom azulado doentio. O mago respirou fundo e secou uma pequena gota de sangue do nariz. Olhando para cima, viu que Pesadelo o observava com atenção.

– Estamos extravagantes hoje, não é?

Stephen ignorou o tom de zombaria na voz de Pesadelo.

– Por que você não pode controlar suas próprias criaturas?

– Obviamente, porque elas se viraram contra mim – Pesadelo suspirou. – Eu tentei avisá-lo sobre isso, Stephen.

– Se viraram contra você? – Stephen alisou o bigode. – Você quer dizer que estão a favor de alguém, então?

– Presumo que seja um de meus seguidores.

Stephen estudou o rosto ancestral do adversário. Pesadelo parecia genuinamente abalado pelo ataque. Caminhando até Sharanya, Stephen colocou delicadamente a mão cheia de cicatrizes no ombro da neurocientista.

– Já acabou. Pode abrir os olhos.

Sharanya abriu os olhos hesitantemente, e então piscou, deixando que as lágrimas corressem.

– Sinto muito – ela disse brandamente. – Não estou sendo de muita ajuda.

Stephen sacou a faca de caça enquanto dispensava as desculpas.

– Não se preocupe. Aqueles não eram seus fragmentos de sonho habituais.

Ele começou a andar novamente, seguindo o rastro roxo que se projetava da ponta da faca. Sharanya o seguiu de perto.

– As pessoas realmente sonham com aquelas criaturas? Suponho que tenha tido mais sorte com os meus sonhos do que imaginava.

– Será? – Pesadelo havia alcançado Sharanya e se inclinava na direção do ouvido dela enquanto caminhava, falando baixinho, em tom de intimidade, atravessando a areia com passos silenciosos. Sharanya arregalou os olhos. – Não me diga que você se esqueceu de seus rakshasi pessoais?

Aqueles cabelos loucos e opacos e os avermelhados olhos flamejantes que tanto a assustam? A bocarra aberta cheia de presas, as longas e venenosas unhas que ela brande em sua direção? Ela não fareja o cheiro de sua carne durante a noite, e é capaz de encontrá-la em seus sonhos? Ela não a espreita por todas as esquinas, com uma sede insaciável de seu sangue, sabendo que beberá direto de seu crânio oco? Não se lembra do quão assustadores são os olhos dela, Sharanya? Aquele sentimento pesando no fundo de seu estômago quando você se dá conta de que não há nada que possa fazer para escapar dela?

– Está certo – Strange disse, sem tirar os olhos da faca de caça, ainda seguindo seu brilho. – Já chega.

– Perdoe-me... – Pesadelo se desculpou sem parecer nem um pouco arrependido. – Estava tentando simplesmente traçar um paralelo. Aquelas criaturas que você acabou de deter geralmente ficam aos cuidados de Intimidare, um de meus seguidores mais poderosos. E, talvez não acidentalmente, um dos primeiros a tentar tomar meu reino.

Sharanya olhou feio para o demônio dos sonhos.

– E com o que ele o atacou? Queria muito saber. O que intimida a personificação dos pesadelos? – Ela apontou para Doutor Estranho. – É ele?

Pesadelo sorriu amargamente em resposta e não deu a entender que responderia. Stephen, por sua vez, começava a pensar na resposta quando avistou um brilho fraco ao longe. O rastro da faca de Jane levava diretamente até ele. Sem diminuir o passo, Stephen tocou o Olho de Agamotto, liberando um raio de poderosa luz mística, e abriu seu terceiro olho.

– Reino dos Sonhos Proféticos bem à frente – ele avisou. – Jane está lá.

Pesadelo semicerrou os olhos para enxergar ao longe, tendo o cuidado de se manter atrás de Strange e da luz que emanava de seu amuleto.

– Não havia sido destruído? – Ele pareceu surpreso.

Stephen continuou seguindo naquela direção, incerto sobre quanto andariam antes de chegar até os limites do reino.

– Não parece ter sido, não. No entanto, o soberano pode ter se enclausurado em seu palácio.

– Ou talvez ele não precise defender sua terra. – Pesadelo começava a ficar agitado. – Talvez ele esteja por trás de tudo isso.

Sharanya combinou seus passos com os de Stephen.

– Ele é o soberano da profecia, certo? – Ela colocou uma mecha de cabelo atrás da orelha. – Talvez ele simplesmente já saiba o que vai acontecer.

Stephen trocou um olhar tenso com Pesadelo, confiante de que estavam os dois pensando a mesma coisa. E se o que Sharanya estava dizendo fosse verdade? Isso parecia bem provável. Então, o que o soberano profético havia visto? Estaria esperando, sem defesas, por uma derrota inevitável? Ou sabia que sozinho não tinha nada a temer pelos eventos que se descortinavam na Dimensão dos Sonhos?

Stephen ainda ponderava sobre a questão quando a energia ao redor dele mudou e a luz ambiente começou a apagar. Seu próximo passo o levou para uma escuridão fria e imóvel.

Estava entrando no Reino dos Sonhos Proféticos.

12

STEPHEN FICOU SURPRESO com a força com que o cheiro da mesa de pinheiro da fazenda da mãe chegou até ele. Juntamente ao de esterco de vaca e o cheiro do lago, aquele era provavelmente o odor dominante de sua infância. Quantas horas havia passado sentado diante daquela mesa, lendo livros amassados que pegava emprestado na escola em que estudava, onde havia apenas uma sala de aula? Crescer no Condado de Hamilton em Lincoln era passar três quartos do dia ao ar livre – fazendo as tarefas, explorando, ou, depois que a seca acabava, nadando no lago que entrava na propriedade da família. Mas havia alguma ilusão de segurança na sala de jantar que o encantava, mesmo quando a comida era escassa. Com a sua cadeira afastada o máximo possível e de costas para as janelas empoeiradas, a mesa servia como limite físico entre ele e o restante da família. Era o lugar onde ele podia ficar separado do fluxo da casa e ao mesmo tempo testemunhar tudo. Protegido, mas também vigilante.

Embora Eugene Strange sempre passasse pelo cômodo em seu silêncio taciturno, Beverley, a mãe de Stephen, falava sem parar. A voz conversadeira da mãe estava firmemente fixada em sua memória, tanto quanto seu rosto. Ela falava sobre Jesus, a quem, isso era evidente para Stephen, ela amava mais do que a seu pai; ela falava sobre outros parentes, particularmente da irmã mais velha dela; e falava sobre o Dr. Boynton, especialmente depois que o irmão mais novo de Stephen, Victor, nasceu. Victor havia tido muitas cólicas quando bebê, e as opiniões do Dr. Boynton eram frequentemente solicitadas.

Beverley estava falando sobre o doutor naquele momento enquanto andava pela casa com o bebê recostado em um dos ombros – o quão milagreiro ele era, como eram abençoados por tê-lo por perto, sempre disposto a prestar consultas sem cobrar, como ela honestamente não saberia fazer o que fazia se não fosse por ele. Stephen era o mais velho dos três. O irmão Victor era quase nove anos mais novo; a irmã, Donna, ficava entre os dois, dois anos mais jovem que Stephen e seis anos e meio mais velha que Victor.

– Eu nunca imaginaria que isso fosse funcionar tão bem, apenas uma garrafa de água morna encostada na barriga dele, mas fiz exatamente o que o Dr. Boynton disse... e, graças a Deus, o bebê finalmente se acalmou. Ele também me disse para colocá-lo sentado quando fosse dar comida, e não é que funcionou? Honestamente, esse homem é um milagreiro. Eu sempre rezo em agradecimento a ele. Todas as noites.

Stephen mal conseguia compreender as páginas do livro que estava lendo, mas mesmo assim tinha a sensação de estar completamente absorto. Apesar de isso criar conflito com o pai, que acreditava que o filho mais velho precisava passar mais tempo com a inerrante palavra de Deus, Stephen acabou tomando gosto por ler qualquer coisa que não fosse a Bíblia do Rei James. As palavras da mãe chegavam flutuando até ele, e ele as ouvia pela metade enquanto estudava as já muito gastas páginas diante dele.

– Eu tentei dar algum dinheiro a ele, tentei mesmo, mas ele disse que não cobrava por conselhos, e também não cobrava de bebês. Aquele homem é um santo, puro e verdadeiro. Ele nos salvou nem sei mais quantas vezes.

– E foi quando você decidiu se tornar médico...

Stephen se assustou, lembrando que não era mais um garoto de nove anos. Ficou atônito pela facilidade com que havia sido transportado de volta àquele tempo e lugar – quase como se alguém houvesse lançado um intricado feitiço sobre ele –, mas é claro que era apenas um sonho. Como que para sublinhar aquele ponto, Jane Bailey subitamente estava sentada ao seu lado na mesa. Apesar dos cabelos desarrumados e dos círculos profundos sob os olhos, ela parecia ilesa.

– Jane! Estive procurando você.

– Eu sei... – ela respondeu. – Você já está bem perto.

– Perto? Você não está aqui?

Jane fez uma careta, como se aquela fosse a pergunta mais tola que já tivesse ouvido.

– Certo. Como se eu fosse estar na casa da fazenda de seu pai no Nebraska. Só em sonho.

– Então, onde você está? – Stephen se lembrou da faca de caça e então a sacou.

– Estou com Predivino. Ele está tentando me ajudar. No entanto, eu queria lhe mostrar algo.

Ela apontou para algo à esquerda de Stephen. Virando-se, ele viu uma jovem sentada na ponta da mesa observando atentamente sua mãe, Beverley.

– Jessica Clifton – Stephen disse. – Os pais dela criavam galinhas. Comprávamos ovos deles quando podíamos.

Jane assentiu, mas parecia esperar que ele dissesse outra coisa. Stephen deu de ombros, colocando cuidadosamente a faca sobre a mesa entre eles antes de lhe dar um toque com a ponta do dedo e fazê-la girar.

– Minha mãe gostava de Jessica, ela sempre nos visitava.

Jane se virou para observar os passos de Beverley enquanto ela ninava o bebê.

– E esse é o verão antes de Jessica partir para a Costa Leste. Ela queria ser veterinária, mas não sabia se daria conta de todo o estudo envolvido. Sua mãe achava que ela conseguiria. – Jane olhou fixamente para Stephen por um momento e então novamente se concentrou em Jessica Clifton. – E você com grande custo percebeu que ela estava ali – ela disse em tom brando, depois de um segundo.

A atenção de Stephen estava na faca, que continuava girando rapidamente como uma roleta. Parecia que não pararia. Jane colocou a mão em seu braço.

– Você não entende. Sua vida *inteira* está bem aqui, pelo menos a primeira metade. Você ouvia sua mãe elogiar um médico e decidiu que ela se orgulharia de você, falaria apenas de *você* daquele jeito, se você também se tornasse um. Você queria ser como o Dr. Boynton, ou como Jesus, com seus poderes de cura. Você se convenceu de que era isso que ela estava tentando lhe dizer, mas, olhe... – Jane voltou a atenção para a expressão sombria de Jessica Clifton. – *Ela não estava falando com você.*

Stephen se permitiu um rápido e tenso sorriso.

– Grande teoria, mas você está errada. Não foi nesse momento que decidi me tornar médico. Foi quando minha irmã se feriu e deixou que eu a ajudasse... quase três anos mais tarde.

Jane balançou a cabeça.

– Isso foi quando a ideia emergiu para o seu cérebro *consciente*. Mas foi *aqui* que ela foi gerada. – Ela parou e coçou o nariz. – Estranho, não é? Tanta coisa em sua vida ter sido moldada por uma conversa da qual você nem fazia parte...

Stephen suspirou. A faca ainda girava.

– Compreendi. Descobri que ser cirurgião foi errado para mim em muitos níveis, mas isso tudo está no passado. Como é que tudo isso pode ser profético?

O rosto inexpressivo de Jane encontrou seu olhar.

– Há muitos tipos diferentes de sonhos proféticos. Este é um aviso.

Stephen estava prestes a perguntar o que era o aviso, mas Jane desapareceu tão rápido quanto havia aparecido. Ou melhor, ela simplesmente não estava mais lá, e é claro que nunca havia estado, porque, conforme ela apontou, o que Jane Bailey estaria fazendo na mesa de jantar de Eugene Strange no Nebraska?

Stephen se levantou rapidamente, e não viu mais nenhum sinal de sua presença. A faca continuava girando. Seria o Reino da Profecia imune à psicometria, ou o giro era uma indicação de que na verdade ele estava próximo de Jane? Decidindo que teria mais sorte lá fora, pegou a faca e se dirigiu à porta da cozinha, mantendo os olhos desviados da imagem--sonho da mãe e do irmão bebê.

Stephen não via a fazenda havia décadas. Muitos anos atrás vendera a propriedade para uma mãe solteira divorciada que vivia na cidade onde nasceu. Apesar de sua infância não ter sido completamente infeliz, havia sido um período difícil. No entanto, Stephen estava convencido de que tinha escapado do destino que lhe havia sido determinado. Parado diante da porta de tela que o levaria da cozinha para o celeiro, ele considerou a hipótese. A ética de trabalho. A conexão com a terra. A suposição de que interação social se enquadrava na civilidade. Aquilo basicamente era tudo o que havia levado consigo do Nebraska. O restante, ou tinha erradicado deliberadamente de sua vida – o sotaque do centro-oeste, a mente fechada, a religião dos pais –, ou simplesmente tinha perdido.

Dentre as perdas, as de pessoas eram as que mais o afetavam. Ele havia perdido a irmã, a mãe, o pai e o irmão em rápida sucessão em um período de sete anos, começando com a morte de Donna, em seu aniversário de 19 anos. A morte do irmão foi a última, e menos de dez anos depois ocorreu o acidente de carro que quase tirou a vida de Stephen. Agora, como o Mago Supremo da Terra, ele regularmente enfrentava os vilões interdimensionais e as forças obscuras do oculto, arriscando a vida muitas vezes por dia. Um sonho sobre como a mãe pode ter influenciado sua escolha inicial de carreira poderia ser um alerta sobre o quê?

Stephen saiu pela porta da cozinha e pisou em um campo de gelo de um dos anéis de Saturno. Atrás dele havia um cego usando sandálias e uma túnica branca, segurando um cajado nodoso de madeira. Os dois estavam de costas para o planeta, olhando para a galáxia. A Terra era um pequeno ponto ao longe. Stephen se virou e estendeu a mão ao homem.

– Doutor Estranho, Mago Supremo. Você deve ser Predivino. Sinto muito que não tenhamos nos conhecido antes... Eu recebo a maioria de minhas visões proféticas de Agamotto.

– Ah, mas nós nos conhecemos – o homem respondeu com um sorriso, estendendo a mão para segurar a que Stephen havia oferecido, mas, em vez de apertá-la, virou a palma dele para cima e percorreu com os dedos as cicatrizes cirúrgicas. Suas mãos eram quentes e secas, e a pele, suave feito papel, por conta da idade. – Ou seja, eu te conheci. Eu o conheço desde que você era criança.

– E suponho que venho ignorando seus avisos há muito tempo...

A intenção de Stephen era fazer uma piada, mas imediatamente reconheceu que aquilo era verdade. Nunca havia prestado muita atenção aos sonhos, nem depois de descobrir seus verdadeiros pontos de origem.

– Em todo caso, você terá que me desculpar novamente. Estou tentando localizar uma jovem... – Stephen disse.

– Jane. Sim. – Predivino largou a mão de Stephen e apontou para uma porta que apareceu na frente deles, posicionada diante do espaço. – Ela está bem ali.

– Obrigado. – Stephen deu um passo na direção da porta, mas foi interrompido pelo cajado de Predivino, que o velho colocou repentinamente diante de seus joelhos.

– Tu não estás preparado.

– Preparado?

Stephen se perguntou se aquele era um mau sinal a respeito do modo como passava seus dias, e imediatamente pensou em quatro feitiços diferentes que poderia usar para passar pelo velho. Um velho cego que representava a profecia e o conhecimento, nada mais que isso. Ele tentou ficar imóvel, ouvir e abrir a mente.

– Para pagar o preço.

Stephen suspirou.

– Você andou falando com meu amigo Monako, não é? Acredite em mim, eu ouvi as preleções: a magia tem um preço, uma vida por outra vida, o universo deve permanecer em equilíbrio, a conta será cobrada... Eu lhe garanto que compreendo meu trabalho e farei o que precisa ser feito.

– Fará mesmo?

O gelo sob as botas de Stephen se transformou em um campo rochoso com gramado alto e escuro em um vale coberto de neblina. Ele deu um passo à frente e se viu diante de um altar de pedra, onde jazia um cordeiro. Ele se afastou, surpreso.

– Você tem a reputação de ser misterioso, Predivino, mas no momento não estou entendendo. Isso é pior do que Monako afogando seus coelhos.

A pergunta dele foi respondida pelo próprio Monako.

– Como é?

Stephen se viu de joelhos em um assoalho preto e branco de um banheiro que ele não reconhecia, segurando um coelho branco que se debatia sobre uma banheira cheia. A sala estava escura, mas havia luz suficiente vindo do corredor para que ele pudesse enxergar o que estava acontecendo. Ele podia ouvir Monako, o Príncipe da Magia, tossindo no cômodo ao lado. Um colega mago, Monako era obcecado pelo custo do arcano, sempre insistindo que todo feitiço tinha seu preço. Ele "pagava sua conta", como costumava dizer, afogando um coelho toda vez que salvava uma vida.

– Melhor fazer isso rápido, Stephen. Senão você e o coelho vão acabar surtando.

A água tinha um estranho odor salino. Stephen pensou em encenar. Poderia lançar uma ilusão, fazer Predivino pensar que ele fazia o que lhe havia sido pedido, e então voltar à missão de salvar Jane e a Dimensão dos Sonhos e, com isso, a realidade. Como se lesse seus pensamentos, Monako apareceu na porta do banheiro, atrás dele. Era um homem velho e magro com cabelos e olhos quase tão pretos quanto a cartola que Stephen nunca o vira tirar da cabeça. Um de seus olhos estava escondido sob um tampão improvisado, mas não contribuía em nada para diminuir a sensação de que o homem estava com os olhos fixos nas costas de Stephen.

– Se você está pronto para trapacear com um coelho de sonhos, que Deus nos ajude. Mas, por favor, leve o tempo que precisar, Mago Supremo. É apenas o destino da humanidade que jaz na balança... apenas mais um dia comum para você.

O coelho chutava e se retorcia, e as mãos machucadas de Stephen não eram fortes o bastante para segurá-lo. O animal escapou-lhe das mãos e mergulhou na água. Stephen respirou fundo e enfiou as mãos na banheira, mas não o encontrou. Então se levantou para ver melhor e notou que a banheira havia se transformado em algum tipo de caldeirão de vidência.

– Não adianta apenas olhar – Monako disse atrás dele. – Você tem de entrar ali de verdade se quiser entender. – Stephen sentiu um leve empurrão nas costas e subitamente caiu de cabeça na banheira.

Apesar de se tornar imediatamente evidente que ele não estava mais em uma banheira, Stephen sentia dificuldades para se orientar, incerto sobre qual direção o levaria para cima. Completamente submerso, e prestes a articular um feitiço de respiração aquática, ele viu dois feixes de luz penetrando na escuridão. Nadando na direção deles, deu-se conta de que se movia pela consciência de alguém, os feixes gêmeos de luz eram seus olhos abertos. Preso atrás deles, Stephen era um mero observador das ações de outro homem.

Howard Kolswolski do Queens, 47 anos, sentia-se confiante. Otto se ausentara por doença pelo quarto dia consecutivo, e alguém tinha que operar o guindaste. Então Howard havia convencido – encantado, na verdade – o exausto mestre de obras a deixá-lo assumir o transporte de um carregamento de vigas de metal até o segundo telhado. Enquanto falava com o mestre de obras, parecia que estava em um sonho. Era assertivo e eloquente, apresentando um argumento que provavelmente teria funcionado mesmo se ele não estivesse tão cansado. E também não havia como o pobre homem provar se era verdade ou não o que Howard havia dito. Afinal, Otto e Howard sempre almoçavam juntos; era completamente plausível que Otto tivesse ensinado Howard a operar o guindaste em uma dessas ocasiões. Tecnicamente, é claro, qualquer um no controle daquela coisa tinha que ter uma licença, mas regras são feitas para pessoas que não conseguem pensar fora da caixa, não é? Era um risco que Howard estava disposto a correr. Entrar, fazer o trabalho, salvar o dia – era uma grande oportunidade de mostrar a todos quem ele era. Era o seu destino.

Agora, sentando-se à direção do guindaste pela primeira vez, Howard se esforçava para executar a tarefa que havia descrito como algo tão fácil quanto pescar um ursinho de uma máquina de parque de diversões. Conseguir prender a carga havia sido bem simples – Deus sabe quantas vezes ele observou Otto fazer aquela parte –, mas, enquanto tinha que girar o guindaste na posição, moveu os controles rápido demais, e as vigas balançaram e giraram. Suas tentativas de consertar o erro se tornaram cada vez mais desleixadas, fazendo a carga balançar muito, bem em cima do espaço entre os dois edifícios, onde ela pendia acima da rua movimentada.

A velocidade diminuiu quando Howard viu a primeira viga começar a escorregar para cima dos carros parados no tráfego da manhã. Tentando não entrar em pânico, ele alcançou o freio de rotação, confiante de que aquilo faria um movimento forte o bastante para que a carga balançasse na direção oposta, lançando a viga solta de volta ao suporte. Puxando a alavanca com força, ficou aterrorizado ao ouvir o familiar ruído do gancho do guindaste se desconectando do cabo. Olhou fixamente para sua mão, que segurava a alavanca que liberava o cabo, e observou todo o suporte de vigas se soltar, caindo na direção do solo...

Preso, pequeno e insignificante, atrás dos olhos de Howard, Stephen tentou lutar para que os olhos focassem a carga caindo, mas a visão de Howard parecia falhar. Ou talvez fosse a visão de Stephen que começava a escurecer. Ele piscou e cerrou os olhos em vão enquanto a imagem se dissolvia num turbilhão de luz. A próxima coisa que Stephen sentiu era que nadava para outra consciência.

Raymond Foster, de Reno, 22 anos, alinhava a mira de sua Glock 19, apontando-a para um dos nervosos clientes do Banco Regional de Nevada, enquanto seu irmão mais velho, Garvin, intimidava a caixa, berrando com ela para que enchesse a mochila de dinheiro. Com um par de Berettas na mão, Paco vigiava estoicamente a porta, para o caso de os policiais chegarem. Todos os três usavam meias-calças na cabeça para mascarar a aparência.

Raymond estava nervoso e cansado... cansado, principalmente. A ideia de um grande assalto ao banco em plena luz do dia lhe parecia arriscada. Ele havia dito isso ao irmão, mas Garvin exalava confiança, afirmando que ninguém esperava um roubo bem no meio do dia, e era isso que tornava o plano tão perfeito.

– O segurança está tranquilo, as pessoas só querem entrar e sair o mais rápido que puderem... aposto que as câmeras nem devem estar gravando!

Ele vivia insistindo que esse era o seu destino – que tinha total certeza de que funcionaria, e que o roubo seria lembrado por décadas a fio. Disse que tudo aquilo havia lhe sido mostrado em um sonho. Raymond queria acreditar, mas particularmente achava que sonhos eram muito menos confiáveis do que tirar uma ideia de um programa de TV, da internet ou algo do tipo. Além do mais, eles não eram ladrões de banco – nunca haviam assaltado nada maior do que uma loja de conveniências. Parecia que devia haver algo entre essas duas coisas, embora ele não conseguisse pensar no que seria. De todo modo, ele não tinha forças para resistir a Garvin, provavelmente porque fazia uma semana que não tinha uma noite de sono decente. Ele dormia, mas era uma experiência vazia, irregular, desprovida de sonhos, e acordava se sentindo mais cansado do que estava quando caiu na cama na noite anterior.

Provavelmente foi por isso que ele não viu o velho segurança se posicionando do outro lado de Garvin, com a pistola de serviço em mãos.

– Coloque as mãos onde eu possa vê-las, garoto! – o guarda gritou para Garvin.

O irmão de Raymond virou com a arma em punho e a apontou para o guarda.

– Seja esperto, velho! Solte a arma!

Raymond já posicionava a própria arma para dar cobertura ao irmão quando, pelo canto do olho, viu um dos clientes do banco se levantar, sacar uma arma do coldre em seu cinto e disparar, tudo isso em um único e suave movimento. A bala atingiu Garvin com impacto suficiente para lançá-lo contra o balcão.

O segurança, provavelmente agindo por instinto, girou e disparou na direção do tiro, atingindo uma mulher, enquanto o homem ao lado dela sacava sua própria arma de um coldre preso ao tornozelo. Raymond se recuperou do choque bem a tempo de mergulhar atrás de uma mesa para se proteger do homem que disparava repetidos tiros. As armas de Paco rosnavam enquanto ele devolvia os tiros e gritava o nome de Garvin.

Observando pelos olhos de Raymond, Strange tentou lançar um feitiço de imobilidade, mas conseguiu apenas congelar a água ao seu redor. Strange socou o gelo, frustrado – e para a sua surpresa, ele começou a rachar e desmoronou, revelando um monitor com a imagem da Terra.

Imperator Kt'Dvarn, comandante do cruzador Kaldaharn, 122 anos, observava pelo monitor principal o planeta azul-esverdeado, ainda surpreso pelas ordens que o fizeram vir para uma galáxia tão distante. Era um pequeno planeta que precisaria de todo o poder de sua armada, mas as ordens vieram do comando superior, e não lhe parecia prudente desobedecer. Há muito se foi o tempo em que cada Imperator agia como lhe convinha. Agora, o simples fato de questionar um comando imperial poderia lhe valer uma sentença de morte. Por mais que valorizasse sua independência, não valia a pena perder a vida por isso, então resolveu seguir as ordens primeiro e lidar com a consciência depois.

Abundavam rumores a respeito do novo Astrólogo do Imperador – um tipo de intérprete dos sonhos, conforme Kt'Dvarn havia ouvido, e aparentemente agora tinha se tornado conselheiro-chefe. Soava como se o Imperador tivesse ficado obcecado com seu lugar na história – todos os discursos subitamente tinham como tema o seu destino e o destino do império como um todo.

Tudo aquilo soava um pouco exagerado para Kt'Dvarn, mas tudo o que sabia era que tinha ordens e como precisava desesperadamente de seu trabalho. Se o Imperador precisava destruir planetas para se sentir importante, Kt'Dvarn não estava em posição de argumentar.

Ele revisou os dados sobre o planeta na biblioteca do computador enquanto tomava uma xícara de spourma quente. Era um planeta rico em recursos e tinha pelo menos uma forma de vida principal que facilmente poderia ser adaptada para trabalho escravo – potencialmente dúzias. Com todas as possibilidades que se evidenciavam conforme sua pesquisa se desenrolava, pareceu-lhe um desperdício simplesmente destruí-lo.

– Estamos em posição, Comandante – o piloto reportou. Uma rápida verificação dos monitores confirmou que a armada estava em formação de ataque.

– Envie as ordens para a frota – Kt'Dvarn suspirou. – Prepare os Imbiotores.

– Enviando ordens, Imperator.

Kt'Dvarn verificou as ordens pela segunda vez e estreitou os ombros.

– *Envie o código de dizimação e dispare à vontade.*

A consciência de Strange foi arrancada para fora da imensa nave, e ele viu centenas como ela se espelhando em torno da órbita de seu planeta natal. Enormes canhões em cada uma das naves brilhavam ao lançar raios de energia vermelha que atingiam a superfície da Terra. Demorou menos de dois segundos para que o planeta explodisse em uma erupção incandescente de meteoritos.

Stephen se esforçou para agir, tentando pensar em um feitiço aterrador o bastante para reverter a destruição que se descortinava diante dele. Fechou os olhos para se concentrar e sentiu a destruição enquanto percebia a mudança de luz através das pálpebras.

No espaço de uma batida de coração, ele entendeu que estava de joelhos na frente da banheira de Monako novamente, o velho o havia agarrado pela parte de trás da cabeça e o puxara para fora da água.

– Isso é amanhã, Stephen, *amanhã*. Profecia, lembra? Quer ver mais alguma coisa?

– Eu não entendo. – Stephen se virou para encarar aquele insano velho mago. – Eles estão sofrendo por falta de sono? Há algum tipo de tema de pesadelo percorrendo todos eles? Orgulho? Arrogância?

Os lábios de Monako se curvaram em desgosto.

– Estão infectados, seu maldito pato. Que tipo de doutor você é? Não consegue *ver* isso?!

Stephen olhou para trás, a banheira mais uma vez havia se tornado um caldeirão de vidência repleta de imagens de pessoas cujas realidades ele havia habitado. Monako estava certo, todas as suas auras brilharam com uma mancha verde-escura, cheia de pontos pretos e um tom dourado nas beiradas.

– Infectados? Por um sonho? Por um sonho *profético?*

– Existem tipos diferentes de sonhos proféticos – Monako respondeu friamente. – Este foi um aviso.

O velho mágico havia se aproximado de um dos lados da banheira, que começou a transbordar de sangue, e arregaçou cuidadosamente uma das mangas. Enquanto a banheira transbordava, o sangue se espalhava pela lateral, ensopando seus sapatos. Ele se apoiou na beirada e enfiou o braço no líquido espumante, finalmente se endireitando enquanto puxava a figura imóvel e ensopada de sangue do coelho com um grunhido.

– Quer tentar de novo? – perguntou, jogando o animal ensanguentado para Stephen, que o segurou horrorizado ao ver os olhos se movendo naquela cabeça pequena e molhada. – Se você não tiver a *intenção* de fazer, não conta. É melhor *se lembrar* disso.

Stephen sentiu que perdia o controle. Que diabos cordeiros e coelhos tinham a ver com salvar a Dimensão dos Sonhos? Ele jogou o animal de volta para Monako.

– Você acha que não consigo fazer o que deve ser feito? Demônios de Denak, Monako! Você *faz ideia* do tipo de loucura com a qual eu lido diariamente? Os ataques mágicos dos cantos mais longínquos do submundo, as invasões massivas vindas de outras dimensões, que, graças ao meu esforço, você *ainda* não sabe que existem... ora, apenas o volume de corrupção psíquica...

Stephen parou, percebendo que estava sozinho. Ele se levantou no meio de um campo no Nebraska, e tudo era morte. Não havia nem ao menos um pássaro pairando no céu, nem um carro passando pela estrada, nem um único inseto zumbindo, e cada folha de grama estava amarelada e seca. Aquilo o lembrou das tempestades de areia de sua infância – só que pior. O silêncio fazia seu peito doer.

Vendo um lampejo de movimento pelo canto do olho, ele se virou para ver o cordeiro parado, cambaleante no chão ao seu lado, sua pequena cabeça branda inclinada para cheirar a grama morta. Stephen se encolheu quando ele olhou para cima, olhos negros embotados e suplicantes por comida. Deu um pequeno passo em sua direção. Stephen se afastou, e perdeu o equilíbrio, escorregando pelas margens de um lago seco.

Ficou deitado de costas no chão seco e craquelado por um momento, respirando pesadamente enquanto olhava para o céu. Estava prestes a se levantar quando uma corrente de água o atingiu, despejada de alguma fonte desconhecida, e o prendeu deitado na lama enquanto enchia o lago em volta dele.

Stephen cerrou os dentes, supondo que deveria estar agradecido por aquilo não ser sangue.

13

QUANDO A SOMBRA CAIU DIANTE DELA, Jane estava flutuando perto da beira de um lago, totalmente vestida, olhando fixamente para o céu com os olhos arregalados. Ela se levantou em uma cama de feno no meio das águas e protegeu os olhos da luz do sol. A criatura que a olhava tinha uma cara pálida pontuda, cabelos pretos espetados e olhos com um brilho estranho. Estava todo vestido de verde e parecia fora de lugar na clareira onde ela havia caído.

– Gostei da sua capa – ela elogiou.

Pesadelo olhou para trás, para seu manto escuro e esfarrapado, antes de continuar sua busca pelo horizonte. Ele parecia estar procurando algo, ou alguém.

– Você deve ser Jane – ele disse. – Por favor, não... *vá* a lugar nenhum. Meu... – ele parou e sorriu cinicamente, como se uma palavra tivesse sofrido uma morte fétida em sua boca. – Há alguém procurando você. – Fechando a cara, ele deu as costas para ela. – Acho que você não o viu, não é? Alguém da sua espécie, usando uma capa vermelha, bigode... totalmente sério, sem *nenhum* senso de humor...

Jane sorriu.

– Você se refere ao mago?

Pesadelo estava prestes a revirar os olhos.

– Sim, ele – confirmou, voltando sua atenção para a água com olhar desconfiado. – O que está fazendo aqui fora? Eu não vim aqui te pegar, vim?

Jane olhou ao redor para a água. Ela não estava completamente certa.

– Não dizem que quem consegue flutuar é bruxa?

Pesadelo estreitou os olhos.

– Você não é uma bruxa, Jane. Bruxas escolheram fazer um pacto com uma fonte externa de poder. Você é apenas... azarada.

Jane ficou perplexa com a alegação. Ela baixou os olhos, contorcendo a boca para formar algo parecido com um beicinho. Enquanto ela pensava no que Pesadelo acabara de lhe dizer, no entanto, começou a agradecer pela verdade nas palavras dele. Azarada. Pressionou os lábios antes de respirar fundo, lentamente.

– O que é você? – ela perguntou a Pesadelo.

O demônio a encarou impassível.

– Sou Pesadelo.

Jane assentiu, sua atenção vagou até uma enorme libélula vermelha que pousou em um junco à sua esquerda.

– Acho que você também viu isso, então?

Pesadelo se aproximou da beira da água.

– Viu o quê?

A libélula voou por sobre a água. Jane seguiu seu progresso, e então balançou a cabeça.

– Você está certo – ela disse em voz baixa. – Não importa.

Pesadelo não parecia ter certeza do que estava prestes a fazer, mas observou enquanto ela segurava as duas laterais do gorro do blusão. Estreitando os olhos, quase a ponto de fechá-los, e apertando os lábios, ela se ergueu rapidamente, e uma corrente de água jorrou sobre sua cabeça. Ela manteve os olhos fechados enquanto a água escorria por seu rosto, e então abriu lentamente um dos olhos e espiou Pesadelo. Ele inclinava a cabeça para um lado, em completo espanto, e tinha os olhos arregalados. Jane abriu o outro olho e sorriu timidamente. Um dos lados da boca do demônio deslizou para cima, incerta; de todo modo, sua expressão continuou igual, e Jane riu, começando a caminhar pela água para se juntar a ele na margem.

Quando ela deslizou pela lama antes de chegar ao seu lado, Pesadelo estendeu a mão para ajudá-la, e ela aceitou. A pele dele era fria e pegajosa. No segundo em que ela se viu a salvo na margem, ele soltou sua mão, e Jane imaginou que ele não estava acostumado a tocar pessoas. Ela afastou a franja molhada da testa.

– O mundo já acabou? É difícil saber daqui.

Pesadelo a observou por um momento, e então tensionou o maxilar enquanto desviava o olhar para vigiar a clareira.

– Não. Ainda não. É isso que Predivino tem lhe mostrado, Jane? O fim do mundo?

– Acho que sim. – Ela tirou o casaco e começou a torcê-lo. – O fim do meu mundo, pelo menos. Mas não acho que esse seja o plano *dela*, de verdade.

Pesadelo observou-a por um momento lidando desajeitadamente com o casaco encharcado; e então, em um impulso, fez um gesto na direção dele.

– Plano de quem?

Jane se surpreendeu ao perceber que o casaco repentinamente estava seco. Ela o sacudiu e, cada vez mais acostumada com a falta de continuidade em sua experiência de tempo, vestiu-o novamente, dando de ombros.

– Você gosta de túmulos?

– Na verdade, gosto.

– Eu também. Então vamos. – Ela segurou a mão de Pesadelo e começou a puxá-lo. Afastando-o do lago.

Subiram uma pequena colina coberta de grama verde e margaridas amarelas com quase meio metro de altura, seguindo na direção de uma modesta, porém enorme, chácara. Jane parou diante de uma cerca de madeira, esperando que Pesadelo a alcançasse, e então o levou para trás de um celeiro, onde uma fileira de túmulos havia sido cavada à sombra da construção. Todos estavam marcados com simples cruzes de madeira, cujos nomes tinham sido gravados a fogo: Eugene Strange, Beverly Strange, Donna Strange, Victor Strange...

Jane agachou-se e tocou a cruz fria e suja do túmulo de Donna Strange.

– Parece tão pacífico – disse em voz baixa.

– Não para Stephen. – Pesadelo sorriu discretamente e estalou os dedos. – E eu lhe garanto que os túmulos reais não são tão perto assim da casa. Talvez isso tenha algum tipo de significado profético para ele.

– Então isso é uma profecia, ou todas essas pessoas já estão mortas? – Jane perguntou.

Pesadelo parecia satisfeito em ter uma resposta direta para uma pergunta direta.

– Já estão todos mortos. E já faz um bom tempo. – Ele apontou para o túmulo de Victor Strange e sorriu ameaçadoramente. – Aquele ali morreu duas vezes.

Jane assentiu lentamente, imperturbável.

– Como se ele fosse um vampiro ou algo do tipo?

Pesadelo voltou-se rapidamente para ela, sem conseguir disfarçar a surpresa por ela ter adivinhado.

– Correto, é isso mesmo.

Jane olhou para ele, com os olhos bem abertos e tristes.

– Mas nós ainda não, certo? – ela perguntou.

– Se somos vampiros?

– Se estamos mortos...

Pesadelo balançou a cabeça.

– Jane, querida, os mortos não sonham.

– Então isto é um sonho?

Pesadelo ergueu uma sobrancelha enquanto olhava para a jovem Inumana.

– Não exatamente. Mas eu achei que você pensasse ser. Imaginei que era por isso que você não ficou com medo de mim.

Ele ofereceu a mão a ela, e ela a segurou, deixando que a ajudasse a ficar em pé.

– Não preciso ter medo de você – ela disse calmamente, limpando a mão nas calças jeans.

Pesadelo inclinou a cabeça para um dos lados e começou a segui-la enquanto ela voltava para o lago.

– Você não acredita que sou capaz de feri-la?

Jane olhou para ele por sobre o ombro e continuou andando.

– Ah, tenho certeza de que é. Mas isso simplesmente não importa.

Pesadelo parecia completamente perplexo.

– Não importa se você se ferir?

Jane se virou, andando de ré e com os braços abertos.

– Na verdade, não. Porque sou muito azarada. Eu não havia pensado nisso até que você disse, mas é quase como um superpoder. – Ela deixou os braços caírem e se virou de frente para o lago novamente, as costas retas e a cabeça erguida. – Na verdade, não temos que ter medo de nada se sabemos que vamos morrer. A morte sempre derrota a dor.

Pesadelo parou. Jane ouvia seus movimentos enquanto caminhava e sorriu quando escutou as folhas sendo esmagadas sob seus passos atrás dela.

– Acho que você é a primeira pessoa em quatro séculos que não tem medo de mim – ele comentou atrás dela, e a voz dele parecia quase divertida.

Jane olhou para as árvores enquanto respondia, com as mãos nos bolsos:

– É bom ter um amigo, não é? – Ela lançou outro olhar para ele e enrugou o nariz de prazer. O demônio havia cruzado os braços e batia com a longa unha no queixo enquanto andava, aparentemente considerando cuidadosamente a pergunta.

14

SHARANYA SENTIU UMA FORÇA pressionando a parte baixa de suas costas, como se alguém houvesse lhe dado um leve empurrão. Ela cambaleou para a frente até a margem de um rio, em terras baldias violentamente castigadas pela erosão. Uma plataforma se ergueu de um amplo e plano espaço de areia atrás dela, sobre o qual se projetava uma antiga cidade murada toda construída de tijolos vermelhos. Os portões da cidade estavam abertos. Enquanto um profundo crepúsculo azulado se formava no céu, luzes de tochas tremeluziam dentro de cones pintados de terracota embutidos na frente de estruturas ornamentadas, dando às paredes um tom de cobre. Finos minaretes se erguiam dos dois lados de um resplandecente templo, e um antigo e elaborado sistema de irrigação corria pelas casas, campos, pomares e estábulos. Sharanya não notou o quanto a cidade estava vazia até que ouviu uma voz autoritária e sonora atrás dela.

– *Do Grande Acima ela abriu os ouvidos para o Grande Abaixo...*

Sharanya se virou para ver uma mulher parada na margem do rio e segurou a respiração ao reconhecê-la. Apesar de não ser muito alta, a mulher era magra e se mantinha bem ereta, com os graciosos braços nus adornados por braceletes de ouro. Um traje de lã vermelho-claro, enfeitado com padrões geométricos intricados e bordados à mão, realçava o tom da pele bronzeada, e um cacho de uvas contrastava com os cabelos negros, lisos e brilhantes. Equilibrando um vaso de terracota no elegante ombro, ela fixou em Sharanya os penetrantes e inteligentes olhos cor de topázio, contornados com khol, que brilhavam sob a luz da tocha.

– Geshtin-anna? – a cientista perguntou, assustada.

– *Do Grande Acima a deusa abriu seus ouvidos para o Grande Abaixo...* – a mulher entoou.

Geshtin-anna era uma deusa mesopotâmica que, conforme boa parte dos mitos sumerianos das estações, passava seis meses de cada ano no submundo. Seu amado irmão, Dumuzi, permanecia ali durante o período frio do ano, fazendo de Geshtin-anna o arauto do outono – e, por extensão, da colheita e do vinho. Mas ela era conhecida por Sharanya principalmente como a primeira pessoa da história a escrever e analisar sonhos, e ficou famosa por ter ajudado seu irmão com uma série de pesadelos proféticos.

– *Do Grande Acima Inanna abriu seu ouvido para o Grande abaixo...*

Sharanya reconheceu as palavras do poema sumério "A Descida de Inanna", mas de alguma forma sabia que eram dirigidas a ela. Momentaneamente surpresa por se encontrar na presença de uma deusa, Sharanya se lembrou de que havia passado as últimas horas com um mago e um demônio. Começou a pensar no quanto se lembrava do poema, que era principalmente sobre a cunhada de Geshtin-anna, Inanna, que visitou o submundo e morreu ali dentro, mas então escapou definitivamente quando outras pessoas – mais especificamente Geshtin-anna e seu irmão – pagaram o preço por sua libertação. Sharanya começou a ficar nervosa.

– Eu... eu não entendo. É essa a profecia? Da Mesopotâmia antiga? Como ela funciona?

Sharanya parou, esperando que a deusa respondesse, mas Geshtin-anna não disse mais nada, apenas olhou para ela com seus olhos brilhantes e inquisitivos. Finalmente, a deusa se agachou. Sharanya respirou fundo, observando Geshtin-anna fechar a mão em volta de um pequeno grupo de cogumelos. Sharanya também se agachou, e falou em tom brando.

– Cogumelos? No simbolismo dos sonhos, geralmente indicam veneno, ou mais provável uma situação venenosa, algo com potencial de causar danos. Também podem representar um estado alterado de consciência, e qualquer uma das duas coisas faria sentido para mim neste momento, suponho.

Sharanya olhou fixamente para os cogumelos por um momento a mais, e então voltou a atenção para a deusa. Bela como era, ficava difícil para Sharanya imaginar a presença de Geshtin-anna profetizando algo positivo, a não ser que talvez fosse alguma forma de renascimento. Apesar dos avisos do irmão a respeito de seus sonhos, Dumuzi foi assassinado como ela havia previsto. Porém, como Inanna, ele acabou sendo ressuscitado.

– Talvez tudo esteja apenas mudando – Sharanya disse em voz alta, para si mesma e para Geshtin-anna. – Um renascimento metafórico, uma necessidade de que eu integre esse novo entendimento de mundo com minha vida e trabalho...? – Lembrando-se de que o nome Geshtin-anna significava "o vinho dos céus", Sharanya sorriu secamente. – Ou talvez eu apenas precise de uma bebida.

– Temos uma seleção de bebidas e vinhos oferecidos como cortesia, disponíveis para sua apreciação. Gostaria de ver o cardápio?

Sharanya piscou e sentiu uma súbita tontura. De repente, sentia-se leve. Estava em um avião – Air India, ao que parecia –, sentada entre um homem e uma mulher que ela não conhecia, e um comissário de bordo se inclinava na direção dela com um sorriso simpático. Embora não houvesse nada sinistro naquilo, Sharanya começou a se sentir ansiosa. Se ela comesse ou bebesse, ficaria presa à Dimensão dos Sonhos para sempre?

– Acredito que esteja pensando nas tarifas – o homem no corredor ao lado dela comentou com um sorriso gentil. Sharanya se deu conta de que era Wong, o assistente de Doutor Estranho.

– Onde estou? – Sharanya perguntou. De todas as perguntas que colidiam em seu cérebro, aquela era a menos urgente, mas também a única que ela conseguiu articular.

– Você está entre dois mundos – Wong respondeu, alargando o sorriso. – E eu sugiro que tente ficar confortável.

O comissário havia sumido, então Sharanya se recostou no assento e se virou para a mulher à sua esquerda e olhou pela janela. O céu estava azul-claro, e havia um agrupamento de nuvens abaixo deles. Provavelmente estavam em algum lugar sobre o Mar da Noruega. Fazendo um esforço para pensar clinicamente, Sharanya começou a tentar desconstruir o sonho, da maneira que faria se fosse o sonho de um dos seus sujeitos de pesquisa ou clientes.

As palavras de Wong podiam ser entendidas literalmente. Ela estava entre a Terra e o Paraíso, entre a partida e a chegada, entre a América e a Índia, entre o lar de sua família e seu país adotivo. E também havia implicações figurativas: estava sentada entre um homem e uma mulher, encarapitada entre o sonho e o despertar, e – se fosse honesta consigo mesma – movendo-se do estado de ceticismo intelectual para um de maravilhas intuitivas. Nos sonhos, os aviões às vezes simbolizam a superação dos obstáculos, ou ascensão a um plano maior de existência. Às vezes obrigam o sonhador a olhar um problema sob uma perspectiva mais ampla. Às vezes são apenas símbolos de aventura ou escapismo.

Ela lançou outra olhada para Wong.

– Você está aqui de verdade? – Mas no segundo em que fez a pergunta, já sabia a resposta.

– Aqui de verdade?

É claro que não estava. Mas por que será que ela havia trazido para o seu sonho aquele homem que tinha conhecido havia apenas algumas horas? Por causa de seu sorriso agradável, sua calma sobrenatural? Era uma indicação de sua vontade de se reunir com seu corpo, ou pelo menos garantir que ele estava salvo? Sharanya esfregou as têmporas e desejou estar com seu pote neti. Aviões sempre a deixavam congestionada. Embora não estivesse em um avião de verdade, ou estava? Não fisicamente. Fisicamente, ela ainda estava no Sanctum Sanctorum. E mentalmente estava no Reino dos Sonhos Proféticos. E o mais importante a fazer era encontrar o Doutor Estranho.

– Com licença. – Sharanya se levantou. Apesar de ter certeza de que usava trajes de negócios apenas um momento antes, descobriu que agora estava vestida com seu sári alaranjado e rosa, o que dificultava passar por Wong para chegar ao corredor. – A esquisitice dos sonhos – murmurou com um sorriso apologético.

Ninguém a impediu enquanto vagava pela Classe Econômica e passava para a Classe Executiva e então para a Primeira Classe, procurando assentos. O rosto dos companheiros de viagem era na maioria indistinto ou desconhecido para ela. Não havia sinal do Doutor Estranho, que, de qualquer forma, ela imaginou, nunca usava aviões. Nem mesmo viu Jane ou Pesadelo.

Tomada por um desânimo ansioso, Sharanya entrou em um dos pequenos banheiros e fechou a porta atrás de si. Os sonhos eram tão vívidos, detalhados e reais que ela começava a achar difícil não sentir medo. E se na verdade sonhar fosse apenas o córtice frontal passando por uma série de humores e imagens casuais, apenas neurônios disparando aleatoriamente? Aquela teoria sustentava que somente depois que alguém acorda é que o cérebro organiza as imagens em uma narrativa, em todo caso... E se ela *nunca* acordasse? E se o avião estivesse levando-a embora de verdade, cada vez mais para o fundo da Dimensão dos Sonhos? E se os outros não soubessem como encontrá-la?

Sharanya respirou fundo e clareou a mente. Ela tentava se agarrar, prendendo-se cada vez mais às conjecturas. Sim, ela estava em uma situação incomum, mas também estava dentro de seu campo de conhecimento, e não estava só. Tudo ficaria bem. Tudo *estava* bem. Ali, no presente, ela estava em pé, e estava bem. Tinha tudo de que precisava.

Assoou o nariz, ajustou o sári, e então estendeu o braço para puxar uma tira do sapato. Um lento sorriso surgiu em seu rosto. Os sapatos! Ela os havia criado no Reino dos Sonhos Eróticos... com a sua mente. E se o que Pesadelo dissera fosse verdade, foi assim também que encontrou o Doutor Estranho no telhado. Ela apenas tinha que se concentrar – para imaginar e se mover na direção dele.

Sentindo-se muito mais calma, Sharanya destrancou e abriu a porta do quarto, pensando que voltaria para seu assento e meditaria, mantendo a imagem de Stephen na mente até que tivesse uma pista de onde procurá-lo. Mas em vez do interior do avião, a porta se abriu para a varanda de uma fazenda do centro-oeste. Ela deu um passo cuidadoso para a frente, ouvindo uma porta de tela se fechando atrás de si. Havia terra firme sob seus pés e alguns gafanhotos voavam por sobre a sua cabeça. Ela não viu nenhuma evidência de avião enquanto estreitava os olhos na direção do sol. Uma brisa suave trouxe consigo o cheiro de um lago próximo, e Sharanya se virou para o lado oposto de um enorme celeiro à sua direita e começou a caminhar em direção à água. No meio do caminho, notou que usava novamente as roupas de trabalho.

O lago era grande, calmo e parecia ser a âncora daquela paisagem, pois, de outro modo, ficariam evidentes apenas o céu e os imensos campos onde Sharanya poderia facilmente se sentir perdida. Ela se sentou à beira da água, em uma imensa pedra lisa sob uma bétula, e começava a meditar quando uma perturbação na água chamou sua atenção. Primeiro, emergiram algumas bolhas, e então a superfície começou a se agitar. Sharanya notou uma mancha vermelho-escura se espalhando do centro da agitação. Por um momento, ela ficou com medo de que fosse sangue, mas então passou a ter a aparência de um imenso cobertor que emergia das profundezas do lago. Finalmente, Stephen Strange veio à tona, encharcado, ofegante e tossindo. O Manto da Levitação flutuava ao redor dele, como se não quisesse permanecer submerso.

– Pelas Presas de Farallah, Monako!

Sharanya sorriu, aliviada por vê-lo.

– Você nadou até aqui, Doutor? Eu vim de avião.

Virando-se para Sharanya, Strange deu dois longos passos na direção da margem e então parou, olhando ao redor com uma expressão que ela não conseguiu traduzir. Após dar a impressão de ter pensado melhor, começou a levitar acima das águas, e foi atravessando o lago para descer ao seu lado, com o manto vermelho balançando atrás dele.

Enquanto Strange pousava, arrumando a capa, Sharanya retirou uma pequena flor que crescia numa pedra próxima. Ela queria praticar seu poder de sonhar. Quatro pequenas pétalas de lavanda balançavam em volta do centro vermelho e redondo, e Sharanya se perguntou se poderia mudar a cor da flor.

– Você já esteve no Nebraska, Dra. Misra? – Strange perguntou.

Sharanya balançou a cabeça.

– Exceto por uma viagem à Índia, eu nunca saí de Nova York. É onde estamos?

– Não. – Strange olhou lentamente ao redor. – Mas sim. Suponho que essa paisagem tenha sido retirada de minha memória. Foi aqui que cresci.

Sharanya olhou para ele, surpresa.

– Em uma fazenda? Eu nunca teria imaginado isso. Você parece tão... urbano.

Sharanya percebeu que ele tentava sorrir, mas não conseguia. Seus ombros estavam tensos.

– Uma imagem cuidadosamente cultivada. Garanto. Pelo menos à primeira vista.

Ele se virou e olhou novamente para o lago, e então Sharanya voltou a atenção para a flor que segurava, concentrando-se nas pétalas. Ela tentava transformar a cor delas para branco, mas a flor parecia encolher lentamente em sua mão. Depois de um segundo, a luz púrpura se tornou negra.

Uma sombra caiu sobre ela. Sharanya ergueu o olhar, e descobriu que Pesadelo estava parado bem ao seu lado, olhando fixamente por sobre seu ombro para a flor e sorrindo sombriamente. Ela a derrubou e estava prestes a censurá-lo quando viu que Jane estava parada ao lado dele.

Sharanya sentiu a garganta fechar e o sangue pulsando nas têmporas. Ela pensou que o fato de uma garota mais jovem, distraída e bem menor que ela lhe causar tanta ou mais ansiedade que um mago, uma casa assombrada, um demônio, uma deusa e um monstro do tamanho de um arranha-céu dizia muito sobre ela. É claro que a jovem em questão havia brandido contra ela uma faca do tamanho de seu antebraço e tentado matá-la naquele mesmo dia. Mas Sharanya não conseguia deixar de ver Jane do modo que havia visto no Sanctum Sanctorum: pequena, pálida, inconsciente e quase insuportavelmente vulnerável. Estava claro que ela precisava desesperadamente de ajuda.

Agindo tanto por impulso gerado pela compaixão quanto por um desejo de neutralizar qualquer animosidade restante, Sharanya parou e deliberadamente estendeu a mão para a jovem mulher.

– Olá, Jane – ela disse calorosamente enquanto Strange e Pesadelo tomavam conhecimento da presença um do outro com rápidos acenos de cabeça. – Eu sou Sharanya.

Stephen notou o olhar de Jane para ele antes de se virar novamente para a Dr. Misra e pegar cuidadosamente a mão oferecida, apertando-a com os ombros soltos e uma tímida aversão no olhar.

No entanto, não era a relação de Jane e Sharanya que o preocupava. Agora que Jane estava diante de si, Stephen tinha a intenção de encontrar a entidade que exercia tanta influência sobre a jovem.

Enquanto a Dra. Misra distraía Jane com as apresentações, Stephen ativou o Olho de Agamotto, banhando Jane em sua luz áurea. Ele pensava sobre a energia verde-escura que Monako havia acabado de lhe mostrar, esperando para ver se ela purificaria a aura de Jane. Mas o que ele viu, na verdade, foi mais perturbador.

A mancha verde-escura estava lá, e seguia de algum ponto profundo da alma de Jane até algum ponto de origem desconhecido ao longe – mas aquilo não era o único sinal de que alguma força externa a mantinha sob controle. Uma linha azul-clara seguia para o norte e uma linha vermelha e brilhante seguia de volta para o Reino dos Sonhos Eróticos. Uma linha prateada seguia atravessando as fazendas do Nebraska logo abaixo do rastro verde-escuro, e uma luz branca pulsava sobre seu chacra do terceiro olho. Havia até mesmo um espesso raio negro que ia e voltava entre ela e Pesadelo.

Além do fio negro que a ligava a Pesadelo, que sem dúvida era robusto devido à proximidade do soberano, o verde era o que pulsava com mais força, perdendo-se para o oeste – muito parecido com o rastro que ele inicialmente havia criado entre Jane e a faca de caça. Stephen fechou o Olho e começou a seguir para o oeste.

Sharanya emitiu um leve ruído de surpresa.

– Espere... sei que os sonhos são estranhos, mas o seu broche acabou de... abrir o olho?

– Por aqui – Stephen disse, apontando na direção que o rastro indicava.

Ele pensou ter ouvido um suspiro de Sharanya e teve certeza de que sua frustração estava direcionada para ele. No entanto, ela foi distraída por Pesadelo, que surgiu atrás das mulheres e jogou o braço casualmente em volta dos ombros de Jane.

– Vocês precisam perdoar nosso amigo mago – ele disse em tom conspirador, ainda que alto o suficiente para que Stephen ouvisse. – Este lago lhe traz memórias ruins. A irmã dele se afogou aqui quando tinha apenas 17 anos. Tenho certeza de que foi uma tragédia que definiu a vida dele, e considerando a quantidade de catástrofes que ele tem vivido, bem... isso realmente pesa.

Stephen parou. Ele havia reconhecido o lago dois segundos após surgir em sua superfície, mas estava tentando não pensar nisso. Suas mãos começaram a se fechar, mas então, sentindo um espasmo de dor, soltou-as. O incidente com a irmã estava no passado, mas Pesadelo estava certo. Aquilo havia marcado o início de um período negro de sua vida, e estar diante daquelas águas novamente o deixava tenso e nauseado.

– Não faça isso – ele ouviu Jane dizendo a Pesadelo. – Não é legal.

– Jane – o tom do demônio era intimidante e de repreensão. – Por definição, eu *não sou legal*.

Stephen se recompôs, alisando o bigode enquanto continuava a andar. Olhou por sobre o ombro apenas o bastante para ver Jane pegando a mão de Pesadelo. Este pareceu surpreso, olhando de relance, em completa e óbvia confusão, para a mão que apertava a sua, mas não a puxou.

– Eu sei que todos vocês pensavam que eu estava por trás de toda essa loucura lá no mundo desperto – Pesadelo disse depois de um momento. – Mas espero que tenham mudado de ideia a respeito disso. Ao que parece, em todo caso, estamos com a intenção de explorar outras opções, então me deixe entretê-los com uma. – Ele fez uma pausa.

– Continue – Stephen disse sombriamente, sem se virar para ele.

Pesadelo obedeceu.

– Eu também posso ver dentro do reino mortal de vocês, e o que eu notei foi apenas insolência. As pessoas estão correndo riscos estúpidos, completamente convencidas de que vão se livrar de seja lá o que estiverem tentando. É como se o senso comum delas tivesse sido completamente apagado.

Sharanya alcançou Stephen e sincronizou seus passos com os dele enquanto Pesadelo continuava.

– Se uma pessoa tem *certeza* de que ninguém sabe o que vai acontecer, os riscos não parecem tão perigosos como deveriam. E que tipo de sonho oferece tais relações e premonições? Sonhos proféticos. O que me leva a pensar se não seria possível que estejam enfrentando o governante *deste* reino.

Stephen estreitou os olhos, pensando na qualidade de pesadelo de sua própria experiência com aquele reino.

– É bem possível – reconheceu, olhando para o lago enquanto continuavam seguindo por sua margem sul. – Em todo caso, saberemos assim que chegarmos ao fim deste rastro.

Sharanya envolveu o corpo com os braços enquanto continuava a caminhar ao lado de Stephen, com a cabeça levemente inclinada, pensativa.

– Não tenho certeza a respeito dessa teoria. A mim parece que esses sonhos estiveram tentando nos ajudar – ela disse.

– Isso também é possível – o mago admitiu, com a voz mais baixa.

Sharanya apontou para o rastro.

– Aliás, o que é isso? O que você fará com ela?

Stephen lançou a Sharanya um olhar de esguelha, imaginando quanto ceticismo ela havia perdido desde que se encontraram naquela tarde.

– Jane está diretamente conectada aos soberanos desta dimensão – ele explicou. – Suspeito que tenha algo a ver com seus poderes de Inumana, mas isso está além do meu alcance. Com base no que eu conheço a respeito de feitiços de adivinhação e em uma investigação no subconsciente dela, posso dizer que um deles, ou pelo menos um deles, como agora vejo, está exercendo influência sobre ela, e pode estar usando-a como condutora para amplificar essa influência no mundo desperto. Entretanto, Jane pode transitar entre as duas dimensões... – Ele olhou por sobre o ombro para a jovem – ... e aparentemente ela não tem muito controle sobre isso. – Ele voltou sua atenção para Sharanya, presumindo que ela o contradiria se algo que acabara de dizer saísse da lógica contemporânea da ciência metacognitiva. – Para as pessoas que estão tendo esses pesadelos, ou sonhos proféticos, ou seja lá o que possam vir a ser, a experiência é tão persuasiva que influencia o comportamento em suas vidas despertas. De um modo muito perigoso, obviamente. – Ele acrescentou o último comentário de modo conciso, com a atenção voltada para o rastro de energia.

– E por que um soberano dos sonhos faria tal coisa? – Sharanya perguntou. – Parece estar causando mais danos a este lugar do que ao nosso. Isso não poderia eventualmente levar tudo a... não sei... anarquia? Isso é algo que um... sonho... iria querer?

Stephen podia ver que ela estava lutando com a personificação das tipologias de sonhos. Honestamente, ela ainda não estava certa sobre a própria motivação. Ele olhou para o lago novamente. Alguém parecia estar fazendo grande esforço para desafiá-lo emocionalmente.

– Eu tenho autoridade razoável para afirmar que, sem dourar a pílula, essa situação pode levar ao fim do mundo como o conhecemos. Mas no que concerne aos motivos, é só olhar alguns metros para trás. Eu sei que ele aparenta ser aterrorizante, mesmo nessa situação, mas Pesadelo está bem diminuído no momento. Ele indica que o motivo é por esse reino ter sido tomado e, portanto, está faminto. O principal alimento dos sonhos é a energia que extraem de nós nos sonhos que controlam, então, mesmo que Pesadelo não esteja sendo completamente honesto, o que sempre é uma possibilidade razoável, isso mostra que a batalha verdadeira está acontecendo aqui, nesta dimensão. Algum tipo de disputa de território. – Ele exalou, inchando as bochechas. – Você se surpreenderia com a frequência que acontecem por aqui essas disputas por território.

– Então nós apenas sofremos... efeitos colaterais? – Sharanya pressionou o estômago, parecendo indisposta.

– Não sei ainda. Mas não vou deixar chegar a isso. – Stephen olhou-a nos olhos e lhe ofereceu um sorriso breve e pesaroso. Ele podia ver que ela estava prestes a acreditar, tentando conciliar o mundo que ele lhe havia apresentado e aquele com o qual ela tinha familiaridade antes de conhecê-lo. Ela ainda não havia feito a conexão entre ciência e magia, e ainda se agarrava a um fio de esperança de que ele fosse explicar a Dimensão dos Sonhos e tudo o que há nela, e que poderia retornar a uma vida que ela ainda era capaz de compreender.

Ele simpatizava com a confusão dela. Era muito difícil aceitar a coexistência da realidade mundana com a magia. Ele tinha tido sorte: o Ancião o confrontara com evidências empíricas, e as implicações de um universo muito maior o atraíram. No momento em que ele encontrou a magia, estava pronto para aceitá-la.

Mas foi a magia que veio ao encontro de Sharanya, e Stephen suspeitava que ela ainda se perguntava se aquilo era algo do que ela poderia fugir e se esconder.

15

ENQUANTO ELE CONTINUAVA SEGUINDO o cintilante rastro verde que conectava Jane ao soberano que ele procurava, Stephen tentou não levar para o lado pessoal o fato de que o rastro circundava o lago. Não era surpresa que a paisagem mutante se moldava conforme seu inconsciente – de todos naquele grupo, era razoável assumir que sua vontade e visão eram as mais fortes. Sua preocupação estava além de sua concentração. Apesar das tentativas de resistir à sensação, era como se estivesse se afogando; seu foco diminuindo e se emaranhando na vegetação subaquática do fundo do lago.

Embora Stephen e sua irmã tivessem crescido em meio a uma seca histórica – temperaturas recordes e calor seco, ventos empoeirados soprando uma quentura visível através dos campos de milho desertos –, quando chegaram à adolescência, os verões em Hamilton Count haviam se normalizado. O milho crescia novamente, os gafanhotos haviam sido exterminados e o lago atrás da propriedade da família mais uma vez se encheu. Com seus corpos aparentemente mantendo a memória do calor da infância e da escassez, tanto Stephen quando Donna eram inexoravelmente atraídos por aquela água gelada e brilhante, frequentemente deixando suas tarefas de lado e indo nadar antes de todos estarem acordados e trabalhando. Provocavam um ao outro quanto ao frio da água, mas amavam sentir o choque térmico em seus ossos.

Ela tinha 17 anos. Era seu último verão em casa antes de ir para a faculdade no outono. Ele já estava matriculado em um colégio preparatório para a faculdade de Medicina em Nova York, mas estava em casa fazendo uma visita; era a manhã de seu aniversário de 19 anos. Estavam os dois preocupados com o significado de tudo, buscando pelos significantes de sua rápida chegada à idade adulta nas gramas altas, na água do lago e até mesmo na floresta, o céu azul sobre eles enquanto boiavam de costas no lago, seguindo as nuvens ao longo do imenso azul sem fronteiras.

Como Stephen se lembrava, em um minuto ela estava ali, e então simplesmente sumiu. Não houve agitação, nem luta, nem gritos de ajuda... ela estava a alguns metros, boiando de costas, do mesmo modo que ele, observando algumas nuvens ralas que passavam. Em certo momento, ele tentou se colocar de pé, ergueu a cabeça para olhar em volta e tentar encontrá-la. A superfície do lago estava lisa.

O pânico foi se instaurando aos poucos. Ela era saudável e uma nadadora vigorosa, e estava em seu próprio quintal. E era sua irmã adolescente; então não costumava lhe dizer aonde iria ou o que faria. Ele não estava preocupado até ver a toalha dela na margem sul. E então, finalmente, a dúvida ganhou vida em seu estômago, e ele sentiu pontadas faiscantes de terror ao longo da espinha. A toalha dela era azul, quase transparente de tão usada, desbotada e até rasgada em um dos cantos. Mas ela a amava desde que tinha onze anos, então não a teria deixado para trás, mesmo que não quisesse se secar.

Stephen girou na água duas, três, quatro vezes, gritando o nome dela antes de finalmente pensar em mergulhar. A água era funda, escura e cheia de vida. Badejos, trutas, bagres e até piques do norte já haviam sido vistos nadando em meio à vegetação subaquática. Stephen não conseguiu chegar ao fundo antes de ser forçado a dar meia-volta e nadar até a superfície para respirar fundo novamente. Ele voltou a mergulhar, querendo vasculhar o lago todo, o instinto lutando com a percepção de que ele precisava sair da água e buscar ajuda.

A partir daí as coisas se aceleraram. A mãe apareceu – com uma mão no quadril e a outra protegendo os olhos do sol – e os chamou para o café da manhã. Stephen ouviu a porta de tela batendo enquanto ela voltava correndo para casa gritando por seu pai, e mergulhou novamente. E continuou mergulhando, repetidas vezes, até que, no fim, a encontrou, pálida e imóvel, exceto pelos cabelos que serpenteavam nas correntes como as folhas dos milefólios aquáticos aos quais ela tinha ficado presa.

Nem ao menos conseguia se lembrar de suas últimas palavras. Conversaram a manhã toda – coisas bobas e sem sentido, seguidas por confortáveis silêncios. O médico dissera que ela provavelmente havia tido uma câimbra, e Stephen foi rude com ele, rosnando sobre como ela não havia ainda tomado o café da manhã. Uma câimbra? A total banalidade daquilo o enfurecia e assombrava. O que poderia ter feito? E mesmo assim se culpava, como poderia não se culpar? Era ele o médico da família, aquele que prometera mantê-los todos saudáveis e seguros.

Mesmo agora, tantos anos depois, como Mago Supremo, com todo o poder que tinha... parecia totalmente possível que aquele tipo de acidente pudesse acontecer novamente. Uma *câimbra*? Ele poderia ter drenado o lago, levitado o corpo dela, desfeito o nó em seus músculos, lhe dado guelras, a arrastado até a margem, revertido o tempo, reiniciado o coração... *se tivesse notado*.

Em um minuto ela estava lá. E então simplesmente sumiu.

– Stephen, não é culpa sua...

Stephen parou, olhando para Sharanya, para ver se ela também podia ver Donna. Aparentemente sim. Sua irmã estava parada diante dele, a menos de três metros de distância, pingando, mas completamente vestida e eternamente com 17 anos.

– Tinha que acontecer – ela disse bondosamente, confortando-o. Escorria-lhe água da boca enquanto ela falava, e a luz do sol refletia no alto de seus brilhantes e longos cabelos castanhos como se fosse uma auréola. – Foi o destino.

O restante do grupo os alcançara. Atrás dele, Stephen pôde sentir Jane se movendo para conseguir ver melhor. A sombra de Pesadelo recaiu primeiro sobre Stephen, e em seguida sobre a aparição de Donna, instantaneamente decompondo um lado do rosto dela, tornando seu belo sorriso a expressão rígida de uma caveira. Antes que Stephen conseguisse dizer alguma coisa, o demônio se deu conta de sua transgressão e deu um passo para trás.

– Era parte de você se tornar quem você é – Donna continuou gentilmente.

Stephen sentiu uma onda de raiva crescendo dentro dele. Quanto mais o Reino dos Sonhos Proféticos trabalhava para convencê-lo a não resistir ao que estava destinado a ser, mais determinado Stephen se tornava em remodelar seu futuro. Às vezes, os sacrifícios são necessários, isso era verdade. Estava completamente preparado para desistir da própria vida se um dia fosse preciso; muitas vezes já apostara nisso. Sabia por experiência própria que devia cair, que outra pessoa tomaria o manto do Mago Supremo. Já havia acontecido antes. A Terra não ficaria desprotegida. Mas a morte da irmã havia sido um acidente sem sentido. Sabia disso com absoluta certeza desde que aconteceu, e com tudo que aprendera desde então, nada o faria mudar de ideia sobre o assunto. As pessoas não morriam para que outras pudessem sofrer e crescer. O universo não funcionava dessa maneira.

Olhando para a irmã, quis lhe dizer que não. Quis explicar sobre o acidente de carro e sobre sua arrogância, sobre a meditação e o treinamento místico e sobre como ele trabalhou arduamente para se desapegar de todos os hábitos ruins, para ser mestre do conhecimento que agora moldava sua vida. A morte dela não havia sido uma marca em uma coluna de eventos que o levaram a se tornar o Mago Supremo, nem um sacrifício necessário para atrair ou apaziguar seu destino; ele nunca pensaria assim. Quase quis lhe pedir desculpas por não visitá-la, seja lá onde estivesse, porque certamente teria achado um modo de fazê-lo, sendo quem era, sendo o que era. Havia muitas coisas que queria lhe dizer, mas em vez disso endireitou os ombros e começou a recitar um encantamento.

– Desperte, Agamotto!

Abra bem o olho que tudo vê!

Deixe que os Ventos de Watoomb soprem

A ilusão da mentira de que estou à mercê!

Stephen sentiu o terceiro olho no centro da testa se abrir, e um cone de luz áurea e brilhante jorrava do amuleto preso na frente de seu manto. A figura de Donna estremeceu e então explodiu, surgindo no lugar dela uma forma espectral indistinta: um ser diáfano, sem rosto, com a forma de um homem desengonçado.

– O que é você? – Stephen exigiu saber, curvando o lábio superior para longe dos dentes. – Fale!

A aparição se escondia da luz de Agamotto, desviando-se do brilho sem usar as pernas, apesar de, aparentemente, as possuir.

– É um dos serviçais de Predivino, Stephen – Pesadelo murmurou atrás dele. – Acho que ele não pode falar sem pegar a voz de alguém.

– Sonhos de aparição – Sharanya acrescentou, em tom um pouco mais alto que um sussurro. – São um subconjunto comum dos sonhos proféticos. – Fez uma pausa olhando preocupada para Stephen. – Quem era ela?

Stephen fez menção de responder, mas sentiu as mãos de Jane tocando-lhe o braço direito por cima do manto. Estava tentando passar por ele e aproximar-se da aparição. Stephen se moveu na direção de Sharanya, bloqueando o caminho. Algo não estava certo, e ele não queria que a Dimensão dos Sonhos notasse Jane até ele descobrir o que era.

– Stephen, pense em todo o bem que você fez – a aparição disse com a voz de Donna, embora sem retomar a forma dela ou ao menos se incomodar em criar a ilusão de uma boca. – Nem sempre é apenas sobre uma única vida, até ser. Você sabe disso. Você sabe que não existe criação sem destruição.

Pesadelo, ainda parado atrás de Stephen a curta distância, com os braços cruzados, deu um passo à frente novamente, ignorando o terrível efeito que sua sombra causava sobre a aparição enquanto mais uma vez ela se tornava um esqueleto.

– É disso que estou falando, Stephen. Isso é Predivino tentando envenenar sua mente. Este reino todo está tentando convencê-lo a me matar.

A aparição estremeceu novamente, como se pudesse piscar ou sumir completamente, e então um homem de mais ou menos 60 anos surgiu em seu lugar. Ele olhava seriamente para Stephen, embora sua postura encurvada sugerisse que ele estava fraco e com dor.

– Obedeça ao desejo, filho. Não se deixe ser consumido pelo pecado do orgulho. Esta família está contando com você... não nos deixe na mão.

As mãos de Stephen se fecharam novamente, dessa vez permanecendo assim, apesar da dor. Primeiro a irmã morta, e agora o pai morto? Se aquela coisa miserável planejava desenterrar cada cadáver de seu passado, então teriam que ficar ali por um bom tempo. Olhando para a trilha luminosa que ainda saía de Jane para algum ponto desconhecido dentro do reino, Stephen decidiu que estava farto de guardiões de fronteiras. Moldando o brilhante cone de luz de Agamotto com as mãos, ele o transformou em um nó concentrado de pura energia mística e o lançou na direção da aparição enquanto dizia estrondosamente outro encantamento.

– Por Oshtur, Poderoso e Onipotente!

Por Valtorr e Denak!

Aqueles de nomes falsos, que surgiram de repente

Agora eu lhes ordeno, *recuem*!

O espectro que havia assumido a forma de seu pai tentou se proteger do raio de luz prismático, mas Stephen sorriu sombriamente enquanto o observava explodir em um milhão de pequenos pedaços. Estava prestes a se virar para se dirigir aos companheiros quando notou os fragmentos pairando estranhamente no ar, emitindo centelhas verde-escuras enquanto giravam lentamente, suspensos no lugar. Por um momento, aquilo o lembrou do feitiço que havia usado para conter a onda causada pela explosão no departamento de polícia, mas, enquanto observava horrorizado, cada lasca ganhou vida, tornando-se uma nova aparição. Donna retornou, assim como seu pai, Eugene. Até mesmo a mãe, Beverly, estava lá, e o irmão Victor. E atrás dele estava toda e qualquer entidade que um dia falhara em salvar, cada inimigo que matara, cada pessoa cuja morte chegou ao seu conhecimento, cada criatura que ele ajudara a destruir. Havia centenas deles, milhares, ombro a ombro, em seguidas fileiras, um exército inteiro entre ele e a colina verdejante ao longe.

Embora houvesse rostos que ele não reconhecia, o susto de Sharanya indicava que ela também via mortos que significavam algo para ela.

Pesadelo se inclinou sobre o ombro do Mago Supremo para lhe dizer algo ao ouvido.

– Cuidado com esses encantamentos, Stephen. Os mortos pertencem aos vivos. Eles estão eternamente ligados às pessoas que se lembram deles.

Sharanya se encolheu, com os olhos arregalados.

– Eles não são fantasmas de verdade, não é? Quer dizer, não são apenas... sonhos.

Antes que Stephen pudesse responder, Jane gritou alegremente e correu para abraçar um velho de cabelos brancos e feição bondosa que estava na dianteira do exército de mortos.

– Vovô!

Stephen tentou detê-la.

– Jane...

– Está tudo bem... é o meu vovô Fred!

Jane se colocou na ponta dos pés, lançou os braços em torno do pescoço do homem alto e encostou a cabeça nos ombros ossudos dele.

– Senti tanto a sua falta!

Enquanto o morto-vivo olhava para Jane, Stephen se voltou para eles e lançou o Olho de Agamotto sobre o rosto feliz do homem. Uma terrível aparência de zumbi foi revelada sob sua luz. Vovô Fred abriu a boca, exibindo duas fileiras de dentes brancos perfeitos, e já estava prestes a desferir uma mordida no topo do crânio da neta quando Stephen saltou abruptamente e puxou Jane para trás.

– Isso *não é* o seu avô.

Vendo a aparição que se revelava à luz do amuleto de Stephen, Jane se encolheu. Pesadelo veio para a frente e colocou a mão sobre o ombro da moça.

– Sinto muito. *Isso* provavelmente é culpa minha. – Ele olhou para o exército de mortos e balançou a cabeça. – Pesadelos proféticos. Eu suponho que deveria me lembrar deles...

Como se seguissem a deixa, os mortos começaram a avançar. Stephen voltou-se para Sharanya com a expressão séria.

– A essa altura, você já deve ter alguma noção de como manipular o ambiente com os pensamentos. Eu preciso que você use esses poderes para manter os outros a salvo.

Sharanya apertou os lábios, determinada.

– Eu posso fazer isso. É como estar em um sonho lúcido.

Stephen assentiu.

– Você *está* em um sonho lúcido, mas do qual não está apta a acordar por conta do feitiço que usei para trazê-la aqui. Pesadelo e eu, em compensação, não estamos sonhando. E Jane... Jane é única. A totalidade de suas capacidades ainda é desconhecida para mim.

Sem mais tempo para explicar, Stephen lançou vários raios de energia amarelos das palmas das mãos contra a horda que avançava, e ficou observando com os olhos semicerrados enquanto cada um deles atingia uma parte do verme gigante que ele havia destruído pouco antes, naquele mesmo dia, fazendo a aparição sumir numa lufada de fumaça azul. Perfeito. Eram vulneráveis à magia, e ele estava com vontade de se soltar.

Evocando as Correntes de Krakkan, Stephen conjurou uma grossa faixa delas na frente da primeira fileira de mortos, puxando magicamente os elos pesados pelos peitos da vanguarda e arrastando-a até forçá-los a mudar de direção sobre a grama. Assim que os deixou bem unidos, invocou um raio sobre os fantasmas de sonho, deixando que os arcos incandescentes de eletricidade branca caíssem sobre eles indiscriminadamente, diminuindo a horda. Enquanto os raios estalavam, enchendo o ar com um cheiro forte de ozônio, Stephen se apoiou na grama em um dos joelhos e colocou a mão esquerda estendida sobre a terra.

– Demônios malévolos de Denak,

Atenção às palavras que pronuncio como nunca outrora!

Rasguem a estrutura deste reino

E abram o chão sob nossos pés agora!

Stephen empurrou com força a palma da mão no chão, e imediatamente a terra começou a tremer e ribombar. Um abismo se abriu sob o exército de aparições, engolindo uma fatia considerável dos mortos-vivos que estavam atrás. Enquanto retirava a mão, Stephen notou que o chão sob eles havia secado e rachado, quase como se a sombra de Pesadelo houvesse pairado sobre tudo. Olhando por sobre o ombro, viu que Pesadelo parecia esperar a luta, parado quieto a alguns metros. Jane dançava exaltada em volta dele, imitando os movimentos de Stephen com entusiasmo. Sharanya aparentemente havia imaginado os *Ashta Dikpalakas* – os guardiões hindus das oito direções. Oito pequenas divindades aguardavam em fila, dividindo em defensiva o pequeno grupo do campo de batalha onde Stephen se encontrava. Embora não tivesse muito tempo para estudá-los como gostaria, Stephen notou que um deles estava montado em um leão, e outro cavalgava um elefante.

Levantando-se, Stephen lançou sucessivos disparos no que tinha sobrado das aparições, fazendo-as recuar até o abismo atrás delas. Então disparou outro raio de energia no morto que tomara a forma do avô de Jane, derrubando-o na fenda com um estremecimento culpado – e então ouviu um estrondoso grito de guerra vindo de trás dele. Conseguiu se virar a tempo de ver Jane atacando enfurecida e determinadamente um grupo errante de aparições com um galho que havia pegado no chão, fazendo-os recuar até o abismo.

Stephen transformou o galho em um martelo de guerra e o empunhou para a luta ao redor dela, atingindo qualquer aparição que tentasse se aproximar. Ele lançava as Chamas de Faltine em um grupo de alienígenas à direita de Jane quando viu pela visão periférica um demônio explodir em um estouro de pó azul-escuro.

Quando se virou, viu todo o campo de batalha se detonar em um tumulto de tons azuis, cada aparição – incluindo os guardiões que Sharanya havia sonhado – explodia em salvas de poeira esbranquiçada. Sharanya sorria nas laterais da briga, que havia se transformado no festival Hindu da primavera, *Holi*, e a grama verde se tingiu de diversas cores. Perto de Stephen, Jane largou a arma, rindo e girando, enquanto nuvens de poeira rosa, alaranjada e amarela caíam sobre ela.

Stephen se voltou para Sharanya.

– Acho que você tem sonhos melhores que os meus.

Sharanya corou, alargando o sorriso.

– Desculpe por não ter pensado nisso antes... – Ela olhou para Jane e novamente para Stephen. – Espero que não haja problema em Jane ter se juntado a você. Ela perguntou se tudo bem, e eu disse que tudo ficaria bem. – Ela baixou a voz, mesmo sabendo que, embora Jane a observasse, não podia ainda ouvi-la claramente. – Achei que seria bom para ela tirar um pouco de tensão do corpo.

Jane sorriu para Sharanya enquanto Stephen assentia, embora estivesse preocupado quanto à qual conexão de Jane com a Dimensão dos Sonhos a deixava vulnerável a danos físicos e espirituais dentro de seus limites. Ela claramente estava melhor após a breve batalha. Com um movimento de mão, ele conjurou os Ventos de Watoomb para soprar o pó colorido para dentro da fenda.

– Se você está querendo mesmo limpar tudo sozinho, Stephen, não pare por aí. – Pesadelo havia se abaixado para examinar outro ponto de grama. Stephen olhou ao redor preocupado. Sua magia parecia ter causado um efeito colateral desconcertante na paisagem. Entre as regiões danificadas de grama colorida, pedaços inteiros da fazenda do Nebraska haviam sido devorados, drenados de todos os detalhes e cores, parecendo agora pedaços de argila lisa e cinzenta. Era como se a magia de Stephen tivesse desgastado a tinta de suas memórias de sonhos, deixando apenas os ossos expostos do reino. Ele se virou para ver a fenda que havia criado e em voz baixa entoou outro encantamento.

– Pelo poder de Vishanti
E os Vapores de Valtorr
Remende o que foi despedaçado
E que este solo seja agora restaurado!

Ouviu-se um rumor profundo, e a terra mais uma vez estremeceu. Os dois lados da fenda se moveram um ao encontro do outro e se fecharam sobre os restos coloridos do exército de aparições, deixando uma linha feia de lama percorrendo a paisagem como uma cicatriz mal curada. O inimigo havia sido vencido, mas Stephen ainda sentia o perigo no ar. Era como se uma chuva gelada lhe percorresse a nuca. Ele se agachou e examinou o pedaço de terra explodida, considerando-a por um momento antes de se voltar para analisar Jane.

Ela corria em cima do que havia restado de grama, ainda empolgada por tê-lo ajudado na batalha, mas parou subitamente para se inclinar e averiguar um dos buracos no gramado. Depois de cutucar a lama com o dedo, ela se levantou e olhou enigmaticamente para Stephen, como se soubesse que ele a observava.

– Ah – ela disse, soando preocupada. – Está morta.

Stephen não tinha certeza se "morta" havia sido a palavra que ele usaria, mas não pôde discordar. Os pontos onde seus feitiços haviam pousado estavam desprovidos de energia mística, o que o intrigava. Normalmente, qualquer lançamento de magia deixaria para trás um resíduo de energia. Considerando a força com a qual ele lançou os feitiços, daria para imaginar que as áreas afetadas do campo de batalha estivessem estalando de energia arcana. No entanto, Jane tinha razão. Estavam sem vida.

Não apenas isso, o rastro de energia verde-escura que conectava Jane a seja lá o que fosse no centro do reino continuava brilhando vividamente, apontando para o oeste, sendo emanado sem interrupções do centro de seu peito. Era hora de continuar.

– Por aqui. – Gesticulando para que os outros o seguissem, Stephen seguiu por uma colina que era metade gramado e metade lama, de costas para o lago que tanta dor havia lhe causado.

– Você me viu? – Jane perguntava para Pesadelo, animada. – Eu estava toda, *bam*!

Stephen espiou por sobre o ombro. Embora a expressão de Pesadelo permanecesse impassível, Stephen pensou ter visto certo brilho nos olhos do demônio quando ele lhe respondeu.

– Você foi épica, minha cara.

Stephen voltou novamente a atenção para a colina diante de si, perguntando-se se a inesperada afeição de Pesadelo por Jane estaria contribuindo para sua amabilidade e cortesia. Ele ponderava a respeito da conexão dela com a Dimensão dos Sonhos quando Sharanya o alcançou e passou a acompanhá-lo.

– Posso lhe fazer uma pergunta? – Apesar dos perigos da escalada, Sharanya parecia estar com os pés firmes. Seus olhos estavam mais brilhantes do que quando Stephen a conheceu, e parecia cada vez mais enérgica. – O que eu acabei de fazer... transformar todas aquelas... *coisas*... em pó de *Holi*... Eu entendo isso nos termos do que é possível em um sonho, mas fiquei pensando se seria isso que *você* estava fazendo. Só que acordado?

Stephen pensou por um momento antes de responder.

– Eu sei que seria mais confortável para você se eu dissesse sim, e há alguns componentes em comum, tais como imaginação e intenção, mas... não. Criar coisas nos sonhos pode parecer magia, mas o que você estava fazendo... até mesmo o que Pesadelo fez, essas coisas, tecnicamente não são magia.

Sharanya parecia um pouco afobada.

– Ah, eu não quis dizer que fosse... é claro. Estou bem ciente de que nunca poderei fazer o que você faz.

Stephen voltou a atenção para o rastro verde que passava por sobre a colina.

– Isso também não é verdade. Qualquer um pode aprender magia. Algumas pessoas terão aptidão mais natural para isso do que outras, mas não creia nessa história elitista de "o escolhido". Com treino suficiente e muita aplicação, qualquer um pode aprender qualquer coisa.

– Acho que acabei de descobrir seu superpoder, Doutor Estranho. – O rosto de Sharanya subitamente se iluminou. – Cirurgião... mago... Você, senhor, é um excelente estudante.

Stephen se permitiu um meio sorriso enquanto subiam a colina juntos, e então ele parou, olhando para a paisagem. Do outro lado da enorme planície gramada, erguia-se um enorme monastério Cisterciense, e o rastro que emanava de Jane levava direto a ele. Sharanya inclinou a cabeça para o lado, semicerrando os olhos.

– O que é aquilo?

– É um palácio de sonhos – respondeu Pesadelo, juntando-se a eles no topo da colina.

– Sem dúvida é obra de Predivino. Construção das construções, lar do poder, esse tipo de coisa. Certamente você se lembra do meu, não é, Stephen? – Ele exibiu os dentes para o Mago Supremo.

Stephen suspirou e começou a descer a colina em direção ao campo lá embaixo.

– Aonde você vai? – Havia uma pitada de pânico na voz de Pesadelo.

Stephen parou, virando-se para encará-lo.

– Não se pode lutar com Predivino *ali* – Pesadelo continuou. – Ali é onde ele fica mais poderoso. Sonhos, magia, realidade, dentro daquele lugar, todos se entrelaçam... de maneiras que você não achará muito agradável.

– Acho que eu não tenho muita escolha.

Jane colocou a mão, ainda suja de pó de *Holi* laranja, no braço de Pesadelo, para confortá-lo.

– Não se preocupe. Nós podemos com ele.

Pesadelo bufou.

– Vou explicar uma coisa para todos vocês mais uma vez. Os reinos são separados por uma razão. Não é bom para *ninguém* quando os soberanos de algum reino se enfrentam. – O demônio se voltou para Stephen com um sorriso cínico. – A energia investida dentro de cada um de nós por nossos reinos individuais, pelos sonhadores, é uma força potente e indestrutível que precisa permanecer contida dentro de um reservatório poderoso. Se um de nós for... *derrotado*... então essa energia precisa ir para outro lugar, preferencialmente para outro soberano. – Pesadelo mudou de posição, e sua sombra recaiu sobre Stephen enquanto ele cravava os olhos no mago, apontando o queixo para o palácio com desprezo. – Não me importo com *o que* aquele velho morcego tenha previsto, estou fraco demais para esse tipo de batalha neste momento, e não tenho intenção de ser absorvido para *isso*. – Ele fez um gesto, indicando tudo ao redor. O sorriso dele se tornou um rosnado.

Exasperado, Stephen se voltou para encará-lo inteiramente.

– Um de seus amigos soberanos está tentando tomar a Dimensão. Ele ou ela está dentro daquele palácio. Pode ser Predivino, ou pode ser que Predivino tenha sido derrotado e a entidade com a qual você esteja tão preocupado *já tenha* tomado este reino. Talvez estejam trabalhando juntos. Talvez Predivino esteja em perigo enquanto conversamos. Não há como saber daqui de fora. Você pediu ajuda para descobrir e neutralizar a ameaça à Dimensão dos Sonhos, e eu tenho a intenção de honrar seu pedido neste momento. Como você deve ter reparado, provavelmente sou o único capaz disso.

Pesadelo cruzou os braços na frente do peito, plantando teimosamente as botas no gramado.

– Não estou pronto para enfrentar outro Soberano dos Sonhos.

Stephen suspirou. Por mais gratificante que fosse ver Pesadelo com tanto medo de algo, ele estava impaciente para identificar a causa do terror do demônio.

– Eu entendo que você ainda esteja enfraquecido, mas também não posso deixá-lo aqui. Você deve confiar que eu consigo protegê-lo.

– Eu fico com ele – Jane voluntariou-se, colocando-se na frente de Pesadelo para protegê-lo com seu corpo, achando que Stephen estava preocupado com o que *poderia acontecer* com o demônio em vez de o que ele *poderia causar*.

As sobrancelhas de Stephen se arquearam em surpresa.

– Ah, bem...

– E eu ficarei com ela – disse Sharanya, e cravou o olhar em Stephen, evidentemente querendo ajudar. – Eu farei uma pira Holika ou algo do tipo; vamos ficar bem.

– Uma pira? – A curiosidade de Jane foi atraída.

– A celebração do *Holi*, de onde vieram os pós coloridos, sempre começa com uma fogueira – Sharanya explicou. – É chamada de *Holika Dahan*. Usamos o fogo para queimar simbolicamente nossa maldade interior. Estaremos fazendo as coisas fora de ordem... a fogueira vem sempre antes do *Rangwali Holi*, o festival das cores... mas é claro que isso não seria incomum nos sonhos.

Stephen olhou para Pesadelo, que obviamente estava infeliz com o plano, mas então captou o olhar no rosto de Jane. Ela vigiava o vale, e novamente estava pálida e de olhos arregalados, da mesma forma como estava quando se viram pela primeira vez. Seguindo o olhar dela, Stephen se virou e piscou. O palácio Cisterciense dos sonhos de Predivino pairava acima deles, brilhando sob a luz do sol. Havia se movido através da planície gramada, como num esforço para se aproximar deles.

Jane deu um passo para trás.

– Ela está aqui – gritou.

Stephen não sabia a quem ela se referia, mas tinha a intenção de descobrir.

16

PREDIVINO ESPERAVA STEPHEN dentro de um enorme transepto de pedra todo iluminado. Altos tetos arqueados deixavam espaço para fileiras de janelas góticas emolduradas em fachadas amarelo-claras em grupos de três, cada uma abaixo de janelas redondas que lembravam a Stephen a Janela dos Mundos. Seis grossas colunas suportavam a abóboda, a única ornamentação própria da arquitetura. O ar estava parado e fresco, carregado com o cheiro mineral das pedras antigas.

O soberano do Reino das Profecias parecia velho, frágil e desapontado enquanto vinha na direção de Stephen, apoiando-se em seu cajado.

– Em breve, você se dará conta do quão profundamente ela o afetou.

Stephen olhou em volta, buscando alguma indicação de armadilha.

– Donna? Sim, é claro, foi horrível. Mas eu sofri, meditei, parei de me culpar e consegui superar...

Predivino fez que não com a cabeça, apontando o cajado como se fosse um longo dedo.

– Não falo de sua irmã, feiticeiro tolo! Ela por acaso te fez atravessar os reinos como se fosse Bia na clareira dos unicórnios? O mundo não precisa de teu hipopótamo, Stephen! "Soluções mundanas para problemas mundanos"? Não foram essas as tuas palavras?

Stephen olhou para as mãos doloridas. Ele não entendia metade das coisas que o velho dizia. Talvez ele tenha usado a magia excessivamente, mas também haviam sido as forças que o trouxeram até ali.

– Gosto de pensar que sou razoavelmente inteligente, Predivino, mas não estou ciente de nenhuma solução mundana para ser atacado por um exército de aparições zumbis, muito menos um planeta inteiro completamente fora de si por conta de visões proféticas recebidas em sonhos. Então por que você simplesmente não me explica o que está tentando fazer aqui, e eu vejo se consigo pensar numa forma de ajudá-lo antes que você leve à loucura todos os sonhadores do universo conhecido?

– Me ajudar? Tu abriste buracos na estrutura do meu reino, Stephen. Eu nunca estive tão enfraquecido! Olhe para mim! – Predivino apontou para sua forma frágil com a mão trêmula. – Não entendes nada? Lançar magia sobre um reino desprotegido como se fossem sementes para pássaros? Bem, agora os abutres pousaram, mago, e meu tempo acabou!

Stephen balançou a cabeça enquanto o velho começava a murmurar, agitado, batendo o cajado contra o chão de pedra.

– O curador, a ponte, o remédio... Tenho de *preparar-te*... deves aceitar teu papel...

Stephen fez um esforço e respirou fundo, lembrando-se de que seu trabalho dependia mais da diplomacia do que da magia.

– As setas mágicas me trouxeram aqui, Predivino, diante de você. Eu entendo que você não queira causar mal, mas os sonhos que você tem alastrado configuram uma ameaça para a realidade. Se precisa de ajuda, farei tudo o que estiver ao meu alcance para lhe prover isso. Mas preciso que você liberte os sonhadores, e Jane, e pare de fazer... seja lá que Chamas Faltinas você ache que está fazendo. E então eu e minha magia nos retiraremos desta dimensão e o deixaremos em paz.

– Retirar-se? Tu *não* deves te retirar! Estou tentando colocar-te no caminho!

– Então talvez possa fazer isso de uma forma menos misteriosa. – Stephen cruzou os braços impacientemente. – Eu não sei quem é Bia, e eu nunca vi um unicórnio.

– Bem, é claro que não viste! – Predivino respondeu ironicamente. – Bia era filha de Pallas e Styx, e ela destruiu todos os unicórnios, transformou-os em hipopótamos. Como tu com tua magia, transformando castelos em choupanas de palha.

Stephen comprimiu a ponta do nariz com os dedos.

– Não poderia ter simplesmente dito "um elefante na loja de louças"? É por isso que ninguém o entende, Predivino. Suas alusões nunca se atualizam.

Predivino se encolheu sutilmente, fazendo sua postura já delicada parecer mais frágil.

– É verdade. Eu sou velho, e tua espécie é muito literal. Talvez seja por isso que as coisas estejam como estão. E quanto a tu, Mago Supremo, uma pessoa só pode aprender o quanto está disposta a receber. E, ai de mim, quase não há mais tempo para sonhar. – Predivino se aproximou, com os olhos brancos fixos nos de Stephen. – Sinto muito. Eu tenho tentado. Mas a serpente já está dando o bote, e não há outro caminho.

A energia no recinto se modificou. Stephen reagiu instantaneamente, enviando seus sentidos em busca do distúrbio. Antes que pudesse adivinhar a fonte, o cajado de Predivino se transformou na faca de caça de Jane e a lâmina brilhou sob a luz do sol que entrava pela enorme janela. O soberano do Reino dos Sonhos Proféticos adiantou-se com surpreendente agilidade e golpeou o braço de Stephen, cortando sua manga e o braço direito até o tríceps, precisamente onde os Somnivores o tinham arranhado antes. O sangue vermelho brilhante do Mago Supremo pingou no liso chão de pedra do transepto.

– Em nome de Oshtur... o quê?! – Stephen cobriu instantaneamente a ferida com a mão, quase tão rapidamente quanto ergueu a mão direita para disparar um raio em seu atacante.

– Para! – Predivino largou a adaga, que instantaneamente se transformou novamente no cajado. – Chega de magia arcana! Será que não percebes que assim ajudas o inimigo com teus feitiços?

Ele acenou com raiva, e Stephen viu que suas mãos estavam unidas num único brilho de luz branca. Enquanto abria a boca para protestar, Predivino fez um gesto rápido, como se agarrasse algo no ar. Stephen não precisou tentar falar para ver que não tinha mais voz. Pressionou os lábios juntos, irritado.

– Médico, cura-te a ti mesmo! – Predivino ordenou com evidente frustração. – Eu te feri apenas para que vás em busca de ajuda. O curador, a ponte e o remédio devem se reunir no Reino dos Sonhos que Curam, isso é o máximo que consigo prever por enquanto. Não posso dizer por quê. Mas posso dizer que a Cura está nas florestas do norte. Lembra-te disso. Deves ir até lá. O remédio deve ser preparado.

Stephen arregalou os olhos, em um lampejo de compreensão. Predivino havia dito exatamente a mesma coisa para Jane. Ele não era o soberano dos sonhos invasor, estava apenas tentando prepará-lo para o confronto. E, por alguma razão, tentava levá-los para o Reino dos Sonhos que Curam. Stephen imaginou se talvez Jane estivesse doente de algum modo que ele não poderia saber qual. Certamente não seria o Soberano da Cura quem estava envenenando os sonhos da humanidade.

Predivino parou, sem fôlego. A pequena amostra de manipulação de sonhos obviamente lhe custara muito. Abaixando-se para pegar o cajado, ele ficou estático. O cajado se transformou em uma víbora, cujos olhos amarelos brilhantes reluziam, e a pequena língua chacoalhava perigosamente, sentindo o cheiro da mão de Predivino. A luz no recinto mudou, adquirindo uma tonalidade esverdeada – quase como se subitamente eles estivessem debaixo d'água.

O espaço atrás de Predivino começou a se encher de cor e forma, e subitamente uma mulher surgiu pairando no ar. Ele pensou que chamá-la de mulher fosse reduzi-la. Ela era facilmente três vezes maior do que um humano normal, e seus cabelos azuis flutuantes e a capa esvoaçante enchiam o estreito transepto. Stephen se sentiu hipnotizado por todo aquele esplendor. Ela era ao mesmo tempo estranha e familiar, atraente e repulsiva. Seus olhos desprovidos de pupilas não mostravam nada além de um vasto universo – profundo, negro, aveludado e cheio de estrelas distantes – e seus lábios se curvavam num sorriso predatório. Antes que Predivino pudesse se erguer, ela esticou o braço e fincou a mão na nuca do ancião, mantendo-o imóvel como uma leoa que segura o pescoço do filhote entre os dentes, deixando o rosto e a mão dele perigosamente próximos da víbora. Quando a mulher falou, sua voz reverberou por todo o corpo de Stephen, melodiosa, mas insistente, tão calorosa de aprovação que parecia capaz de causar uma eflorescência espontânea.

– Stephen – ela disse em tom de intimidade, mas intensa o bastante para fazer as janelas estremecerem. – Você foi muito bem, como eu sabia que seria. Você sempre foi muito dedicado na busca por seus sonhos. Eu sei que seria meu campeão perfeito.

Os cabelos da nuca de Stephen se arrepiaram, e seu braço ferido latejou. Predivino permanecia paralisado sob a garra da recém-chegada.

Ainda incapaz de falar, Stephen apenas fitou a recém-chegada com um olhar inquisidor.

A mulher inclinou a cabeça em um ângulo peculiar, como se fosse uma pantomima da descrença, e seu sorriso se dissolveu.

– Stephen, sou *eu. Numinosa.*

Sharanya podia sentir o olhar de Pesadelo todas as vezes que passava diante dele. Ela estava juntando braçadas de gravetos no bosque que circundava o lado norte da colina, logo abaixo de onde o palácio de sonho de Predivino pairava, e tinha a impressão de que o demônio utilizava todo o seu autocontrole para não rir dela. Sharanya não ficou surpresa por ele não ter lhe oferecido ajuda, nem pelo fato de Jane ter feito isso duas vezes antes de ir se sentar ao lado dele. Ela simplesmente não gostava do ar de divertimento nos olhos dele, que evidenciavam claramente que ele acreditava estar assistindo a algo histericamente idiota. O que havia de tão cômico em fazer uma fogueira, especialmente uma que representava a queima da maldade?

Só depois que já havia feito cinco viagens e reorganizado a madeira em um pequeno cone perfeito, no centro da base de pedra que ela manipulara dos sonhos, ela se deu conta. Estava desperdiçando força de sonho recolhendo madeira de sonho numa colina de sonho quando poderia simplesmente ter sonhado tudo aquilo e pronto.

Sharanya suspirou, fechou os olhos e visualizou uma pira queimando. Abrindo novamente os olhos, ficou satisfeita de ver o fogo crepitando. Apesar de não gerar muito calor, ela sorriu ao ouvir os gravetos estalando, subitamente achando graça ao pensar em todo o seu esforço. Em todo caso, a piada estava em Pesadelo. Ela tinha começado a explicar o festival *Holi* para Jane, mas não terminou a história da fogueira, *Holika Dahan*, que podia ser traduzido como "Morte de Holika". Caso Pesadelo decidisse se juntar a ela, Sharanya ficaria contente em contar a ele tudo a respeito da queima do demônio e do triunfo do bem sobre o mal. Ela esperava apenas que Stephen pudesse acender a chama de seja lá onde ele estivesse dentro do palácio.

Ela lhe desejou consolo enquanto ele defendia a todos – todo o reino, toda a realidade –, mas já não tinha certeza sobre como se sentia a respeito de Stephen Strange, o homem. Em certo ponto da aventura, ela parara de pensar nele como uma pessoa de verdade, com parentes mortos e outras pessoas que se importavam com ele e a bagagem normal e presente da vida cotidiana – provavelmente no momento em que desistira de chamá-lo de mágico e começou a se referir a ele como mago. Um mago era uma criatura mágica, desconhecida. Ele era seu guia, e o catalisador de sua nova realidade. Se algo finalmente explicasse toda aquela esquisitice, ele seria uma casualidade dessa explicação, desaparecendo na mitologia junto de Pesadelo, dos Somnivores e da Dimensão dos Sonhos inteira.

Mas algo a respeito da profunda natureza pessoal do que ele havia enfrentado no lago a fez se lembrar de que, afinal, ele era humano – e aquilo foi uma revelação assustadora. Ele era a prova de que o mundo completamente imprevisível no qual ela caminhava naquele momento e o mundo normal que ela havia conhecido coexistiam lado a lado. Ele encarnava aquela verdade, carregava o peso dela nos ombros. Strange era aquela coexistência. E embora Sharanya já pudesse perceber que ele participava por vontade própria daquela dualidade, algo sobre o conhecimento de tudo aquilo a deixava triste por ele. Ou talvez por todos, *menos* por ele. Todos, como ela mesma, que viviam de um lado ou de outro.

17

NUMINOSA? Stephen tinha uma vaga lembrança de já ter ouvido sobre a benevolente entidade cósmica com um nome parecido, mas tinha quase certeza de que não havia relação com a criatura que agora estava diante dele. Seja lá quem fosse, essa Numinosa irradiava poder, e fazia Stephen se lembrar de Pesadelo quando estava com todas as suas forças. Ele arriscaria dizer que ela é uma soberana de sonhos, só que Predivino parecia tão pequeno e indefeso em suas garras que era difícil acreditar que os dois eram feitos da mesma matéria.

Predivino, de fato, parecia enfraquecido. Stephen fez menção de perguntar à Numinosa se ela o machucaria, mas então se lembrou de que não conseguia falar.

As estrelas nos olhos de Numinosa brilharam, e seu sorriso retornou.

– Ah, Stephen. – Ela riu, embora sem compaixão. – Ele tirou sua voz? Você é um mago tão impressionante e nunca aprendeu a controlar seus sonhos?

Ela soltou Predivino e flutuou até Strange como um fantasma. O corpo dele ficou momentaneamente eclipsado pelo dela, enquanto a gigantesca figura entrava totalmente no campo de visão de Stephen. Pressionando os lábios contra a testa de Stephen, ela lhe restaurou a voz. Seu beijo era gelado e arrepiante, e ele sentiu estremecimentos por toda a espinha.

Stephen engoliu em seco e então disse:

– Numinosa, preciso que você solte o soberano dos sonhos – ele declarou do modo mais inequívoco que conseguiu, tentando olhar diretamente nos olhos da entidade, mas viu que seu esforço o deixava tonto.

Numinosa tomou o rosto de Stephen entre as gigantescas mãos, e as amarras que prendiam seus pulsos deslizaram para o chão. Ele esfregou os pulsos de modo ausente, observando-a surpreso, e então ergueu a mão para cobrir o corte que ainda sangrava. Embora estivesse longe da coisa mais assustadora que já tinha visto, havia algo hipnoticamente familiar em Numinosa que ele ainda tentava desvendar.

– Eu sou uma soberana dos sonhos, Stephen. A única que tem importância. Achei que entenderia isso. – Enquanto o encarava, a expressão dela foi lentamente escurecendo-se em dúvida. – Não foi por isso que você enfraqueceu o reino dele para mim?

Stephen franziu o cenho, confuso.

– "Enfraqueceu o reino dele..."? O que você quer dizer com "enfraqueceu"?

Um lampejo de ira tomou o rosto dela, iluminado de ameaça, e Numinosa se afastou, parando novamente atrás de Predivino e então se encolhendo até o tamanho dele. Apesar de Numinosa não mais o prender, Predivino ainda se inclinava sobre a serpente venenosa, com uma das mãos estendidas. Stephen não soube dizer se ele estava com medo ou incapaz de se mover.

– Você quer que eu liste seus gloriosos feitos? – Stephen teve a impressão de que a voz de Numinosa tinha ficado um pouco mais grave. – Muito bem. A coisa mais impressionante foi sua recente evocação e subsequente aniquilação daquele exército fantasmagórico. Uma batalha mágica completa nos campos de Profético! Um modo bastante vibrante e inspirado de deixar este reino de joelhos!

Stephen balançou a cabeça.

– Não, você está... você não entende. O feitiço que evoquei foi acidental, e tudo o que fiz depois disso foi para proteger meus companheiros.

Numinosa ignorou seus protestos, continuando com entusiasmo crescente.

– E o modo como você usou continuamente e sem restrição a magia nas Passagens... Estavam apodrecendo gradativamente quando as notei pela primeira vez, mas imediatamente vi a possibilidade de que fossem erradicadas. Não havia nada que eu pudesse fazer para apressar isso. Mas você, com seu desgosto por desordem, as fez queimar de modo tão limpo... Foi lindo! – Um leve gemido escapou dos lábios de Predivino. Numinosa o observava com um sorriso suave enquanto continuava a falar com Stephen.

– E depois me chamou com aquele feitiço de adivinhação, seguindo minha força vital até aqui... Desculpe por ter me escondido atrás de Predivino, meu querido. Eu sempre tive a intenção de me revelar para você. Só não queria que pensasse que eu não confiava em seu êxito fazendo as coisas sozinho. Eu escolho meus campeões com total confiança em suas habilidades. – Ela se inclinou, aproximando-se de Predivino, e passou a mão pelo rosto dele. – E este aqui... eu sabia que ele teria que ser o primeiro a ir embora. Ele adora estragar surpresas.

Stephen congelou. Será que o que ela dizia era verdade? Ele estava ali para ajudar! Como sua mágica poderia estar adiantando a desintegração das coisas que ele tinha vindo salvar? Ele não queria acreditar nisso, mas viu os sinais por si mesmo, e as declarações de Numinosa estavam começando a se alinhar com os avisos de Predivino. Então percebeu que estava impaciente e descuidado desde que se aventurou pela primeira vez nas danificadas Passagens da Dimensão dos Sonhos. Embora parecesse absurdo lançar um feitiço de adivinhação diante das acusações dela, ele tinha que saber. Abrindo o Olho de Agamotto, Stephen lançou as mãos trêmulas dentro da luz brilhante do amuleto. E lá estava, a mancha verde-escura, movendo-se através dele como uma infecção. Ele ergueu o olhar enquanto a luz se expandia na direção de Numinosa. Ela queimava, vazava claridade intensa, gerava mais e mais energia...

– Você escolheu isso – ela disse, fixando os olhos em Stephen, que a examinava com um sorriso indulgente. – Diversas vezes. – Stephen pensou ter visto um rastro de cometa atravessando o céu noturno dos olhos dela. – Quantas vezes você rejeitou as palavras de profecia em favor de dominar o próprio destino? – Ela então ergueu Predivino, permitindo que ele finalmente ficasse de pé, e colocou delicada e cuidadosamente o manto em volta dele, como se estivesse vestindo uma criança. A víbora foi se transformando e enrijecendo, até voltar à forma de cajado. – Você rejeitou a religião de sua família, rejeitou a vazia estagnação da vida que criou para si mesmo, rejeitou as limitações de homem mortal que deviam ter-lhe sido impostas. E mesmo agora, é o que faz sempre que lança um feitiço, não é? Rejeita o que isso é? O que estava predestinado a ser? Prefere moldar o próprio mundo?

Stephen fechou o Olho, preocupado em não piorar as coisas lançando mais magia, e olhou fixamente para Predivino. Exceto pela respiração, evidenciada pelo peito magro se expandindo e contraindo com esforço, ele permanecia congelado de terror.

– Veja como ele é fraco – Numinosa disse em tom terno, seguindo o olhar de Stephen. – Você o superou todas as vezes, Stephen. – Ela segurou o queixo de Predivino entre o polegar e o indicador, e sorriu para ele friamente. – É uma pena você ter sido condenado a falar apenas por charadas, velho. Isso não lhe serve de nada. Você estaria melhor se tivesse um poder como o meu. Eu inspiro meus sonhadores para que se sintam bem a respeito de suas oportunidades; dou-lhes visão para enxergar uma versão melhor de si mesmos e confiança para chegar lá. Nem todos eles são habilidosos, é verdade, mas pelo menos eles tentam! Ninguém sob meu comando seria paciente com suas bobagens a respeito de predeterminação... eles moldam os próprios destinos!

E então Predivino encontrou sua voz, mas as palavras lhe saíam trêmulas.

– Não é inspiração... é ambição cega...

Numinosa fez gentilmente um gesto para que ele se calasse enquanto o afagava como se fosse um cão.

– Ninguém presta atenção em seus avisos, velha peça de museu, mas abraçam lindamente a minha causa. – Seus olhos se lançaram até Stephen, e ela continuou em tom mais íntimo. – Acho que você deve governar ao meu lado, bravo mago. Nós podemos tomar esta dimensão, você e eu. Acho que não precisamos de mais profecias, podemos fazer algo muito melhor com este reino: libertar a humanidade das amarras do destino anunciado. – Ainda segurando o queixo de Predivino em uma mão e acariciando gentilmente a cabeça do velho com a outra, Numinosa voltou sua atenção para o soberano dos sonhos proféticos. – Você conseguiu me ver, velhote? – ela perguntou com o que soou ser uma curiosidade genuína. – Claro que previu minha chegada. Certamente viu tudo isso.

Predivino soltou a respiração e fechou os olhos com uma expressão de resignação. Stephen sentiu uma pontada de preocupação por ele, que durou menos de um segundo, pois Numinosa já empurrava a cabeça do velho para o lado, quebrando-lhe o pescoço. O soberano do sonho caiu no frio chão de pedra já sem vida. Stephen respirou fundo e ergueu os braços, com a energia estalando em suas mãos. Numinosa virou-se para ele, sorrindo docemente.

– O que você fez?! – ele perguntou horrorizado.

– Eu lhe devolvi sua escolha – Numinosa respondeu, em tom ainda gentil e caloroso.

Cerrando os dentes, Stephen arremessou na direção dela as Faixas Safira de Storaan, mas elas passaram direto do alvo, enrolando-se nas colunas do transepto. Os olhos já negros de Numinosa se enegreceram ainda mais quando todo o resquício de afeto foi drenado de sua expressão. Ela ergueu uma das mãos e a fechou firmemente em punho; como que em resposta, as faixas se apertaram em volta das colunas, cortando a pedra. O monastério estremeceu e começou a cair em torno deles. Numinosa voou na direção de Stephen, agarrando o mago pelos ombros e o sacudindo. Em sua raiva, ela foi se expandindo, até sua imagem dominar a visão dele. Stephen podia ouvir apenas a voz dela e o estrondo das pedras que caíam do prédio em desintegração.

– Você ainda não se lembra? Eu vim até você depois do acidente... levei-o até o Tibete! Você não ligava para nada, era fútil, narcisista, tinha horror da morte e de seu próprio desamparo diante dela, tentando mantê-la longe com seus bisturis e com negação! *Agora*, olhe para você! *Mago Supremo!* Você teve uma visão, Stephen... você viu a si mesmo tomando outro caminho. Não houve sonho *profético* que o levou até lá! E aqueles pesadelos nos quais você nunca mais foi capaz de usar as mãos... eram apenas para que seu medo se transformasse em ímpeto. Você foi estimulado por *mim*! Por um *sonho épico!*

Ela o soltou, recuperando o fôlego e se acalmando, e então olhou por sobre o ombro para o corpo de Predivino antes de voltar novamente a atenção para Stephen. O teto começava a desmoronar sobre eles, e ela estendeu a mão e tocou gentilmente o braço lacerado do mago.

– Foi um presente meu para você, Stephen... aquele sonho. – Ela puxou a mão de volta e examinou o modo como o sangue dele brilhava em seus dedos. – E agora você vai me ajudar com o meu.

Observando Sharanya a uma curta distância, Jane parou de arrancar as sementes dos ramos de calamovilfa e se voltou para Pesadelo, torcendo o nariz.

– Você consegue fazer isso? Construir uma pira, iniciar uma fogueira ou algo do tipo?

O demônio fungou, rindo.

– Jane, sou o soberano do pesadelo. Eu criei meu reino inteiro.

Jane espalhou as sementes na mão e puxou outro ramo.

– Então por que não divide seus sonhos comigo? Você sabe, na minha cabeça. Como os outros fazem.

Pesadelo a olhou de lado.

– Sua vida já é um pesadelo. Você não precisa dos meus.

A garota ficou em silêncio por um momento, estudando o ramo em sua mão, e então disse em voz baixa:

– Eu não me importaria. Quer dizer, se você quisesse.

Pesadelo observou um besouro negro atravessando o campo.

– Cuidado com o que você deseja, Jane. Tenho caráter desafiador.

Jane ergueu o olhar novamente para o demônio com um ceticismo brincalhão, mas sua fisionomia zombeteira se desfez com a explosão de pó *Holi* rosa, que grudou em sua testa e face esquerda.

– Bem, você *diz* isso, mas eu nunca o vi *fazer* nada.

Pesadelo examinou as unhas compridas e afiadas como garras, impassível.

– Eu estou me recuperando. Quando começamos nossa pequena aventura, eu estava bastante debilitado.

– E agora? – Jane sorria enquanto o demônio estalava os dedos.

– Agora? Agora eu tenho tempo de beber o delicioso medo de seus companheiros, e estou começando a me sentir muito melhor.

Jane fez um aceno, desconsiderando o comentário dele.

– O Doutor Estranho não tem medo de nada.

Pesadelo ergueu o olhar e estreitou os olhos.

– Jane, querida, o homem poderia destruir o mundo com um pensamento errado. Você não acha que isso possa causar a ele alguma perturbação?

O céu escureceu. No início, foi apenas uma diminuição da luz, seguida por uma obliteração dramática do sol enquanto grossas nuvens rapidamente cobriam o céu. Sharanya olhou para cima, surpresa, enquanto um raio grosso rasgava o céu, seguido por um quase instantâneo rosnado de trovão. Jane fez uma careta, virando o rosto na direção do dilúvio conforme a chuva começava a cair.

Ligando a tempestade ao seu criador, Sharanya lançou um olhar de censura na direção de Pesadelo antes de se virar para aumentar o fogo ameaçado.

Jane riu, deitando-se de costas na grama para observar as gotas de chuva mergulhando em sua direção.

Ouviu-se outro rugido forte, e o chão estremeceu sob eles.

Sharanya olhou feio para Pesadelo.

– Ok, já chega. Não precisa se exibir!

Pesadelo desencostou da árvore em que se apoiava, movendo-se na direção da beira da colina.

– Não fui eu.

Voltando-se para ver o monastério, Sharanya respirou profundamente. Jane se colocou de pé com um salto, secando as mãos molhadas nas laterais do casaco enquanto seguia Pesadelo até a beira da colina. Ela ficou parada entre o demônio e a neurocientista enquanto eles olhavam para baixo, para o palácio dos sonhos.

O teto estava desmoronando, e enormes pedras quadradas rolavam pelas laterais. O monastério inteiro implodia.

Sharanya arregalou os olhos, preocupada.

– Doutor Estranho ainda está lá.

Os olhos negros de Pesadelo brilharam enquanto ele observava o palácio caindo.

– Não se preocupe com Stephen. Eu lhe garanto que o Mago Supremo é mais do que capaz de cuidar de si mesmo.

Numinosa estava certa.

Tudo que Stephen tinha que fazer era fechar os olhos e ainda poderia ver cada detalhe daquilo como se tivesse acabado de acordar. Era o mais vívido sonho que já tinha tido, e mesmo assim não pensava nele havia séculos. Acabou sendo enterrado pelo tempo e pelos pesadelos, absorvido por uma enorme prática contínua, iniciando uma transformação que era tanto um fato consumado e uma parte sempre em evolução da sua vida quanto uma visão além do ponto de origem.

O sonho começou na água – a água fria e escura na qual seu carro havia mergulhado, de frente, na noite em que ele perdeu o uso cirúrgico das mãos. Medo. Arrogância. Isolamento. E acabou em pura luz: um intimidante, caloroso, incandescente sentimento de conexão e bem-estar que ele poderia apenas descrever como iluminação. Aceitação. Despertar. Absorção por algo tão maior que si mesmo que desafiava qualquer quantificação.

E entre os dois estados houve a escalada, um esforço literal para subir a face de uma montanha gelada que pressagiava uma ascensão interna das profundezas do ego até o cume do *vimutti* – uma liberação transcendente de tudo que veio antes.

O sonho havia mudado tudo, dando a ele a coragem de gastar o restante de seu dinheiro, sua esperança e dignidade em uma passagem só de ida para o Tibete, onde conheceu seu professor e mudou sua vida. Aquele sonho queimava dentro dele quando embarcou no avião, mantendo-o aquecido enquanto escalava o Labuche Kang, renovando sua determinação e concentração nas primeiras quatrocentas ou quinhentas vezes que sua mente vagou durante a meditação. Se Numinosa era realmente a responsável por aquilo, ela havia lhe dado um presente de assustadora inspiração e clareza.

– Pelos Anéis de Rubi de Raggadorr, o que aconteceu?

A voz de Numinosa estraçalhou as janelas de vidro do transepto, e ela continuava a crescer, preenchendo a visão de Stephen e ameaçando lançá-lo para vagar no universo de seus olhos.

– Você pode ser minha melhor criação até agora, Stephen, mas não foi a primeira.

Embora Stephen tivesse certeza de que o dia estava ensolarado quando entrou no palácio dos sonhos, naquele momento a chuva entrava pelas rupturas no teto do monastério e pelas recém-vazias molduras das janelas.

– Todos os grandes homens e mulheres da história... eu alimentei seus sonhos, ninei e inflamei suas ambições. Eles conquistaram continentes para mim, despertaram para escrever com palavras de fogo, inventaram coisas que mudaram o curso da História!

Stephen viu uma emanação prateada elevando-se lentamente do cadáver de Predivino, como uma miragem de calor cintilando acima do asfalto quente. Estaria o corpo do soberano dos sonhos dessecando? O edifício continuava desabando ao redor deles, mas mesmo assim Stephen se deu conta de que as tábuas que despencavam do teto nunca chegavam perto de atingir Numinosa, grande como ela era, nem Stephen, e nem mesmo o corpo sem vida de Predivino. Embora a voz dela continuasse calorosa, Stephen começou a suspeitar de que aquilo fosse uma disputa, e não um ato de proteção quando Numinosa o agarrou com as mãos gigantes e o colocou sobre o corpo de Predivino enquanto ela se ajoelhava no monastério como uma criança tentando se espremer em uma casa de bonecas.

– E então algo mudou – ela continuou, e sua expressão traía sua confusão. – Havia tantos de você, passando rapidamente, e as imagens em sua cabeça... não eram mais imaginadas, eram reais, e *terríveis*. Ah, Pesadelo adorava, e Erótica... os trabalhos dela ficaram tão fáceis. Mas eu tive que peneirá-las, Stephen, todas aquelas imagens tremeluzentes, e tentar encontrar uma centelha de inspiração. O suave brilho da proeminência se tornou um clarão que revelava as sombras sob todo mundo. E uma vez que não conseguiram se manter sob o escrutínio do renome ilibado, todos começaram a sentir que tinham aquela luz, independentemente do quanto eram feios ou vazios!

Stephen cerrou os dentes e conteve as ondas de energia que ele tão desesperadamente queria disparar. A magia era sempre uma força perigosa para se tentar manter em controle – positivamente traiçoeira, uma vez que o elemento da dúvida é introduzido. E agora ele mais do que duvidava de si mesmo, ele sabia. Havia sido envenenado pela ambição imprudente, atipicamente descuidada, renunciando a salvaguardas ritualísticas e usando feitiços agressivos, desde que o Somnivore o arranhava nas Passagens.

– Ainda eram grandes pessoas, só que mais poderosos ainda que seus ímpetos eram os ímpetos dos que queriam destruí-los, derrubá-los. E foi logo essa intenção de destruir que começou a se fixar, que mantinha as imagens firmes em suas mentes. Eles sonhavam em matar estrangeiros, em assassinar e desmembrar, anarquia, sequestros, estupros, tortura, estrangulamentos... O mundo desenvolveu uma sede por notoriedade em vez de renome... prender, torturar, matar... pentagramas e decapitações, e finalmente as armas, Stephen... tantas armas!

Stephen fez um esforço para se conter ante as garras da giganta e se dirigiu a ela com calma autoridade.

– O mundo sempre foi um lugar violento, Numinosa. Você deveria saber disso melhor do que a maioria das pessoas. Mas se você viu essas mudanças ocorrendo, então por que não inspira outros a lutar contra tais forças, como fez comigo?

Numinosa balançou a cabeça tristemente.

– Eu tentei. Mas aqueles que visitam meu reino agora sofrem de uma estranha doença. Querem tão desesperadamente ser lembrados, e mesmo assim não sonham com nada além de causar mortes através de seis mil balas por minuto. Isso não é um sonho épico, Stephen, é um pesadelo! Ainda assim eles vêm ao meu reino. Como eu poderia dispensá-los? Será que eu poderia, que me sentiria inclinada a isso?

Enquanto ela falava, Stephen voltou sua atenção para Predivino.

Ele estava preocupado, pensando que talvez Numinosa estivesse absorvendo a energia espiritual do outro soberano dos sonhos, mas não sabia como detê-la. Ela continuava seu discurso, olhando para Stephen de tempos em tempos como se estivessem tendo uma conversa privada em algum lugar recluso e calmo em vez de gritando em meio às gigantescas ruínas que despencavam de um monastério em desabamento.

– Eu continuo achando que isso levaria a algum lugar. Todo o desejo desesperado de acabar com um punhado de estrangeiros e com eles mesmos... aquilo tinha que significar algo! Eles queimavam com tanta raiva, solidão e incompetência, seus sonhos eram tão tóxicos e tão vazios que começavam a corroer meu próprio reino.

Desamarradas, as mãos de Stephen começaram a brilhar, evocando instintivamente a energia necessária para abrir aquela mão gigante. Ele teve que se concentrar, e ter em mente que não podia se soltar dela. Além de causar danos ao reino, era possível que a magia estivesse alimentando o poder de Numinosa. Ela olhou para ele novamente como se estivesse lendo seus pensamentos.

– Sim, também me deixa nervosa. Vá em frente, Mago Supremo, ataque com suas magias negras, me ajude a destruir tudo o que está aqui! Demorei muito para me dar conta, mas já não há esperança em seu povo, seus sonhos patéticos sem consequência. Devemos recomeçar. Tenho meu próprio sonho agora! Meu próprio destino! Eu vou governar tudo isso, toda a Dimensão dos Sonhos, e usá-la para inspirar deuses!

Numinosa inspirou profundamente, e Stephen pensou vê-la recolhendo os restos finais das emanações prateadas de Predivino no exato momento em que o que restava do monastério veio abaixo ao redor dela, deixando-os expostos aos elementos. Ele olhou para a colina à procura dos companheiros um segundo antes de Numinosa também fazer isso. Estavam todos ali – Pesadelo, Jane e Sharanya –, assustados ao ver a colossal Numinosa descortinar as ruínas do palácio dos sonhos de Predivino, sorrindo em triunfo, com os olhos fechados enquanto inclinava o rosto na direção da chuva. Quando abriu os olhos novamente, Stephen viu que estavam nublados por uma membrana branca, idêntica às cataratas de Predivino. Ela olhou ao redor por um momento como se estivesse surpresa por sua nova visão profética, e então seus olhos sem visão caíram sobre Pesadelo. Stephen viu o demônio ficar tenso, e se deu conta de que teria que defender seu antigo inimigo, e sem usar magia. Numinosa recuou subitamente, como se agora fosse ela a temer pela própria vida. A gigantesca soberana dos sonhos se assustou, balançando a cabeça enquanto sua visão parecia clarear e seus olhos retornavam à escuridão costumeira.

Naquele momento, no topo da colina, Jane gritou, caindo de joelhos na grama molhada com as palmas pressionadas sobre os olhos. Numinosa se virou e fugiu, cortando a paisagem como um tornado. De volta à colina, Jane caiu inconsciente aos pés de Pesadelo.

Era difícil ver claramente através da chuva e da fumaça da fogueira quase extinta de Sharanya, mas Stephen pensou ter visto Pesadelo estremecendo de preocupação e banindo as nuvens com um gesto raivoso antes de se ajoelhar ao lado de Jane. E então, enquanto Stephen observava, o demônio puxou a capa e a colocou sobre Jane, protegendo-a das últimas gotas de chuva.

Livro

3

Prólogo

JANE ABRIU OS OLHOS E SE VIU NA MAIS COMPLETA ESCURIDÃO. Piscou diversas vezes, mas não conseguia discernir entre estar de olhos abertos ou fechados. Alguma coisa parecida com minúsculas pedras afiadas feria seus pés descalços, e ela se agachou para tocar o cascalho bruto. Tentando se orientar, Jane teve que respirar fundo diversas vezes antes de criar coragem suficiente para avançar, as mãos estendidas à frente. Ela não pensou em contar seus passos até já ter dado uns quatro ou cinco; deu mais três antes que suas mãos encontrassem um áspero muro de pedras. Ainda tateando pela escuridão, moveu-se para os lados até chegar a um canto e sentou-se novamente, apoiando-se ali, esperando que estivesse a salvo e que seus olhos se ajustassem. Não havia ruídos, exceto sua própria respiração e o raspar do cascalho quando ela se movia; o lugar tinha um leve cheiro de urina. Presumiu que estivesse em algum tipo de cela, pois não podia imaginar onde mais pudesse estar.

Não tinha noção do tempo, mas imaginou que não ficaria muito naquele canto antes que se forçasse a continuar a exploração. Seguiu a parede depois do canto, e então até outro, esse muito mais frio e úmido sob seus pés. O próximo canto estava seco de novo. Ela teve que dar a volta duas vezes pelo lugar para se convencer de que era um quadrado. Assim que descobriu onde estavam os cantos, ela soltou a parede e, cuidadosamente, avançou na direção do centro do lugar, dando quinze passos curtos. Não encontrou móveis nem indicações de uma porta ou janela – nada para inspirar sequer um fio de esperança. Ela tinha certeza de que deveria chamar alguém, mas não conseguia se lembrar de quem. Quando tentou clamar por ajuda, sua voz saiu rouca, sem fôlego, um sussurro.

Ela se sentou em um dos cantos quando ouviu um balido baixo.

– Olá? – Jane se colocou de pé enquanto falava, mas não houve resposta. Ela estava prestes a se sentar quando ouviu o som novamente, mais perto, com evidente aflição.

– Baaa!

Parecia mais próximo ao chão, então Jane se apoiou nas mãos e joelhos e engatinhou até o centro da pequena cela, estalando a língua sutilmente e falando numa voz pouco mais alta que um sussurro.

– Olá? Tem alguém aí?

– Olá?

– Baaaaaa!

O braço de Jane tocou algo macio e levemente oleoso. Ela deu um pulo para trás, e então, cuidadosamente, estendeu o braço.

– Baaa!

Jane rapidamente identificou a forma de uma ovelha. Ela não reclamou enquanto Jane a acariciava no escuro, talvez assustada demais para se mover. Com lágrimas nos olhos, Jane a puxou para perto de si e a abraçou com força. O pequeno animal estava claramente aflito, e Jane queria acalmá-lo. De algum modo, sua própria condição não mais importava; ela queria apenas que sua ovelha ficasse contente.

– Está tudo bem – disse gentilmente, ninando-a em seu colo. – Você se perdeu de seu rebanho, não é, pobrezinha? E está com frio e faminta, e está tão escuro!

A ovelha continuou a balir intermitentemente, e Jane começou a ficar cada vez mais perturbada, incapaz de suportar a ideia de que aquela pequena e indefesa criatura estivesse com fome e assustada.

Lentamente, a luz começou a mudar, como se o sol estivesse nascendo em algum lugar muito distante. Jane se deu conta, com um arrepio, de que estava sentada em uma área úmida e gelada, sob o vento do amanhecer. Ela colocou seu casaco em volta da ovelha, sentindo-se mais confortável por ver que já conseguia distinguir os traços do animal. Ela beijou seus pequenos olhos negros e seu focinho negro redondo e acariciou as pequenas orelhas rosadas.

A ovelha se soltou de seus braços para chegar até a grama conforme as cores começavam a se espalhar pelo céu. Jane olhou por sobre o ombro para ver o sol brilhando atrás das colinas; quando se virou novamente, a ovelha corria na direção de uma inclinação que levava à Stonehenge.

Jane correu atrás dela, subindo até o monumento, buscando em meio ao círculo de enormes rochas. Com o medo revirando seu estômago, ela viu algo lanoso e branco deitado em uma das pedras horizontais do meio. Ela queria se virar, ou fechar os olhos, mas aquilo preencheu sua visão, vívido e perto, até que tudo o que pudesse ver fosse a ovelha sacrificada fitando-a com os olhos estáticos, mortos, a pequena língua pendurada para fora de sua doce boca, sua barriga aberta, as entranhas espalhadas.

Jane deu um passo na direção dela, o choro subindo por sua garganta, e parou quando sentiu algo caindo de suas mãos. Olhando para baixo, viu sua faca de caça caída na grama.

E como suas mãos, a faca estava grudenta e quente de sangue.

18

– POR QUE ELA NÃO ACORDA?

Pesadelo pairava sobre Jane, com uma expressão no rosto que Sharanya teria chamado de "preocupada" se fosse a de qualquer outra pessoa. Parecia que ele e a garota estavam se tornando amigos. Isso seria possível? Bem, se havia uma coisa que Sharanya tinha que entender enquanto estivesse viajando com o Doutor Estranho, era que nada estava realmente fora do reino das possibilidades.

Strange havia chegado voando das ruínas do palácio dos sonhos de Predivino para se reunir a eles depois que Numinosa fugiu, com o manto vermelho esvoaçando ao redor dele enquanto o elevava até o topo do penhasco. Agora ele se abaixava ao lado de Jane, tomando-lhe o pulso, o que Sharanya achou levemente desconcertante. Ela havia ficado tão confortável com os talentos mágicos do doutor que foi assustador vê-lo fazer uso de procedimentos médicos ocidentais. Ele admitira já ter sido cirurgião, então, depois de tê-lo visto levitando, tirar um demônio do nada, lutar contra monstros gigantes e hordas de zumbis, e emergir do centro de um lago no meio de uma versão onírica do Nebraska para ter uma conversinha com a irmã morta, não havia muito que Sharanya achasse difícil de acreditar a respeito dele.

E vê-lo examinando Jane era muito mais fácil do que acreditar no céu, que por um momento parecera ganhar tons de pôr do sol, mas agora parecia estar em fogo. Sharanya piscou nervosamente e baixou o olhar para averiguar o chão, que começava a tremer abaixo deles.

– Ela vai acordar – Strange garantiu a Pesadelo.

O mago olhou para baixo, pela lateral da colina, que continuava a sacudir violentamente. Sharanya percebeu que a grama estava desaparecendo; não apenas morrendo, mas sumindo, sendo substituída por argila negra e granito.

– Os sinais vitais dela estão normais.

Ele se levantou e o estremecimento parou. Sharanya não conseguia mais conter as perguntas.

– Aquilo foi um terremoto? O que aconteceu lá? Quem era aquela mulher gigante? Você viu Predivino?

Strange olhava por sobre a beira do penhasco, na direção de onde o palácio do sonho de Predivino jazia em ruínas. Sua expressão preocupada fez com que Sharanya seguisse seu olhar até o outro lado do vale. Ao longe, onde tinha estado o palácio dos sonhos antes de se mover até a base do penhasco, um exército podia ser visto marchando a pé e a cavalo. Homens de pele escura com armaduras douradas e túnicas vermelhas avançavam pela terra carregando lanças. Eram milhares.

– Não podemos ficar aqui – Strange insistiu, virando-se para olhar Sharanya nos olhos, mas ignorando suas perguntas. – Não é seguro. O exército de Numinosa está solidificando seu controle sobre o reino. Precisamos seguir para a floresta.

Ele mal havia terminado a primeira frase quando Pesadelo ergueu Jane nos braços e começou a seguir para o limite das árvores.

– Para o norte – Strange ordenou, seguindo atrás dele.

Sharanya os seguiu pela lateral da colina por onde havia descido e subido diversas vezes, recolhendo lenha para sua pira. Parecia mais íngreme agora, e traiçoeira, sem a grama ali para amortecer os passos. Outro terremoto sacudiu a terra, e Sharanya quase caiu, sentindo como se a própria colina estivesse se balançando embaixo dela. Olhando ao redor, ela viu que a colina estava se transformando em uma cadeia de montanhas.

– Predivino está morto – Strange informou enquanto percorriam os últimos metros até o pé da colina.

Poeira e cascalho deslizavam perigosamente sob os pés deles. Pararam embaixo de uma bétula, e Sharanya colocou a mão sobre a casca branca de um fino tronco de árvore, grata pela oportunidade de poder recobrar o equilíbrio.

– Aquela mulher que você viu era Numinosa, soberana do Reino dos Sonhos Épicos. É ela que está enviando sonhos perigosos e tentando tomar esta dimensão.

A floresta parecia desconcertantemente repleta do cheiro de fumaça, folhas secas estalavam sob os pés deles e a luz fraca do céu tingido de alaranjado pairava sobre tudo, como se os escombros do castelo estivessem em chamas.

– Sonhos épicos? – Sharanya estava surpresa. – As pessoas geralmente adoram esse tipo de sonho. São raros, mas muito vívidos e inesquecíveis, e geralmente inspiradores.

– Ela se perdeu, frustrada, ao que parece, pela Era da Informação. Ela mencionou imagens várias vezes, a mudança, eu suponho, na natureza do conteúdo em nossas mentes.

Sharanya olhou para Pesadelo, que estava alguns metros à frente, carregando Jane.

– Ah, meu Deus, sim. A televisão e a internet têm afetado a química do cérebro humano de uma forma que ainda não compreendemos inteiramente. Isso é algo que venho buscando em meus estudos.

– Isso é apenas parte, mas ela parecia fazer alusão a uma mudança sociológica maior.

Sharanya balançou a cabeça lentamente enquanto andava, com os olhos arregalados de surpresa.

– Não consigo nem imaginar como é ser um soberano dos sonhos. Pense na explosão demográfica, as mudanças nas tendências culturais, os eventos que moldam as épocas...

Jane deve ter se mexido, porque Pesadelo subitamente parou para sentá-la no chão, apoiada contra o tronco de um grosso pinheiro. Ele se baixou ao lado dela, estreitando os olhos vermelhos. Sharanya não tinha certeza, mas acreditou tê-lo visto sorrir quando a garota finalmente abriu os olhos assustada.

– Jane?

Por um momento, pareceu que os olhos de Jane estavam nublados por cataratas brancas, mas então ela piscou e sua visão clareou, e seus olhos castanhos foram lentamente se focando em Pesadelo, que se inclinava sobre ela. Ela pareceu confusa por um momento, e então gritou.

A expressão de Pesadelo mudou, e imediatamente ele se levantou e afastou-se dela. Strange olhou com dureza para Pesadelo e fez menção de se aproximar de Jane, mas Sharanya foi mais rápida, ajoelhando-se sobre as agulhas de pinho ao lado dela. Ela acariciou os cabelos negros da garota, retirando-os da testa suada.

– Está tudo bem, Jane – Sharanya tentou confortá-la.

Ela pretendia acrescentar algo reconfortante como: *você está a salvo, está entre amigos, tudo vai ficar bem*, mas se deu conta de que nada daquilo era necessariamente verdade. Não estavam a salvo, Jane não conhecia ninguém ali até poucas horas atrás e Sharanya não fazia ideia do que realmente havia de errado com ela, muito menos o que poderia vir a acontecer. Não é de se surpreender que Jane parecesse tão aterrorizada.

Sharanya se ajeitou sobre as folhas ao lado dela e tentou olhá-la nos olhos.

– Como está se sentindo?

Jane estremeceu e se envolveu nos próprios braços.

– Estou bem – ela disse depois de um momento, olhando ao redor com certa confusão. – Onde estamos?

Strange havia se aproximado e falou em tom brando, olhando para ela:

– Estamos em algum lugar nos arredores de Proféticos, ou talvez no que sobrou das Passagens, seguindo na direção da entrada do Reino dos Sonhos que Curam.

– Onde está Pesadelo?

Sharanya indicou o local para onde o demônio havia recuado.

– Ele está bem ali. Não se lembra de ter gritado há pouco, quando o viu?

O cenho de Jane se franziu, e ela começou a se levantar, deixando que Sharanya a ajudasse a ficar de pé. Limpando as folhas que tinham ficado presas em seu jeans, ela foi até onde estava Pesadelo. Sharanya ficou para trás, mas tentou prestar atenção ao que a garota estava dizendo.

– Sinto muito – ela se desculpou com ele. – Aquela não era eu. Acho que era Numinosa, e acho que ela tem medo de você, e acho que a vi em seu reino.

Strange se colocou ao lado de Sharanya, olhando para Jane, enquanto a brisa movimentava as pontas de seu manto.

– Ela está bem? – o mago quis saber.

Sharanya ia responder, mas então notou que havia sangue na manga da camisa do Mago Supremo, bastante, a ponto de ensopá-la.

– Você está ferido? – ela perguntou.

Strange passou a mão esquerda sobre o ferimento, e então hesitou.

– É um corte limpo, vou ficar bem.

– O que há de errado? – Sharanya perguntou. – Não consegue se curar?

Strange cruzou os braços sobre o peito.

– Cuido disso quando chegarmos em casa. Preciso ter cautela com o uso de magia aqui.

– Mas não é magia...

– Stephen, precisamos ir para o meu reino imediatamente. – Sharanya foi interrompida por Pesadelo, que se aproximava apressado, com Jane acompanhando-o de perto.

– Jane acha que Numinosa está indo para lá, e sem a minha proteção, estará completamente indefeso.

– Eu entendo – Strange respondeu calmamente. – Mas temos que passar primeiro pelo Reino dos Sonhos que Curam.

Pesadelo ergueu as mãos.

– Não temos tempo para isso.

Sharanya se interpôs.

– Eu acho que é uma boa ideia. Ele está sangrando e ela está desmaiando por razões que não compreendemos... – Sharanya argumentou, apontando para Strange e depois para Jane.

Jane estalou os dedos, como se tivesse acabado de se lembrar de algo.

– Não, não, está certo! Predivino tinha me dito isso. É por isso que devo... – ela subitamente parou de falar, olhando timidamente para Sharanya por sob a franja penteada para o lado.

– Deve fazer o que, Jane? – Sharanya perguntou.

Jane fez um som e um gesto estranhos, como estivesse cortando o braço de Sharanya com uma faca. Sharanya olhou para ela assustada, mas Jane subitamente sorriu, notando a ferida de Strange.

– Mas agora eu não preciso fazer, porque *ele* está ferido!

Pesadelo rosnou. Ele ficava mais impaciente a cada segundo.

– Vamos fazer um desvio para conseguir um Band-Aid para o Mago Supremo? Seu tempo está acabando, Jane. Você atacou muito cedo da primeira vez, e agora é tarde demais. – O demônio olhou desconfiado para o céu e soltou um breve e agudo assobio. O som deixou Sharanya nervosa, embora ela não soubesse dizer por quê.

– Espere um minuto, Pesadelo. – Strange endireitou os ombros, e Sharanya subitamente se lembrou da animosidade entre ele e o demônio que governava o Reino dos Pesadelos. Estavam presos a uma trégua incômoda por causa de uma ameaça maior e mútua, mas Sharanya sentiu pela primeira vez como eram tênues os limites dessa aliança. – Você ainda não está forte o bastante para enfrentar Numinosa sozinho...

– E, mesmo assim, parece que é exatamente o que terei de fazer.

Sharanya não sabia ao certo o que veio primeiro, o escurecimento do céu ou o ruflar das asas. Olhando para cima, ela viu um cavalo negro como carvão, com olhos vermelhos como fogo e asas de morcego voando por sobre as árvores. Conforme se aproximava, ela instintivamente recuou. A fera era grande e ágil, e Pesadelo pulou tão rápido em sua garupa que ela sentiu um novo pico de medo visceral. Em cima da grande criatura, Pesadelo estendeu a mão para Jane, mas a garota hesitou, evidentemente abalada.

– Não tenha medo, Jane. Este é Perseguidor de Sonhos; ele não vai machucá-la.

Jane olhou para o demônio, para os olhos do cavalo e em seguida para os próprios tênis.

– Eu tenho que ir me curar – ela sussurrou. – Eu prometi.

A expressão de Pesadelo era dura enquanto fazia o cavalo ganhar altitude. Jane permaneceu no chão, com os ombros caídos de tristeza. As mãos de Strange brilhavam com a energia enquanto ele se erguia para deter Pesadelo, mas o demônio deu a volta. Perseguidor de Sonhos recuou fungando, com as orelhas apontadas para trás. Subitamente, o demônio aterrorizou Sharanya. A cada segundo, tornava-se mais difícil acreditar que ele era a mesma criatura reservada que viajara tão silenciosamente com eles, obedecendo ao mago e se tornando amigo da garota.

– Sério, Stephen? Você pretende entrar em combate comigo agora? Aqui? Você não acabou de lutar com um soberano dos sonhos? – Ele e o cavalo começaram a se elevar, e as asas de couro negro do cavalo assopravam as folhas secas enquanto batiam no ar. – E acabou de *perder*?

Stephen olhou com raiva para Pesadelo e seu cavalo, mas não disse nada. Pesadelo e seu corcel ergueram-se até a linha das árvores e pairaram ali.

– Vá lamber suas feridas no Reino dos Sonhos que Curam, se é o que precisa – Pesadelo gritou para baixo. – Mas a guerra não acabou! – Ele baixou o olhar uma última vez, e Sharanya teve certeza de que ele esperava para ver se Jane olharia para ele, então virou o cavalo e voou na direção oposta.

Sharanya engoliu o medo e se virou para Jane com uma expressão simpática. A garota mantinha o olhar fixo no chão da floresta.

– Tudo vai ficar bem – ela disse suavemente, decidindo que ganhar a confiança de Jane era mais importante do que ser completamente sincera. – Não se preocupe.

– Ele ainda não está forte o bastante – Jane murmurou taciturna. – Não para enfrentá-la.

– Ele retirará forças de seu reino – Strange rebateu, e não fez isso soar como algo bom.

Sharanya hesitou e então se virou para Strange.

– Você sabe chegar ao lugar para onde estamos indo?

Strange assentiu.

– Estamos bem perto.

Ele continuou a caminhar para o norte através da floresta, que começava a ficar menos densa. As árvores iam ficando cada vez mais nuas, e as folhas embaixo de seus pés pareciam mofadas e apodrecidas. Acima deles, o céu ainda estava coberto de fogo.

– Quando chegarmos ao Cura, vamos nos separar novamente? – Sharanya perguntou ansiosa.

– Estive pensando nisso – Strange continuou andando enquanto falava, sua voz se perdendo em meio às árvores mortas. – Vou lançar um feitiço de ligação para nos mantermos juntos antes de entrar, mas... isso não é uma magia simples.

Sharanya concordou lentamente, franzindo os lábios.

– E você ia dizer algo a respeito disso um minuto atrás. A respeito da necessidade de ser cuidadoso. Com magia...

Strange entrou em uma clareira que havia sido incendiada e subitamente parou, observando os troncos queimados e os detritos em brasa. O ar era pungente de fumaça de madeira, e um estalar persistente chamou a atenção de Sharanya na direção de pequenas fogueiras ainda espalhadas atrás dos arbustos, com o brilho amarelado das chamas baixas reluzindo sobre o chão queimado da floresta. Sharanya esperou até que o olhar do mago se voltasse para ela.

– Magia, como a que você usou para nos trazer aqui, para nos proteger e proteger a si mesmo? Magia, como a que você pretendia usar para curar as Passagens e nos levar de volta para casa? Essa magia? Essa é a magia que você não pode mais usar? – Sharanya se deu conta de que sua voz soava mais confrontadora do que era sua intenção, então tentou suavizar o tom, mas estava assustada, e a tensão audível continuou. – Isso não é um tipo de problema?

– Eu posso usá-la – Strange esclareceu calmamente, olhando para além da clareira queimada. Se ele estivesse ciente da urgência em seu tom, teria se contido. – Mas aparentemente devo me manter cauteloso. Como você mesma viu, meus feitiços parecem ter um efeito destrutivo no ambiente.

Sharanya notou a tensão em suas costas e o ângulo confiante de seu queixo.

– Você não parece estar tão preocupado com isso como eu estaria se estivesse em sua posição.

– Você está na minha posição – ele disse com um leve sorriso. – Você é uma cientista investigativa em um mundo de simbolismo, tão unicamente apta quanto completamente despreparada para lidar com os problemas à mão.

Sharanya pensou por um momento naquilo.

– Unicamente apta, como?

– É o que venho lhe dizendo – Strange disse em um tom de voz tão calmo quanto o dela era duro. Ele começou a andar novamente, e Sharanya e Jane o seguiram de perto. – Você está sonhando agora, o que a coloca em completa harmonia com esta dimensão. Jane e eu somos... pelo menos neste momento... intrusos, sujeitos a leis diferentes.

Sharanya ficou quieta por mais um momento e então balançou lentamente a cabeça.

– Certo. Então *eu* farei. Eu farei com que nos reencontremos depois de nos separarmos. Tenho praticado meu sonhar lúcido, e acho que sou capaz de pelo menos fazer isso.

Ela seguiu Strange enquanto ele pisava cuidadosamente num tronco queimado e sentia a luz ao redor dela se modificar. As florestas enegrecidas se abriam para uma agradável clareira, e um céu azul sem nuvens subitamente se fez visível acima de um enorme círculo de flores silvestres e grama nova e suave. Raios de luz amarela se abatiam no centro da clareira, parecendo tão aconchegante e convidativa para Sharanya que não foi surpresa ver o rosto de Jane se iluminar quando levantou os olhos e viu tudo aquilo.

– Muito bem – Strange concordou. – Conto com você para voltarmos a nos reencontrar.

Sharanya ficou satisfeita por Stephen depositar sua confiança nela, e ainda o estava observando contente quando ele colocou gentilmente a mão no ombro de Jane, e a garota o repeliu.

Ele enfiou a mão novamente na capa e disse em voz baixa.

– Me parece bem provável que encontraremos o soberano do reino. Se você o vir antes que eu me reencontre com você, tente convencê-lo a se unir a nós. Certifique-se de que sabem que estou aqui para ajudar, e que você está trabalhando comigo.

Jane olhou feio para ele por sobre o ombro.

– Não precisa ser bonzinho comigo – ela disse com a voz tensa. – Assim você apenas torna tudo mais difícil.

Sharanya e Stephen trocaram um olhar inquisitivo antes de pisar na clareira, entrando instantaneamente no Reino dos Sonhos que Curam.

19

STEPHEN DESCOBRIU que estava sentado em posição de lótus, aparentemente às margens de um pequeno lago na clareira da floresta. Rapidamente, ele passou pelos sete pontos da postura de meditação: sentado, espinha alongada, mãos em Dhyana mudra, ombros relaxados, queixo empinado, mandíbula solta com a língua encostada no céu da boca, o olhar descansado e fixo... Ele respirou profundamente, sentindo a essência do solo úmido e do pinho, e sentiu o calor do sol contra as costas, embora soubesse instintivamente que não era o sol da Terra. De certa forma ele queria abandonar a meditação para descobrir onde estava e como havia chegado ali, mas também reconhecia o quanto precisava daquilo. Ele aceitou o desejo de partir e se desapegou, seguindo sua respiração de volta ao seu centro.

– Córtex sensorial ativo. Reestimulação do lobo frontal.

A mente de Stephen saltou para o confronto entre Predivino e Numinosa. Ele não parava de pensar na declaração de Predivino de que o uso de sua magia estava ferindo de algum modo a Dimensão dos Sonhos, ajudando o inimigo, como o ancião havia dito. Mas Stephen já havia usado magia na Dimensão dos Sonhos antes, muitas vezes, na verdade, enquanto lutava com Pesadelo. E embora fosse verdade que Numinosa parecia absorver poder de uma forma que ninguém normalmente associaria a um soberano dos sonhos, era tão óbvio quanto lógico para Stephen que o poder em questão se correlacionava com outros soberanos e reinos que ela conquistara. Afinal, ele estava presente quando ela quase que literalmente absorveu Predivino. Indiscutivelmente, se até mesmo um soberano dos sonhos podia de alguma forma ingerir ou manipular arcana, seria de pouco uso para eles... a não ser, talvez, que tivessem intenção de usá-la dentro do mundo desperto, o que não era a pretensão de Numinosa, conforme declarara.

– Sinais vitais estáveis. Quadro de intoxicação negativo. Contagem de células brancas em 12 mil por microlitro.

Stephen se lembrou de sua primeira excursão pelas Passagens danificadas naquele mesmo dia, quando provavelmente foi infectado pelo sonho de Numinosa. Teria aquela infecção estragado sua magia? No passado, o poder da magia de Stephen e da manipulação de sonhos de Pesadelo pareciam grandemente equilibrados, neutralizando-se mutuamente com resultados previsíveis. Se Pesadelo atirasse uma lâmina de sonho, Stephen podia bloqueá-la com um escudo de energia arcana. Reciprocamente, se Stephen tentasse capturar Pesadelo com um feitiço de contenção, ele usaria manipulação de sonhos para criar uma ilusão que o permitiria escapar, ou tentaria quebrar a concentração de Stephen, assustando-o. Aquilo parecia ainda ser verdade, e mesmo assim, nunca antes tudo aquilo pareceu ter machucado os sonhos. Ele tentou deixar o pensamento livre novamente, mas se tornou ciente de uma voz rouca e abafada em algum lugar atrás dele. Soltou o ar e deixou a meditação de lado.

– Que belo presente, não é? Um lembrete nunca é demais.

Stephen olhou por sobre o ombro e viu uma mulher kree alta sorrindo discretamente para ele. Ela usava um jaleco branco de médico, que realçava a pele de um tom azul cerúleo forte e a cabeça totalmente raspada e elegantemente oval. Ela o olhava com os olhos bondosos de cor âmbar e longos cílios, e Stephen notou que era magra e tinha pulsos extremamente finos e graciosos. Ela segurava um pequeno dispositivo eletrônico, que Stephen presumiu ser algum tipo de computador portátil, talvez um sistema de armazenamento para fichas de pacientes.

O mago se levantou e imediatamente percebeu que não estava na clareira da floresta, e sim em um pequeno átrio tropical no centro do que parecia ser um enorme e futurista edifício. O lago para onde ele olhava, o musgo no qual estava sentado, as frondosas árvores que os cercavam e as borboletas de asas carmim que passavam por ele – tudo estava enfiado dentro de um domo transparente com um sistema de controle climático completo de umidade atmosférica. A mulher estava em pé do outro lado do invólucro translúcido, o que explicava sua voz abafada.

– Sou Men-Dar – ela se apresentou com uma eficiência impaciente, que Stephen associava àqueles que se dedicavam à medicina. – Soberana do Reino dos Sonhos que Curam. – Sua atenção se voltou para o dispositivo. – Embora, é claro, já tenhamos nos encontrado antes, Doutor.

Enquanto Stephen começava a procurar uma maneira de sair do átrio, Men-Dar abriu um painel horizontal no recinto, permitindo que Stephen se reorientasse novamente. Então ele finalmente viu que não estava em pé, nem ao menos estava em um átrio, na verdade jazia inclinado em uma espécie de câmara de diagnósticos. Men-Dar estava ajudando-o a sair, desligando os leitores biológicos de sua cabeça.

– Por favor, permita-me recebê-lo na pátria dos Kress. Estamos em Hala... ou, pelo menos, a percepção de seu inconsciente de Hala.

Stephen assentiu em concordância enquanto se sentava. Um discreto zumbido se fazia ouvir enquanto a cama se transformava mecanicamente em uma mesa de exames.

– Você viu meus companheiros de viagem? – ele perguntou. – Eu vim com uma médica e uma jovem Inumana.

– Sim, estão aqui. Eu me encontrei com a Dra. Misra, e ela me informou de sua chegada. Vou ver a Srta. Bailey agora, e logo vocês estarão todos juntos. Mas primeiro preciso finalizar meu exame. – Ela colocou a mão sobre a mão direita dele, e Stephen teve que respirar fundo para não afastá-las. – Como estão suas mãos? – ela perguntou.

Stephen teve que fazer um esforço para olhar para as próprias mãos, pois lhe desagradavam as muitas cicatrizes cirúrgicas, que lhe pareciam estranhas, como relíquias da vida de outro alguém. E doíam – sempre. Em adição à constante dor vazia e ocasionais queimações dos nervos, pensar em suas mãos sempre parecia trazer à tona alguma memória biológica profundamente arraigada de estar sob anestesia cirúrgica – o enjoo e o gosto amargo que ficava na boca – assim como uma pontada de vergonha pelo homem que ele tinha sido.

– Estão bem – ele respondeu, mais bruscamente do que tinha a intenção. – Ou melhor, continuam iguais, mas eu estou bem. – Fez uma pausa, dando-se conta de que definitivamente sabia que aquilo não era verdade. – Foi minha contagem de células brancas que você anotou? Fui arranhado por um Somnivore hoje, e suspeito que tenha sido infectado por alguma coisa que Numinosa emite durante seus sonhos.

Men-Dar iluminou os olhos dele com uma pequena lanterna.

– Ambição?

Stephen riu.

– Ambição? Não. Sou bem familiarizado com ambição. Isso é outra coisa.

A expressão de Men-Dar permaneceu impassível enquanto ela continuava seu exame.

– Dói quando lança feitiços?

Stephen balançou a cabeça enquanto ela se inclinava para mais perto, a fim de observar o olho direito dele com o oftalmoscópio.

– Somente se eu exagerar. Geralmente, quando lanço feitiços é o único momento em que minhas mãos *não* doem.

Men-Dar se endireitou e indicou seu braço ferido.

– Deixe-me dar uma olhada.

Analisando o tríceps lacerado enquanto ele arregaçava a manga, Stephen subitamente se lembrou de que a ferida havia sido feita *duas vezes*, primeiro pelo Somnivore e depois por Predivino com a faca de Jane.

A soberana dos sonhos começou a examinar o corte, movendo cuidadosamente os longos dedos azuis em volta dos músculos de seu antebraço.

– Normalmente os sonhos épicos não são tóxicos, Doutor, tenho certeza de que sabe disso. São inspiradores. Mas esse parece estar infectado.

Stephen assentiu.

– Quanto aos sonhos de Numinosa. A ambição se modificou para ambição cega. Inspiração agora é fanatismo. E só vai piorar se eu não detê-la. – Ele olhou ao redor pela sala de exames. – Você tem alguma coisa para a infecção?

Men-Dar retirou de debaixo da mesa de exame uma garrafa de vidro que continha um líquido azul-claro.

– Não tenho receios. Você vai vencê-la eventualmente. Nesse meio-tempo, precisa tomar cuidado para não espalhar a contaminação.

Stephen a olhou fixamente com um olhar intrigado.

– Você quer dizer que devo cobrir a boca quando lançar um feitiço?

Usando um chumaço de algodão, Men-Dar passou cuidadosamente a solução sobre o corte de Stephen. Ele sentiu uma leve queimação e imaginou que fosse algum tipo de antisséptico.

– Doutor, você está com a impressão de que *você* é meu paciente? – Men-Dar perguntou, com os olhos fixos na ferida na qual trabalhava. Ela pegou algo que se parecia com outra lanterna e com a mão livre suspendeu o pulso do braço ferido de Stephen, imobilizando-o.

– Não – Stephen admitiu. – Presumo que você precise ir ver Jane.

– Você está aqui para fazer uma consulta – Men-Dar esclareceu.

Com o pequeno dispositivo mantido pouco acima da laceração, ela pressionou um botão com o dedão. O aparelho emitiu um fino raio de luz branca que ela começou a guiar por toda a extensão da ferida, cauterizando-a. O procedimento era totalmente indolor.

– E o nosso paciente é...?

Men-Dar parou o que estava fazendo durante um momento e o olhou nos olhos.

– Este é o paciente, Doutor. A Dimensão dos Sonhos.

Stephen arqueou uma das sobrancelhas e ela continuou fechando o corte.

– Sintomas presentes?

– As Passagens estão destruídas, Doutor, completamente rompidas. Pense nelas como amortecedores, uma espécie de membrana que protege os reinos uns dos outros e permite a interação segura com todas as outras dimensões quando seus habitantes precisam passar de uma para outra. Sem essa barreira de proteção, os reinos ficam vulneráveis a ameaças internas, tais como invasões hostis e fusões, assim como a ameaças externas também. Uma energia primária como a magia... quando você descarrega um feitiço aqui, ele segue vagando por toda a dimensão... com resultados potencialmente desastrosos.

Stephen piscou para a soberana dos sonhos.

– Você... quer que eu use proteção?

Chegando ao fim da laceração, Men-Dar desligou o cauterizador. Apenas uma fina cicatriz permaneceu no lugar onde a ferida estava.

– Está certo. Volte sua atenção para a cura das Passagens, empregue manipulação de sonhos e resista ao impulso de deixar a influência de Numinosa impeli-lo a demonstrações bombásticas de poder.

A mente de Stephen percorreu os tipos de magia que estivera usando. Ele era um usuário interdisciplinar – sincretista até – com fortes tendências a magia negra, misticismo oriental e arcana interdimensional. Era proficiente em mais formas do que tinha tempo de considerar, mas manipulação de sonhos – a magia inerente à Dimensão dos Sonhos – era uma das poucas à qual ele *não* era adepto. E isso era principalmente porque, como ele havia explicado para Sharanya, enquanto potente de uma maneira bastante mágica, não consistia em magia real.

Ele também sabia que não havia considerado apropriadamente o efeito que a infecção de Numinosa estava causando em sua personalidade, e viu imediatamente que Men-Dar tinha razão. Ele tinha estado menos vigilante desde que visitou as Passagens pela primeira vez, impaciente e estourado. Lançar feitiços sempre traz consequências, ele sabia disso. Embora a magia elemental fosse às vezes menos destruidora do que disciplinas como magia de sangue ou conjuração, sua inocuidade era baseada na harmonia dos elementos com o meio ambiente. Esse conceito não existia de nenhum modo previsível na Dimensão dos Sonhos. Isso o lembrou de uma discussão que teve certa vez com Hellstorm a respeito de necromancia. Para Stephen, a ideia de que reanimar os mortos era um dos mais selvagemente antinaturais e irresponsáveis usos da magia era tão óbvia, que não valia nem o debate. Mas Daimon havia passado mais de uma hora argumentando que a morte, como um componente inevitável do ciclo de vida natural, fazia da necromancia uma simples questão de concessão ou mesmo de argumentação, e, portanto, um mal menor que a regeneração, que vai contra o conceito de entropia. Certa vez, o ancião havia dito algo similar sobre a onisciência, declarando que a verdadeira iluminação e a onisciência eram inseparáveis, fazendo da visão onisciente um estado mais natural do que a falta dela. Mas nenhuma das práticas ou discussões que Stephen conhecia se aplicavam à Dimensão dos Sonhos, que existia dentro de uma variedade física independente e altamente variável.

Ele simplesmente teria que ser muito cuidadoso e controlado. Objetos encantados e encantos contidos direcionados para si mesmo provavelmente não teriam impacto sobre o ambiente. Mas feitiços grandes, que interagissem com o reino, seriam bem mais problemáticos. Ele teria que direcionar as ações daqueles que viajavam com ele e enraizar o próprio trabalho em rituais de proteção. Usaria encantamentos adequados e altos poderes confiáveis, e buscaria modos de trabalhar com vedações e rejeições. Não faria nenhum mal. Ele seria, como Clea certa vez o acusara de brincadeira, tão cauteloso quanto um neófito em magia branca entrando em uma Missa Negra. Até que chegasse a hora de curar as Passagens, é claro. Aquilo seria, inevitavelmente, um feitiço de consequência.

Observou Men-Dar enquanto baixava a manga.

– Tenho algumas ideias a respeito da regeneração das Passagens, mas estou deixando passar um componente essencial. Eu suponho que não haja nenhuma maneira de você me suprir com um objeto feito de material orgânico deste reino, não é? Especificamente, procuro algo da Dimensão dos Sonhos com força e resiliência para aguentar uma grande quantidade de energia que será canalizada por ele.

Men-Dar lhe deu as costas enquanto começava a pesquisar os dados que havia coletado dele em seu dispositivo de diagnóstico.

– Verei o que posso fazer.

Stephen assentiu. Acabara de lhe ocorrer que, como uma sociedade tecnologicamente avançada conhecida por seu trabalho inovador no campo da genética, a kree poderia ter informações úteis a respeito de Jane – eles haviam, afinal de contas, criado os Inumanos.

– Além disso, há alguma central de banco de dados de pacientes aqui? Com sua permissão, eu gostaria de ler a ficha da Inumana com quem eu vim.

Men-Dar voltou a olhar para ele e cruzou os braços.

– Certamente, Doutor. Mas há algo que eu preciso discutir com você antes disso, de médico para paciente desta vez.

Stephen se levantou da mesa de exames com a sensação de que ela diria algo sobre suas mãos. Talvez fosse repreendê-lo por não passar mais tempo dedicando seu inconsciente à tarefa de lutar contra suas limitações físicas. Ou talvez os kree tivessem desenvolvido protocolos médicos que não haviam ainda compartilhado com a Terra. Se, como Erotica, Men-Dar quisesse manter Stephen em seu reino para proteção, ela poderia oferecer a cura para suas mãos. Olhando para elas novamente, ele imaginou se seria possível e o quanto ele se importava com isso. Certamente não tinha planos de executar uma cirurgia outra vez. Apesar de que uma diminuição no desconforto seria obviamente aceitável, pois a dor constante era, de um modo bem sutil, sua âncora na humildade. Ele as aceitava como eram, o que tornava a dor muito mais fácil de suportar.

Ela esperou até que ele olhasse para ela novamente.

– Preciso saber – ela disse calmamente – o que você está fazendo a respeito de seu coração.

A cabeça de Stephen rapidamente se ergueu.

– Meu coração?

– Sei que está sofrendo... – Men-Dar o informou com uma pitada de ironia, observando seu dispositivo. – E seus casinhos de amor não estão funcionando.

Stephen se sentiu desorientado, como se Men-Dar houvesse aberto outra câmara para revelar que mais uma vez não estavam onde pareciam estar. Ouvindo o diagnóstico declarado em voz alta, ele imediatamente reconheceu a futilidade de negá-lo, mas não podia imaginar uma única coisa que ele ou ela pudessem fazer a respeito.

– Vou... aceitar isso como uma advertência – ele murmurou, olhando fixamente para o chão de lajotas brancas. Ele podia ouvir a impaciência na própria voz enquanto rapidamente mudava de assunto. – Registros de pacientes?

Men-Dar hesitou apenas um segundo antes de rapidamente passar por Stephen e seguir pelo corredor.

– Por aqui, Doutor.

As barras nas janelas não eram um bom sinal. Mas o quarto em que Jane se encontrava tinha um cheiro muito forte de antisséptico para ser uma prisão, e o piso era muito brilhante. Aquele cômodo parecia com todos os quartos de recuperação de todos os hospitais que havia visto em filmes ou séries, exceto por este ter um esquema de cores melhor – branco brilhante e azul maya – e era mais futurístico... ou, na verdade, retrofuturístico, como na visão de futuro que se tinha nos anos 1950.

A boa notícia é que era hora da arteterapia. Jane estava satisfeita; ela sempre gostou de desenhar e tinha certo talento para as artes visuais.

As instruções – explicadas serenamente por uma enfermeira de pele rosa feito chiclete que Jane nunca tinha visto até então – eram visualizar cuidadosamente e fazer um desenho de seu "lugar seguro". Jane não havia se sentido particularmente segura em lugar nenhum por um bom tempo, mas se viu desenhando uma larga estrada de terra atravessando uma floresta. Pinheiros altos, carvalhos frondosos e nogueiras floridas se enfileiravam nas laterais da estrada, encontrando-se acima dela para formar um teto de folhas. O céu era de um azul rico e quente, e Jane concluiu que estava fazendo um trabalho muito bom com a luz atravessando a folhagem.

Estava adicionando algumas flores azuis quando uma mulher alta de pele azul, que usava um longo jaleco branco e trazia um dispositivo computadorizado, entrou e sentou-se em um sofá perto dela. Havia um ar de hábil eficiência nela, mas os olhos, de um âmbar brilhante, pareceram bondosos à Jane. Ela presumiu que fosse uma médica.

– Está lindo, Jane – ela elogiou, analisando a pintura. – Essa é uma das Passagens?

Jane olhou novamente para seu desenho, incerta. Certamente era *uma* passagem.

– Aquelas que a ciência destruiu? Acho que pode ser.

A médica a observava com tanta intensidade que Jane se sentiu desconfortável.

– Você entende o que elas eram, Jane, e como caíram?

Jane deu de ombros, ainda trabalhando nos detalhes das pequenas flores.

– Mais ou menos...

A médica recostou-se no sofá azul, cruzando as longas pernas.

– Elas eram lindas e saudáveis. Todos os sonhadores as viam de um modo diferente, mas sempre gostavam de estar dentro delas. Você já teve algum momento em um sonho em que se sentiu completamente em paz... a salvo e tranquila? – Ela não esperou que Jane respondesse, o que era bom, pois Jane não sentia aquilo havia eras. – Essas são as Passagens: o respiro entre uma aventura e a seguinte, a possibilidade de seguir em uma nova direção, a benevolente guardiã dos reinos.

– Elas estão vivas? – Jane perguntou, dando-se conta, antes mesmo de terminar a pergunta, de que na verdade queria dizer "sencientes", pois elas tinham que estar vivas, de outra forma, como poderiam ter morrido?

A médica assentiu.

– De fato estavam. E erodiram lentamente, por um longo período de tempo. Ninguém sabe realmente por quê. Predivino e Numinosa pareciam acreditar que tinha algo a ver com a intromissão da ciência no sonhar, mas não tenho certeza. Examinar e entender coisas não as fere. Talvez, como alguns de nós, elas simplesmente precisem evoluir. – Ela olhou para a pintura novamente e então colocou as mãos nos joelhos enquanto se inclinava para a frente.

– Como está se sentindo esta tarde?

– Lutei contra um exército fantasma – Jane respondeu, sentindo-se envergonhada, até que um pensamento a respeito da identidade da mulher lhe ocorreu. A garota se virou e olhou para ela com interesse. – Você é a soberana do reino?

A mulher sorriu.

– Sou. Meu nome é Men-Dar.

Jane mergulhou o pincel em um pequeno jarro de água que estava ao seu lado.

– Você precisa ver o mago – ela informou, animada por finalmente passar as instruções de Predivino. – Doutor Estranho. Apesar de Pesadelo o chamar de Stephen.

– Estou conversando com ele agora – Men-Dar garantiu a Jane. – Mas eu também queria vê-la. Posso perguntar o que você está fazendo neste andar?

– Pintando? – Jane deu de ombros e secou o pincel.

Men-Dar digitou algo no dispositivo, pensativamente.

– Você não acredita que esteja mentalmente doente, acredita?

Jane colocou o pincel de lado e pintou um pouco com o dedo. Ela tinha *certeza* de que estava mentalmente doente, mas percebeu que Men-Dar não queria que ela acreditasse nisso. Jane se sentiu estranhamente relutante em desapontá-la. Mesmo assim, se a soberana era médica, certamente poderia dizer.

– Estou aqui para que você possa me curar – Jane disse finalmente, esperando demonstrar algo que seu pai gostava de chamar de "atitude positiva".

– Curá-la de quê? – Pelo tom da pergunta, Jane sentiu que seu comentário não havia saído tão bem quanto esperava: Men-Dar parecia um tanto quanto irritada. – O Doutor Estranho não explicou que você é uma Inumana?

Jane olhou para a pintura.

– Sim. Por quê?

Men-Dar se inclinou para a frente, tentando fazer contato visual.

– Você entende o que isso significa?

– Na verdade, não – Jane admitiu. – Algo a respeito de DNA e... poderes...?

– DNA kree. Eu sou uma kree, Jane. Somos seus progenitores. – Men-Dar verificou algo em seu dispositivo e então voltou a atenção novamente para Jane. – Não eu pessoalmente, mas minha raça.

Jane entendeu que ela compartilhava aquela notícia como parte do esforço para fazê-la se sentir melhor, mas certamente isso não estava ajudando muito.

– Então eu sou algum tipo de experiência genética?

Men-Dar balançou a cabeça.

– Experiência, não. Nós somos alguns dos melhores engenheiros genéticos da galáxia, anos-luz à frente dos humanos. Você foi *projetada*, Jane. E embora eu possa ver que isso tem sido desconfortável para você, é preciso que entenda: você não está doente, e não está vagando sem propósito, como muitos de seus companheiros terráqueos tendem a estar. Você tem uma função, um lugar no universo.

– Um lugar no universo? – Cética, Jane cruzou os braços. – Onde?

Men-Dar se levantou.

– Aqui, Jane. Na Dimensão dos Sonhos. – Ela apertou os ombros de Jane, e então subitamente se dirigiu para a porta. Jane correu atrás dela. – Embora certamente não neste andar. Deixe-me levá-la até seus amigos.

A expressão de Jane se iluminou enquanto seguia Men-Dar porta afora.

– Pesadelo está aqui? – a garota perguntou.

Os ombros de Men-Dar ficaram tensos, mas ela manteve o tom neutro.

– Ele não é permitido aqui. Seria altamente contraproducente para os processos de cura de meus pacientes.

Jane ficou novamente desanimada, e em silêncio seguiu Men-Dar até um elevador tubular parcialmente transparente. As portas se abriram no segundo em que Men-Dar parou diante delas. Ela fez um gesto para que Jane entrasse. Uma vez lá dentro, Jane voltou-se para a porta, encostando-se na parede de trás, e olhou para baixo enquanto a mulher kree se dirigia ao painel do elevador.

– Terceiro andar.

– O que há no terceiro andar? – Jane perguntou em tom brando.

– É o nosso departamento metafórico – Men-Dar respondeu, olhando para o dispositivo enquanto o elevador descia. – Para pessoas que não abordam problemas físicos de maneira literal.

Jane assentiu discretamente sem olhar para cima e esperou até que as portas se abrissem novamente para fazer a pergunta que havia começado a se formar no fundo de sua mente.

– O que é isso, então?

Men-Dar esticou o braço, impedindo que as portas do elevador se fechassem.

– Desculpe, o quê?

Jane ergueu a cabeça e encontrou o olhar da soberana.

– Você disse que eu tinha uma função... Qual?

Men-Dar apressou Jane a sair do elevador.

– Predivino não lhe contou?

Ela começou a levar Jane por um longo corredor repleto de portas até uma sala de exame que, como todas as outras, não tinha um número para distingui-la.

Jane parou na frente da porta, tentando se lembrar de tudo que Predivino havia dito.

– Ele disse que eu tenho que estar com ele no final, não com Predivino, mas com outro "ele". Doutor Estranho, acho. – Engolindo em seco, Jane se lembrou das pedras desmoronando no palácio de Predivino enquanto Numinosa emergia das ruínas. – Ele disse que não doeria. – Ela continuou, com a voz mais baixa. – E então me pediu que dissesse a mesma coisa para ele, e eu disse. – Ela olhou para cima, para Men-Dar, com a preocupação obscurecendo seus olhos redondos. – Mas eu realmente não sei se disse ou não.

Men-Dar ficou em silêncio por um momento, e então inclinou levemente a cabeça.

– Sinto muito. Então o mago não lhe contou que Predivino morreu?

– Não. – Jane suspirou. – Eu vi. Em uma visão. Tenho várias.

Men-Dar abriu a porta para a sala de exames. Embora Jane pudesse ver os limites físicos da sala de onde estava, no corredor – onde terminava, como a porta para a próxima sala estava a apenas alguns metros de distância –, a porta se abriu para uma alegre ponte amarela e verde acima de um largo rio. As margens de cada lado eram formadas por um solo barrento de tom alaranjado brilhante, que levava a uma profusão de árvores verdes e frondosas, desde moitas baixas até altas palmeiras. Sharanya estava parada no meio da ponte, olhando a água enquanto se equilibrava em um pé. Estava com a perna esquerda erguida atrás de si e o braço esquerdo estendido para trás, com a mão pousada levemente na sola do pé elevado. Seu braço direito se esticava acima da cabeça, como se tentasse alcançar o céu.

Jane correu para encontrá-la, animada em vê-la naquela posição incomum. Men-Dar fechou a porta atrás dela, obliterando qualquer evidência visual do hospital. Jane já estava a meio caminho da ponte quando se deu conta de que a soberana do reino não havia respondido à sua pergunta a respeito do tal propósito.

– Isso é ioga? – Jane perguntou quase sem fôlego quando se aproximou de Sharanya. Esta, com o rosto brilhando de suor, baixou lentamente os braços e a perna, virando-se para Jane com um sorriso.

– Jane! Ah, que bom, ela a encontrou! – Ela relaxou a postura. – Sim, é ioga. Essa posição é chamada de Natarajasana. Talvez eu possa ensiná-la a você algum dia.

Jane espiava pela lateral da ponte.

– Essa é sua metáfora inconsciente para a saúde?

Sharanya pareceu surpresa.

– É? Eu não tinha pensado nisso.

– A ponte representa seu sentimento de equilíbrio interno neste sonho – Men-Dar disse para Sharanya quando se aproximou delas. – Sharanya toma conta muito bem de si mesma, mas está lidando com alguns problemas de dicotomia – ela acrescentou para Jane, com um rápido e discreto sorriso.

Jane pensou ter ouvido um tom de aprovação na voz da kree e enfiou timidamente as mãos nos bolsos do casaco antes que a soberana dos sonhos notasse suas unhas sujas e roídas com manchas de tinta e esmalte preto descascado. Sharanya passou as costas da mão na testa.

– Então este é um Sonho de Cura? Não sei se alguma vez já tive um.

– Eles variam muito, dependendo do tipo de problema com o qual você está lidando – Men-Dar explicou.

Jane observou o rosto de Sharanya enquanto ela pensava nas palavras da soberana. A garota achou que ela estava vagamente desapontada. Seus ombros graciosos cederam levemente e sua boca ficou tensa.

– Então, acho que tenho que ir para um lado ou para o outro da ponte – ela suspirou.

Men-Dar a olhou nos olhos.

– Tem mesmo? Você me parece em equilíbrio aqui.

Jane não tinha certeza sobre o que elas discutiam, mas aquilo teve um efeito dramático em Sharanya. Ela visivelmente se iluminou, sua postura forte e seu sorriso acalentador retornaram. Embora Jane não fizesse ideia do que poderia haver de errado com Sharanya, parecia indiscutível que ela estava curada.

– Pode me curar também? – Jane perguntou ansiosa para Men-Dar.

Men-Dar se virou para ela.

– Não é assim que os sonhos funcionam, Jane. Como soberana, nunca curei ninguém... apenas os guiei através da cura por si mesmos. – Men-Dar se virou e começou a caminhar pela ponte na direção de onde haviam vindo. – Quando em dúvida, lembre-se de suas visualizações. Agora, vou levá-las até o Doutor Estranho, conforme requisitado.

Jane se virou para olhar para Sharanya por sobre o ombro. Ela ainda sorria; parecia completamente tranquila. Se visualizar caminhadas tranquilas pela floresta ajudasse alguém a se sentir daquele jeito, então ela estava disposta a tentar.

– A esquisitice dos sonhos – Sharanya disse, piscando de maneira brincalhona.

Jane puxou a toca enquanto se virava para seguir Men-Dar. Ela precisava esconder o rosto do sol... e precisava pensar.

Stephen não conseguia acreditar na quantidade de informação disponível que tinha em mãos. Ele sabia que os kree eram avançados cientificamente, mas não havia pensado muito no quanto esse poder se manifestava em seus registros médicos. Notando que os arquivos de pacientes que ele estava vendo eram mais metafísicos do que literais, ficou duplamente impressionado pela profundidade deles. Embora fosse discutível se o modelo holístico dos kree deixava a desejar em dimensão espiritual, era evidente que aquela era a única deficiência. A saúde de cada indivíduo havia sido metodicamente ligada à saúde das espécies, o que, em compensação, abria-se em uma abordagem interdisciplinar do equilíbrio ecológico de tirar o fôlego, indo desde as células até o cosmos. Fazia a medicina humana parecer algo recém-nascido em comparação, e Stephen estava aliviado por ter encontrado ocasionais contradições em seus discursos, as quais ficavam mais evidentes na área de manipulação genética Inumana. Introduzir DNA kree em espécies protossencientes não tinha apenas a intenção de garantir benefícios a ambas, mas essencialmente randomizar as mutações, ou as modificações meticulosamente projetadas, dependendo do experimento. A linha de pensamento era uma calma e uniforme aceitação da predeterminação e penetrante obsessão cultural com uma geração deliberada de cada nicho evolucionário útil concebível, incluindo interfaces ambientais e armas sencientes. Tornava-se cada vez mais claro a Stephen que Jane provavelmente era mais poderosa do que ela sabia, e que, por mais perdida que ela pudesse se sentir, sua vida tinha um propósito. Mesmo que seus poderes estivessem fora de seus limites, Stephen se sentia cada vez mais responsável por ajudá-la a lapidar seus dons e encontrar seu lugar no mundo.

Ele estava tão profundamente absorto no material ao qual Men-Dar havia lhe dado acesso que não ouviu Jane e Sharanya entrarem, acompanhadas da soberana do reino. Ele ergueu os olhos do registro de saúde de Jane e viu a garota ali na sua frente, roendo a unha e observando-o por baixo do capuz do casaco. Sharanya estava bem atrás dela, e parecia calma e centrada.

– Eu realmente não sei se posso ganhar crédito por isso – Sharanya admitiu, referindo-se à sua promessa anterior de reuni-los quando chegassem ao Reino dos Sonhos que Curam. – Mas aqui estamos.

Stephen fechou o arquivo de Jane.

– Excelente. Tenho algo a esclarecer sobre como proceder. – Em sua expansividade holística, os arquivos médicos também haviam coberto parcialmente a história da Dimensão dos Sonhos. Stephen havia usado a informação para aumentar o que ele já sabia. – Normalmente, um reino de sonho que esgotou sua utilidade é incorporado por um reino maior. Numinosa, como descobrimos recentemente, tem lutado contra sua evolução natural, tentando expandir sua influência em vez disso. Ela tem lutado como uma espécie de câncer, indo além de seu propósito e função inicial, e talvez precise ser cortada da Dimensão dos Sonhos de uma vez.

Jane arrastou a ponta do tênis no chão do hospital.

– Você quer dizer... assassinada?

– Meu plano é usar a energia que ela acumulou dos outros soberanos para restaurar as Passagens – ele respondeu, levantando-se do console no qual estava estudando. Men-Dar tomou o assento onde ele estava e começou a desligar o aparelho.

– Matando-a... – Jane insistiu.

Stephen ergueu uma sobrancelha e tentou olhá-la nos olhos. Jane desviou, mas ainda ouvia.

– Espero não ter que chegar a esse ponto, mas eu vou precisar de um catalisador para meu feitiço de regeneração. Se ela não entregar por vontade própria esse excesso de energia, posso ser forçado a improvisar.

Jane manteve o olhar no chão enquanto respondia.

– Predivino disse que chegaria a esse ponto. A morte dela, quero dizer.

Atrás de Jane, Sharanya se moveu desconfortável.

– Mas ele poderia estar errado, não poderia? Certamente vamos fazer todo o possível para não... destruir a inspiração.

Stephen puxou os punhos da camisa, ajeitando as mangas.

– Não importa o que aconteça, eu lhes prometo que a inspiração não será destruída. Estamos tentando redirecionar uma manifestação corrupta de um tipo particular de sonho, só isso. – Ele olhou para Jane e então para Sharanya. – Somos agentes do Bem neste encontro e, como tais, vamos encontrar um jeito de alinhar nossas ações com a vontade do universo.

Sharanya arregalou os olhos.

– Como você... *sabe* isso?

Stephen sorriu.

– Porque é assim que a magia funciona.

Stephen olhou para Jane, que ainda se escondia sob o capuz e roía a unha, demonstrando que não estava convencida. Ele pensou que ainda havia tempo para melhorar a confiança dela enquanto prosseguiam. Men-Dar se levantou diante do console, e Sharanya se voltou para ela.

– Talvez o reino dela tenha esgotado sua utilidade? – Sharanya perguntou para Men-Dar. – Eu arriscaria dizer que as pessoas andam precisando mais de inspiração do que nunca.

– Eu necessariamente não discordo de você – Men-Dar respondeu. – Mas o reino dela tem estado fora de sincronia com sua missão por um bom tempo. – Os olhos de Men-Dar se lançaram para o dispositivo, como que confirmando tal informação. – Alguns sonhos épicos ainda conseguem passar, especialmente para aqueles abertos a receber mensagens de inspiração, mas muitos outros estagnaram... ou, pior ainda, tornaram-se corrompidos e são recebidos como ímpetos de ação destrutiva, fantasias de pesadelo.

– Deixe Pesadelo fora isso! Nada disso é culpa dele! – Jane fechou as mãos dentro dos bolsos, sentindo a face corar. Men-Dar olhou para ela de modo questionador, mas continuou, direcionando seus comentários para Sharanya.

– Foi provavelmente essa desconexão que a levou a isso, para começar... eu acho que ela estava enlouquecendo de fome quando começou a querer invadir a dimensão.

– E nós sabemos como encontrá-la? – Sharanya perguntou.

Stephen se voltou para Jane.

– É aí que você entra.

Jane se assustou, olhando desconfiada para Stephen.

– Eu?

Stephen confirmou.

– Você está ligada a ela, foi você que involuntariamente me levou até ela da primeira vez. E agora acho que está forte o bastante para fazer isso voluntariamente.

Jane balançou a cabeça e deu um passo para trás.

– Não posso.

– Você não sente a presença dela?

– Esse é o problema. Eu sinto. Em todo lugar. – Jane fez um gesto que englobava tudo ao redor deles. – *Todo lugar.*

Aquilo fazia sentido, por mais que Stephen abominasse ter que admitir isso. A soberana dos sonhos havia absorvido múltiplos reinos, expandindo física e espiritualmente sua influência. Era pela razão diretamente oposta que ela se tornara perigosa... e vital. Cada vez mais, ela *era* a Dimensão dos Sonhos.

– Você consegue encontrar Pesadelo? – ele perguntou.

Jane engoliu em seco e fez que sim com a cabeça.

– Ele voltou para o reino dele, então temos que ir até lá.

– Infelizmente – Men-Dar suspirou – eu consigo ajudá-los nisso.

Stephen não tinha certeza do que ela quis dizer com aquilo.

– Infelizmente?

Men-Dar gesticulou com sua eficiência habitual.

– Por favor, sigam-me.

Ela os levou pelo hospital até um largo corredor interno surpreendentemente desprovido de outros pacientes e de equipe, e parou do lado de fora de uma porta dupla. A entrada era grande o suficiente para que dúzias de pessoas passassem simultaneamente, e as grossas portas de deslizar não estavam trancadas. Havia janelas em cada porta, mas a transparência delas tinha sido bloqueada, e um aparelho eletrônico de alta tecnologia sobre a porta pulsava um letreiro de luz vermelha, exibindo uma mensagem em diversos idiomas. Stephen leu a palavra "Quarentena" em taurian, árabe e baddon.

– Pelo que entendi, é por aqui que se atravessa até as Passagens, isso? – Stephen perguntou, subitamente compreendendo.

Men-Dar confirmou.

– Eu tive que isolar todo o refeitório – ela explicou. – O Reino dos Pesadelos está agora encostado em nós. E fica bem atrás destas portas.

Stephen a observou com gravidade.

– Depois que passarmos, você deve evacuar esta ala imediatamente – pediu ele.

Men-Dar assentiu e digitou um código cifrado no teclado ao lado da porta.

– Abrirá quando vocês derem um passo à frente e se trancará novamente quando passarem por ela. Boa sorte a todos.

Ela fez um movimento de cabeça para Stephen, Sharanya e Jane e então os deixou parados do lado de fora do refeitório. Stephen se virou e olhou para Sharanya e Jane.

– Prontas?

Sharanya se encolheu.

– Estou preocupada porque temos que nos separar todas as vezes que entramos em um novo reino. Mesmo que eu tenha como providenciar nosso reencontro, o reino do Pesadelo não é o lugar onde eu gostaria de passar um único momento vagando sozinha.

– Então nos mantenha juntos – Jane pediu suavemente, baixando o capuz para estender a mão para Sharanya, que a aceitou prontamente, entrelaçando seus dedos com os de Jane. – Eu posso conduzi-los por lá – Jane garantiu com uma confiança que Stephen não tinha visto nela até então.

O mago enfiou as mãos no manto um segundo antes de Sharanya estender a mão para ele. Além do hábito de manter as mãos sempre livres, para o caso de precisar executar algum feitiço, Stephen sentia que suas mãos revelavam muito a respeito dele. Toda a história de seu passado estava inscrito nas cicatrizes; um condutor fundamental de magia jazia em suas palmas.

– Vamos lá, Doutor – Sharanya disse pacientemente, mantendo a mão estendida para ele. – Vamos fazer isso juntos.

Stephen retirou as mãos das dobras do manto e pegou a de Sharanya. Era morna e mais forte do que ele imaginava. Ela sorriu.

– Você vai nos levar através de seus pesadelos? – Stephen perguntou a Jane, inclinando-se para a frente apenas o suficiente para se dirigir a ela, parada atrás de Sharanya.

– Não – Jane respondeu, finalmente olhando-o nos olhos e sustentando o olhar dele. – Através dos seus.

20

AS PORTAS DO REINO DOS SONHOS QUE CURAM no refeitório do hospital kree deslizaram, revelando uma visão infernal. Stephen podia ver o magma borbulhante através de rachaduras na rocha incandescente sob suas botas. O ar era quente e acre, e o céu, tão escuro que Stephen não teve certeza se estava do lado de fora.

– Por aqui – Jane apressou-os, tomando a liderança.

Stephen sentiu Sharanya apertar sua mão e as seguiu cuidadosamente. A planície vulcânica eventualmente abriu caminho para um lamaçal pantanoso e o ar pesado se tornou úmido e fétido. Musgos se aderiam aos mangues e ciprestes de modo tão espesso que estagnava a pouca luz ambiente que restava, e Jane teve de criar uma tocha para iluminar o caminho. Stephen conhecia diversos feitiços de iluminação, mas tentava manter seu uso de magia ao mínimo. Jane os parou subitamente, forçando o olhar pela luz tremeluzente da tocha.

– Perdi o rastro aqui – Jane anunciou. Ela estivera rastreando Pesadelo pela paisagem de seu reino, convencida de que deveria "sentir" seu caminho até o palácio dos sonhos dele.

– Isso provavelmente significa que estamos prestes a entrar em meus sonhos – Stephen as alertou, olhando sombriamente para as companheiras. – Prontas?

Tremendo de frio, Sharanya balançou a cabeça.

– Sim, mas, antes disso, eu tenho uma pergunta.

A tocha de Jane crepitou quando um vento gelado atravessou o pântano.

– Wong realmente ficou para cuidar do meu corpo adormecido, ou ele simplesmente é esperto demais para vir com você em expedições malucas como esta?

Stephen sorriu sombriamente.

– Você está começando a entender.

Sharanya tentou sorrir, mas estremeceu novamente. Ela apertou ainda mais a mão de Stephen, então o mago entendeu que ela estava com medo, e ficou imaginando se ela também estaria esmagando a mão de Jane.

Jane fitava intensamente a escuridão. Se ela fosse tão poderosa quanto ele começava a acreditar que era, estaria prestes a se tornar um alvo na batalha que se seguiria. Os soberanos de reinos já estavam lutando por sua mente; Stephen presumiu que não demoraria muito até que começassem a fazer jogadas para alcançar sua forma física.

Talvez por ter percebido o olhar dele, Jane se virou para Stephen e lhe fez um gesto de cabeça.

– Estou pronta – ela anunciou. – Mas você deve me liderar agora. Por favor, conduza nosso caminho.

Stephen hesitou. Uma coisa era confrontar seus pesadelos sozinho, mas arrastar outros para dentro dele? As coisas que ele tinha visto... Certa vez teve que enfrentar vários monstros, porque simplesmente dar-lhes as costas seria algo impensável. E alguns dos piores deles não eram sequer monstros. Ele avistou lampejos de conceitos e realidades tão estranhas que apenas tentar saber algo a respeito delas seria um risco para sua sanidade.

Mesmo assim, parecia que ele não tinha outra escolha a não ser levar Jane e Sharanya com ele. Ele retribuiu o aceno de Jane, limpou a mente e entrou em uma escuridão tão profunda que a luz da tocha de Jane não conseguia penetrá-la.

Ele esperava Shuma-Gorath. Se o Reino dos Pesadelos pudesse lançar algum monstro para cima dele, o que seria melhor do que um genuinamente Antigo – um deus, um conquistador de planetas, um demônio feito de nada menos do que seis enormes tentáculos saindo de um enorme, horrível e incansável globo ocular? Shuma-Gorath era indiretamente responsável pela morte do querido mentor de Stephen, o Ancião, e Stephen já vivenciou a singularmente desagradável experiência de se mesclar ao demônio e empalar a si mesmo em um esforço para destruí-lo. Ele tentava não se lembrar do sentimento que aquele olho colossal em suas costas proporcionava enquanto considerava como explicar tal história para Jane e Sharanya.

Mas Shuma-Gorath não estava ali. Não havia nada ali além de uma pequena mesa, sobre a qual estava um anel de ouro, e nas trevas o som dos soluços de uma mulher.

Stephen congelou. Precisou de um segundo para se lembrar de que estava segurando a mão de Sharanya, então a soltou e olhou para sua mão esquerda. Sua aliança ainda estava no dedo anelar, confirmando o que ele temia.

Ele estava no quarto principal do Sanctum, com sua cama de dossel, observando-a encurvada em um canto do chão e olhando para a parede, com os belos cabelos prateados descendo por sobre o longo e gracioso pescoço.

– Clea, me escute – Stephen se ouviu dizendo, apesar de sentir que seus lábios não se moviam. – Não estou dizendo que nada aconteceu... estou tentando explicar que não *significa* o que você acha que significa.

– Eu já a vi antes – Sharanya sussurrou para Jane de onde estavam, ao lado do guarda-roupa, ainda de mãos dadas. – Ela estava com ele nos Sonhos Eróticos. Acho que Pesadelo disse que era a esposa dele.

Jane suspirou olhando para o chão.

– Se ele está falando sobre o que eu penso que está, então acho que ela deve ser a ex-esposa.

– Esta é Clea – Stephen disse calmamente. – E ainda somos casados. – Sua atenção vagou até a aliança sobre a mesa. – Essencialmente. – Ele seguiu até onde ela estava, observando-a estremecer inteira. – Tecnicamente. – Ele hesitou, e então se agachou atrás dela. – Na dimensão dela. Ela não tem status legal na minha. – Ele esticou a mão trêmula para tocar o ombro da esposa. – Talvez "distantes" seja uma palavra melhor.

– Você não tem que decidir isso, Stephen – ela disse.

Stephen tinha certeza de que Clea estava respondendo à sua declaração do passado, presa a uma conversa que já tinham tido. Ela começou a se esquivar de seu toque, mas parecia não suportar ter de fazer isso. Ela olhava para ele por sobre o ombro com o rosto molhado de lágrimas, e falou com a voz clara, observando-o com os olhos vermelhos de tanto chorar:

– As coisas que acontecem com um de nós acontecem com nós dois – ela continuou.

Sharanya havia se inclinado, puxando Jane consigo, e agora se agachava atrás de Stephen, novamente lhe estendendo a mão. Stephen deixou que ela pegasse sua mão, sem querer que nada o distraísse de Clea.

– Suas ações me afetam, Stephen – Clea dizia. – Como pode não entender isso?

– Se você apenas me deixasse explicar – ele se ouviu dizendo.

Tudo estava ficando cada vez mais confuso. A conversa parecia uma memória, mas ele sabia que suas preocupações a respeito de infidelidade tinham tido um desenvolvimento muito mais recente. Enquanto ainda estavam vivendo juntos, ele e Clea tinham estipulado as próprias regras, libertando-se de inibições e convenções. Ele não conseguia se lembrar de quando a conversa do sonho havia ocorrido, nem mesmo sabia precisamente o que ela poderia perguntar e como ele responderia. E tinha medo disso.

– Explique, então! – ela pediu, como ele sabia que faria. – Estou tentando entender! O que você tem com ela que não pode ter comigo?

Stephen se levantou, levando Sharanya e Jane com ele. Estava determinado a não dizer as palavras que já podia ouvir ecoando no quarto como um *déjà vu* – não podia pensar no motivo, sob nenhuma circunstância, de ele dizer algo como aquilo. A atenção de Jane saltou para o outro lado da sala. Seguindo o olhar dela, Stephen viu uma segunda versão de si mesmo, aquela do passado imaginado, vindo na direção de Clea cheio de propósito.

– Não diga – ele alertou a outra versão de si mesmo, observando, congelado de terror. – Por favor, não diga.

– Eu suponho que isso me faz sentir mais humano – a versão em sonho dele disse para Clea, ignorando o alerta.

Jane franziu o cenho, confusa.

– Ela é uma Inumana, também?

Stephen respondeu em voz baixa, afundando os ombros:

– Ela é da Dimensão das Trevas. Que é muito, muito longe.

Sentindo uma mudança nauseante no ângulo de sua visão, Stephen se deu conta de que havia se mesclado ao seu ser onírico, bem a tempo de ver o rosto de Clea se contorcer. Sharanya emitiu um sutil som de surpresa atrás dele quando a versão de Stephen cuja mão ela segurava desapareceu.

– Eu sei que não viemos do mesmo mundo, Stephen – Clea disse com a voz trêmula e lágrimas descendo por seu rosto pálido. Eles estavam parados no mesmo canto do quarto, só que agora ela estava muito mais perto. Tão perto que ele podia sentir seu cheiro. Ele engoliu em seco. Era seu cheiro favorito no universo. Em qualquer universo. – Mas eu sempre achei que estávamos conectados de todas as maneiras que realmente importassem. Eu achei que nos fazíamos melhores. A última coisa que eu quero é ficar entre você e sua humanidade.

– Não é isso que eu quis dizer! – em pânico, Stephen tentava explicar para a Clea do sonho. Ele observava arrasado ela se afastando dele, voltando à posição em que estava quando ele a encontrou.

Ele não tinha muita certeza quanto ao que havia mudado, mas se deu conta, aliviado, de que não estava mais preso ao diálogo do passado. Livre agora para escolher suas palavras, Stephen esticou o braço para acariciar gentilmente os cabelos de Clea, com a voz mais calma e controlada.

– Estou no Reino do Pesadelo, Clea. Pode me ouvir?

Ele sabia que ela não estava ali de verdade, não fisicamente. Mas ela era quase tão poderosa com magia quanto ele, e no passado eles haviam se comunicado e encontrado através de grandes distâncias. A presença de uma Clea de sonho não negava a possibilidade de falar com a real, e Stephen estava atordoado por quão desesperadamente queria isso.

Clea olhou fixamente para ele, com os olhos cheios de amor e dor.

– Se posso ouvi-lo? É claro que não, meu amor. Eu já fui.

O calor do ombro dela sob sua palma subitamente se tornou ausente, e o canto, vazio. Ela desaparecera, o que ele tentou compreender como algo bom. O Reino do Pesadelo não era lugar para um reencontro.

Sharanya pegou sua mão novamente, falando gentilmente, mas com confiança:

– Você sabe que isso não aconteceu, certo? Não de verdade.

Stephen piscou para ela. Ele estava surpreso por descobrir que aquela companhia não negava de nenhuma maneira a solidão dos pesadelos.

– Eu não me refiro ao agora... é claro que não é real agora. Eu me refiro a não ser uma memória. Sonhos não funcionam desse jeito. – Ela se aproximou dele, olhando ao redor do quarto com interesse. – Pode haver fragmentos de memórias neles, às vezes alguns bem vívidos, mas você nunca verá uma repetição literal, inalterada de um evento que ocorreu em sua vida desperta, exibida exatamente como aconteceu em um sonho. Esse tipo de lembrança vem de uma parte diferente do cérebro.

Stephen assentiu rapidamente, percebendo então que ele não sabia aquilo intelectualmente, mesmo que o tenha iludido emocionalmente. Pensando sobre o que Men-Dar havia dito sobre ele estar sofrendo, ele percebeu com um embaraço particular que Sharanya e Jane tinham acabado de testemunhar sua versão de um sonho de ansiedade. Ele não sabia o que fazer a respeito de Clea, nem ao menos compreendia completamente o que havia acontecido com seu casamento, e em algum lugar de sua mente aquilo pesava sobre ele mais do que havia imaginado.

Ainda segurando sua mão, Jane balançava a cabeça para Sharanya, em surpresa.

– Você ainda acha que os sonhos vêm de dentro de seu cérebro? Mesmo estando aqui, neste lugar?

Stephen notou que Sharanya olhava para ele enquanto respondia à pergunta de Jane, buscando seus olhos, e o mago tentava entender como continuar a atravessar o reino.

– Honestamente, eu não sei o que pensar. Esta manhã meu entendimento sobre sonhar envolvia o hemisfério esquerdo usando narrativas geradas internamente para reenquadrar memórias episódicas, que são notoriamente duvidosas até mesmo no mundo desperto, enquanto as move do hipocampo para o córtex cerebral para armazenamento em longo prazo. Suponho então que esta seja a dimensão espiritual de tudo isso, não é?

Jane revirou os olhos.

– Obrigada por esclarecer isso.

Stephen interrompeu com súbita, porém óbvia, impaciência. Ele ainda podia sentir o cheiro de Clea no quarto e estava desesperado para continuar.

– Isso não importa neste momento. Como nós saímos daqui?

Jane começou a roer a unha, mas parou subitamente, e apenas lhe ofereceu um leve dar de ombros.

– Este pesadelo é seu. Vamos apenas continuar.

Stephen ergueu a mão livre para conjurar um portal que os levasse diretamente ao centro do Reino do Pesadelo, mas se deteve.

– Soluções mundanas para problemas mundanos – ele suspirou, então baixou a mão e seguiu a passos largos até a porta do quarto, puxando as duas mulheres atrás de si e abrindo a porta com força. – Vamos!

Ele havia dado apenas dois passos no corredor quando reconheceu as longas luzes alógenas do Hospital de Nova York sobre sua cabeça. Era estranho viajar tão longe no tempo – estaria indo na direção errada? Ele abriu as mãos e analisou-as. Ainda cheias de cicatrizes e trêmulas. Olhando por sobre o ombro, viu Sharanya se apressando para acompanhá-lo, com Jane ainda ao seu lado. O Reino dos Pesadelos não estava lhes facilitando que o acompanhassem, mas elas não desistiam. Stephen esperava-as atravessarem a pequena distância entre eles quando um cirurgião saiu de costas da sala de operação diante dele, com as mãos enluvadas sujas de sangue.

– Doutor Strange! Graças a Deus! Eu tenho uma horrendoplastia na Sala de Operações três... nós vamos perdê-la se você não usar sua magia agora!

Stephen empalideceu.

– Eu não faço mais isso. O acidente, lembra? Minhas mãos... – Ele ergueu as mãos para mostrá-las ao cirurgião, mas então constatou que já estava de luvas e uniforme, e suas mãos feridas tremiam tanto que ele não teve dúvidas do que havia sob as luvas cirúrgicas verdes.

– Isso é interessante. – Sharanya o tinha alcançado e estava agora olhando pensativamente por sobre seu ombro enquanto Jane, ainda segurando a mão de Sharanya, olhava para o longo corredor na direção oposta. – Nos sonhos, as mãos geralmente representam nossa ligação com as pessoas ao nosso redor. Eu queria ter lhe perguntado isso antes...

Stephen a interrompeu.

– Acidente de carro, muitos anos atrás. Dano permanente ao nervo.

Sharanya assentiu enquanto uma enfermeira girava Stephen, colocando-o na direção da mesa de operação. Ele imediatamente começou a suar sob as luzes quentes da sala cirúrgica. Era um mapeamento cerebral interoperatório, o paciente estava acordado, porém sedado, e seu cérebro já aberto exibia um múltiplo gioblastoma multiforme de nível quatro nos lóbulos frontais e temporais. Stephen olhou para o neuroanestesista, querendo perguntar como ele havia chegado à determinação de que o caso era operável. Porém, antes que pudesse falar, ele notou os olhos do paciente sobre ele. Era Jane. Sharanya ainda estava parada atrás dele, sussurrando sobre seu ombro. Repentinamente vestida como enfermeira.

– Você se sente responsável. Eles estão obrigando-o a fazer isso. Você não quer que nada de mal aconteça a ela. Não há nada que possa fazer, pois eles vão colocar a culpa em você. Tudo aconteceu muito rápido. Você não tinha como prever. Eles o encurralaram em um canto.

Stephen observava as mãos tremerem incontrolavelmente enquanto respondia.

– Sinto muito se sou responsável por fazer de você uma enfermeira neste cenário. Eu sei que você tem doutorado.

– O quê? – Subitamente Sharanya estava no lado oposto da mesa de operação, aos pés do paciente, vestida como normalmente se veste. Jane estava ao lado dela, de mãos dadas com ela. Sharanya olhou para sua blusa e franziu a testa. – Você acha que isso me faz parecer uma enfermeira?

Stephen balançou a cabeça.

– Deixe para lá.

Ele olhou para o paciente, que ainda tinha a fisionomia de Jane.

– Isso é sobre se sentir impotente – ele disse calmamente à Jane-sonho.

Stephen respirou fundo atrás da máscara, relutante, mesmo no sonho, em comprometer o campo estéril.

– Sim, eu entendi.

O neuroanestesista baixou a máscara também. Era Wong.

– Você se sente impotente, Stephen? – ele perguntou.

– Você sabe que não me sinto – Stephen respondeu.

E então a luz cirúrgica se apagou, e Stephen mergulhou na escuridão. Fechando os olhos, ele estendeu seus sentidos pela escuridão e imediatamente se deu conta de que não estava sozinho.

– Wong? É você?

– Sim, Stephen. Estou aqui.

Wong, que já não usava mais o uniforme de anestesista, acendeu uma vela e a ergueu acima da cabeça para ajudar Stephen a enxergar. Não estavam sós. Apesar de ter perdido Sharanya e Jane de vista, a sala estava cheia: muitas pessoas que Stephen já conhecera, cada pessoa que já ajudara – intencionalmente ou subproduto de uma das muitas vezes que ele salvou o mundo –, acotovelavam-se em volta da mesa de operação. A luz tremeluziu pelos rostos que ele reconhecia: Wanda, Monako, Ten. Bacci, mas a maioria formava uma multidão sem face da humanidade constantemente salva no curso de seus deveres como Mago Supremo. Em outras palavras, todas as vidas da existência.

Enquanto Wong passava a vela para Stephen por sobre a cabeça deles, Stephen olhou para baixo e viu que a mesa havia desaparecido, e ele mais uma vez usava seu uniforme habitual, o Manto da Levitação preso em volta dos ombros pelo Olho de Agamotto.

– Stephen? – era a voz de Clea novamente, embora ele não conseguisse encontrar o rosto dela na multidão. – Acho que essas pessoas precisam da sua ajuda.

Stephen virou-se, segurando a vela, ainda tentando encontrar Clea. Todos no recinto começaram a falar de uma só vez, e suas vozes se sobrepunham.

– Doutor Estranho?

– ... nenhum outro lugar para onde ir...

– Stephen?

– ... tem que me ajudar!

– ... nunca estive tão assustada na minha vida...

– Não entendo o que está acontecendo comigo...

– Tem que ajudá-lo!

– Strange!

– Alguém disse que você conseguiria ajudar...

– Mas você não é o Mago Supremo?!

– ... nossa última esperança...

– ... tem que ajudá-la!

– ... e agora a Terra está em perigo!

– ... nenhum outro lugar para ir...

– Por favor, Doutor Estranho, você tem que nos ajudar!

A multidão começou a pressioná-lo. Mãos estendidas tentavam agarrar seu manto enquanto as pessoas continuavam gritando por ajuda. Ele olhava por sobre a turba, e mais e mais rostos individuais começaram a entrar em foco, mas ele não tinha tempo para se fixar neles. Passando por eles, contra as paredes do fundo, Stephen começou a ver lampejos de mais rostos perturbadores: demônios, alienígenas, monstros e seres extradimensionais.

– Eu vou atender todos vocês, eu prometo, mas preciso que façam um círculo bem fechado ao meu redor.

As criaturas dos arredores do quarto começaram a se tornar cada vez mais grotescas. Stephen sabia que a visão daquelas coisas seria demais para a maioria dos presentes, provavelmente o bastante para inspirar pânico geral, se não a mais completa insanidade.

– Wong? Pode me ajudar a trazê-los mais para perto? Wong?

Ele tentava localizar Wong novamente quando a vela tremeluziu e apagou, a sala ficou novamente em total escuridão. Pessoas gritavam. Stephen podia ouvir rosnados e baba pingando atrás da multidão.

Agora não estava mais segurando a vela. Quando ia ativar a luz mística do Olho de Agamotto, ouviu o crepitar de chamas atrás de si. O calor irradiante do fogo foi se espalhando por suas costas enquanto ele observava a própria sombra se estendendo pelo chão diante dele.

Uma risada horrível e familiar subiu vibrando pela espinha de Stephen. Quando ele se virou, estava cara a cara com seu maior inimigo: o terrível Dormammu, conquistador e déspota da Dimensão das Trevas. Composto por pura energia mística, Dormammu aparecia como uma entidade demoníaca com seu crânio composto totalmente por chamas.

– Cidadãos da Terra! – Dormammu trovejou, dirigindo-se à multidão. – Sintam-se honrados! Pois eu, Dormammu, vim testemunhar sua aniquilação! Em breve, a estrela de vocês será uma supernova, expandindo em uma detonação cega, obliterando os planetas mais próximos!

Então Stephen sentiu alguém segurar com firmeza sua mão. Quando se virou, viu Sharanya, que ainda conseguia se segurar a Jane.

– É exatamente por esse tipo de coisa que eu não quero que você fique sozinho! – Sharanya protestou, olhando assustada para Dormammu. Ela apertava a mão de Stephen com tanta força que estava dolorida.

– O que é isso?! Por que a cabeça dele está em chamas?! E o que ele quer dizer com "em breve"?!

– Aquele é Dormammu, e quanto menos você souber a respeito dele, melhor. – Stephen esfregou o pescoço, analisando seu mais devastador e poderoso inimigo.

– Mas não temam! – Dormammu continuou. – Seu planeta sobreviverá a essa explosão!

– Se estivéssemos vendo-o fora de meu pesadelo, tenham certeza de que eu não estaria tão calmo – Stephen esclareceu. – Este é um sonho recorrente. E, não se preocupem, ele se refere a daqui a cinco bilhões de anos. O tempo se move de modo bem diferente na Dimensão das Trevas.

– Dimensão das Trevas? – Sharanya sussurrou. – Você não tinha dito que sua esposa era de lá?

– Sim, eu disse. – Stephen vasculhou a sala, procurando algo remotamente parecido com uma saída, e então apontou com o queixo na direção de Dormammu. – Permitam-me lhes apresentar o tio de minha esposa.

– O que está acontecendo com suas mãos?

Sharanya a soltou repentinamente, como se segurar a mão dele lhe causasse dor. Stephen baixou os olhos e viu que suas mãos brilhavam com energia de eldritch. *Não lance*, ele relembrou com intensidade. *A Dimensão dos Sonhos ainda está muito frágil. Não lance.*

– *Seu* planeta será estilhaçado enquanto gira para dentro da anã branca! – Dormammu concluiu, rindo novamente, e Stephen sentiu no corpo todo aquele som retumbante e dissonante. – Mas, mesmo assim, não se desesperem! Pois certamente seu Mago Supremo tem um plano para salvá-los! Quem mais lutaria como ele luta para defender uma raça condenada em um pedaço de pedra condenada?

A energia do feitiço acumulava-lhe nas mãos, e Stephen já não tinha mais certeza se conseguiria controlá-la. Finalmente vendo uma saída em um canto extremo da sala, ele se virou para Sharanya para pedir que ela o seguisse, mas a perdeu novamente. Tentando colocar alguma distância entre si e seu sonho de Dormammu, Stephen começou a atravessar forçosamente a multidão. Mas havia corpos bloqueando seu progresso, mãos agarrando seu manto, a voz de Dormammu seguindo-o enquanto ele lutava para vencer a horda.

– Perguntem a ele, cidadãos condenados da Terra! Perguntem-lhe seu plano! Perguntem ao Doutor Estranho como ele pretende salvar a todos quando seus próprios instintos, sua atmosfera, sua biologia, seu próprio sistema solar selam seu miserável destino!

Stephen estava perdido no meio dos corpos, que se tornavam cada vez mais esqueléticos e espectrais enquanto se fechavam sobre ele. A risada de Dormammu continuava a sacudir o chão sob ele, criando uma pressão que Stephen sentia da sola do pé até a parte de trás dos dentes. Era pior nas mãos, crescendo gradativamente, até que finalmente detonou. Uma explosão livre de magia, crua e brilhante – uma supernova criada por ele – saiu de suas palmas em ondas concêntricas. A energia ia varrendo tudo em seu caminho, obliterando todos ao seu redor, a sala de operação, e até mesmo Dormammu. Queimou o chão sob suas botas e o céu sobre sua cabeça, deixando Stephen de joelhos, tremendo, em uma cratera de pó. Tentando recuperar o fôlego, o mago olhou horrorizado e assustado para as mãos, pois não davam sinais do poder que possuíam. Na verdade, pareciam fracas: pálidas, cheias de cicatrizes e trêmulas.

Duas mãos menores repentinamente envolveram-lhe suavemente os dedos, e ele viu as unhas lascadas pintadas de preto, com as pontas tão roídas que os dedos estavam quase em carne viva. Stephen ergueu o olhar para encontrar os olhos castanhos de Jane.

– Está tudo bem – ela disse, apertando-lhe rapidamente os dedos antes de soltá-los. – Já passamos.

21

STEPHEN SE COLOCOU DE PÉ COM ESFORÇO, satisfeito em ver Sharanya ao lado de Jane. Ele abriu à força seu caminho para fora de seu pesadelo, mas Jane o ajudara a navegar por ele, e Sharanya manteve o grupo unido, como havia prometido. As duas provavam ser poderosas aliadas, atravessando a Dimensão dos Sonhos com cada vez mais confiança e autoridade.

Enquanto caminhava por uma colina sob a luz da lua, Stephen viu sinais de inquietação civil e até de uma invasão. Pomares ao sul estavam cheios de galhos quebrados e árvores derrubadas, como se criaturas gigantes houvessem lutado em meio a elas, sem ligar para o dano que causavam. Para o norte, uma tundra congelada estava cheia de lama e rubra de sangue. Talvez o mais perturbador fosse a marcante ausência de saudações. Stephen nunca estivera antes nos reinos de Pesadelo por um tempo maior do que alguns segundos sem algum tipo de Horror tentando atormentá-lo ou atacá-lo.

Stephen podia sentir que Sharanya tinha milhares de dúvidas sobre os sonhos pelos quais haviam acabado de passar, mas ela permanecia em silêncio enquanto o seguia pela inclinação, assim como Jane. Subindo a colina, viram o palácio dos sonhos de Pesadelo se erguendo do outro lado de um vale profundo enquanto os sons de batalha podiam ser ouvidos logo abaixo deles.

O exército de Alexandre estava acampado atrás da colina, preparando o cerco, com as espadas de prata e armaduras de ouro lampejando e reluzindo no escuro. As tendas redondas e as formações de ataque do meticuloso acampamento eram um pequeno ponto de ordem num mar caótico.

Entre o grupo de Stephen e o palácio de Pesadelo, uma frenética batalha acontecia. E nela estavam incluídos todos os monstros imagináveis, muitos ainda presos em combates com criaturas que Stephen só podia presumir que eram Pesadelos Épicos – horrorizantes lampejos do que o reinado de Numinosa traria. Cefalópodes Cthulianos envolviam com os tentáculos os híbridos de lagarto e serpentes que cuspiam fogo. Tubarões terrestres gigantes pisavam com as pernas musculosas em pequenos e grotescos macacos-fantasmas, enquanto gigantescas aranhas-zumbis vomitavam vermes parasitas bioluminescentes sobre os pelos de corujas-ursos de garras afiadas que berravam. Bichos-Papões estavam em combate com palhaços de presas afiadas, e aparições fantasmagóricas enchiam a paisagem, surgindo e sumindo da existência para berrar na cara dos adversários. O céu estava repleto de criaturas aladas em fúria, desde morcegos até manananggais. Stephen achou difícil ver quem estava de qual lado daquela distância, e ficou se perguntando se até mesmo os Somnivores sabiam para qual lado lutavam.

– Nós temos que ir até ali – ele disse a Sharanya e Jane, apontando para o palácio. – Eu garanto que, se há no mundo alguma coisa que as assuste, está em algum lugar no meio daquele campo.

Jane ergueu o queixo, como se desafiasse a declaração de Stephen, mas Sharanya se encolheu e olhou para os pés.

– Nós vamos andando? – ela perguntou.

Stephen esfregou as mãos, observando o campo de batalha.

– Se fosse seguro usar magia, iríamos voando, ou por teleporte, ou nos tornaríamos invencíveis ou invisíveis, ou tudo isso ao mesmo tempo. Mas minha arcana está causando um efeito negativo na dimensão, e não podemos enfraquecer este reino sem enfraquecer simultaneamente Pesadelo. Isso nem sempre seria uma preocupação, mas no momento precisamos da ajuda dele para derrotar Numinosa, que é o maior risco.

Sharanya e Jane trocaram olhares e então voltaram a prestar atenção a Stephen.

– Por enquanto – continuou ele –, preciso lançar o mínimo de magia possível, usando apenas feitiços pequenos e contidos. Eu acredito que objetos encantados não fariam mal, também... contanto que eu os mantenha localizados, mas vocês duas precisam compensar a diferença usando manipulação de sonhos.

Sharanya parecia ansiosa.

– Por que você não pode fazer isso também?

– Eu faria, se estivesse sonhando neste momento – Stephen explicou. – Mas não estou. Como você se lembra, estou acordado, e fisicamente aqui. – Ele se voltou para Jane. – Você também está, mas seu poder de Inumana a conecta a este lugar de um jeito que eu ainda não entendi completamente. Suspeito que você poderia aprender a ir e vir da Dimensão dos Sonhos quando bem quisesse, dormindo ou acordada.

Você pode até ser capaz de manipular sonhos no mundo real. E não há dúvida de que pode fazer isso aqui. Então, primeiro precisamos de algum tipo de veículo, algo bom o bastante para nos fazer atravessar.

Jane assentiu e então se virou de costas para Stephen e Sharanya, pois precisava se concentrar em um planalto gramado a alguns metros de distância. Stephen a observou assoprando a franja da testa e acenando com a casualidade de uma feiticeira experiente. O veículo que apareceu era uma combinação de ônibus de viagem e limusine, montado sobre uma suspensão que consistia em pneus enormes na frente e esteira de tanque na traseira. E um brilhante e prateado para-choque projetava-se na frente.

Ela olhou para Stephen com ar interrogativo, e ele assentiu sua aprovação, deixando inclusive escapar um leve sorriso. Ela parecia bastante satisfeita consigo mesma enquanto tomava um dos assentos nos fundos do veículo.

Sharanya pousou suavemente a mão sobre o ombro de Strange.

– Quer que eu dirija? – perguntou em tom brando.

Stephen sorriu pesarosamente. Fazia anos que tinha aquele pesadelo sobre o acidente de carro, mas aquele era exatamente o tipo de vulnerabilidade ao qual o reino o poderia expor. Ele assentiu com um sutil movimento de cabeça e observou Sharanya tomando o assento do motorista antes de se ajeitar no banco do passageiro.

Sharanya girou a chave e o carro inteiro vibrou enquanto o motor rugia, ganhando vida, no topo da colina escura. Embora ela tenha conseguido manter o controle, a descida foi árdua – lenta e irregular. O veículo rolou para a base da colina e começou a cruzar a planície na direção do Palácio de Pesadelo. Stephen notou que Sharanya apertava o volante.

– Tudo bem – ela disse em tom tranquilizador, mais para si mesma do que para qualquer um. – Lá vamos nós.

Stephen analisou o campo.

– Mire no palácio e continue em movimento, não importa o que aconteça. A boa notícia é que você não tem que diferenciar os combatentes. Se algum ficar no seu caminho, passe por cima.

Sharanya assentiu, inclinando-se sobre o volante como um jóquei.

Evitar magia era mais difícil do que Stephen pensara. Eles pegaram a primeira onda de criaturas de surpresa, atingindo um grupo de Somnivores por trás, mas o segundo grupo de monstros criou maior problema, dificultando a trajetória e reduzindo a velocidade deles. Sangue se espalhou sobre o para-brisa, obscurecendo a visão. Sharanya ligou os limpadores, mas isso serviu apenas para espalhar ainda mais as vísceras e as penas pelo vidro. Tentando enxergar através do sangue, Stephen conseguia distinguir no escuro o brilho estranho e os olhos alaranjados, e soube que haviam perdido o elemento-surpresa. A resistência aumentava conforme eles se lançavam sobre as massas de sangue, ossos, espinhos, escamas e garras que se atiravam contra as janelas do veículo que acelerava.

Sharanya ativou os sprays dos para-brisas, criando um retângulo de transparência avermelhada. Um baque alto atraiu a atenção de todos para o lado do motorista. Enquanto Sharanya corrigia o curso, Stephen observou um ogro enorme pendurado no veículo, tentando abrir um buraco no teto. Levantando-se de seu assento, ele evocou o Machado de Angarruumus.

– Aonde você está indo? – Sharanya perguntou ansiosamente.

Segurando firmemente o machado mágico em uma mão, Stephen abriu a porta do passageiro.

– Independentemente do que acontecer, continue em frente. – Ele subiu cuidadosamente no teto do veículo, chegando no mesmo segundo em que os grossos dedos do ogro abriram uma fenda. Vendo Stephen sobre ele, o ogro o olhou diretamente nos olhos, com ódio extremo, e rugiu. Lutando para conter o impulso de lançar um feitiço defensivo contra a criatura, Stephen esmagou a mão emergente com o cabo do machado. O ogro se soltou e rolou para trás, saindo de vista.

Stephen o observou desaparecer na escuridão traseira enquanto o veículo acelerava, então ouviu um grito de alarme vindo de Sharanya. À primeira vista, parecia que estavam seguindo diretamente para uma parede de gelo. Quando a traseira do veículo perdeu tração e eles começavam a deslizar para a direita, Stephen imaginou que Sharanya tinha entrado em pânico e pisado no freio. Se não estivesse usando o Manto da

Levitação, teria sido atirado para a frente; porém, a breve ascensão lhe permitiu uma melhor visão do obstáculo.

Não era uma parede. Era Numinosa em sua forma gigantesca, diretamente no caminho, alguns metros adiante. Ela tinha aproximadamente dez metros de altura, usava uma capa luminescente e um vestido branco sem mangas que brilhava sob a luz do luar como a montanha gelada com a qual havia sido confundida. Ouvindo o ronco do motor, ela se virou lentamente na direção deles, e um sorriso se abriu em seu rosto no momento em que Sharanya, que deslizava por ter freado bruscamente, corrigia o curso e retomava o controle do veículo. Pisando novamente no teto, Stephen tomou posição, baixando o centro de gravidade e erguendo o machado, com o manto revoando atrás de si.

– Mago Supremo! – Numinosa gritou, e sua voz estrondosa ecoou pela planície como o som de um trovão. – Você veio testemunhar minha grande vitória!

Enquanto ela dava um passo na direção dele, Stephen sentiu o chão tremer através do veículo. Quando a gigantesca soberana trocou o passo, colocou o outro pé na frente deles, forçando Sharanya a desviar.

– Você não precisa invadir o castelo para mim – Numinosa riu. – Tenho tudo sob controle.

Stephen manteve o equilíbrio até sentir que o carro estava perto o bastante da colossal soberana dos sonhos. Numinosa parecia estar pisando cada vez mais deliberadamente no caminho deles. Correndo para a dianteira do teto, Stephen saltou. Usando o Manto da Levitação para ajudá-lo em seu impulso, ele se lançou do carro na direção da coxa esquerda da soberana, com o machado erguido. Alcançando alguns metros acima do joelho, Stephen enfiou o machado como se fosse um alpinista escalando uma parede lisa com uma picareta, com as mãos duras e doloridas.

Numinosa berrou de dor, dando a Sharanya apenas o intervalo de tempo suficiente para ultrapassar, desimpedidamente, as pernas dela. Usando os pés como vantagem sobre a coxa da soberana, Stephen arrancou o machado e tentou cair novamente no teto do carro enquanto o veículo passava abaixo dele. Quase o acertou bem no meio, mas deslizou quando caiu em pé, e acabou rolando para a traseira do veículo. Girando amplamente o machado, ele enfiou a lâmina de metal no teto do carro e segurou o cabo bem a tempo de se segurar para não sair voando dali. Uma dor aguda percorreu-lhe as mãos; tudo aquilo lhe custara quase um ato mágico de vontade para não se soltar.

– O que você está fazendo?! – Numinosa gritou para ele, e Stephen percebeu que havia raiva e confusão genuína em sua voz, pois não podia compreender por que alguém se oporia a ela. – Você me feriu, Stephen! Você derramou o sangue de uma deusa!

Eles se aproximavam rapidamente do palácio, e agora Stephen podia ver que era cercado por um fosso profundo. A ponte levadiça estava erguida, formando uma porta impenetrável na frente do castelo. Não havia nada largo o bastante sobre o qual o veículo pudesse atravessar.

– A ponte! – Sharanya gritou do assento do motorista. – O que eu faço?!

Stephen nunca havia usado a capa para levitar algo tão pesado quanto aquele veículo, e não tinha certeza se seria possível fazer isso. Mas *tinha* certeza de que seu último ato de proeza havia enfurecido Numinosa, e ela os perseguia agora com velocidade, além dos híbridos de Pesadelos Épicos que também os seguiam de perto.

– Continue! – ele respondeu.

– Pesadelo é seu inimigo! – Numinosa rosnou. E então, dirigindo-se a seus escravos: – Detenham-nos!

Arriscando um olhar por sobre o ombro, Stephen decidiu que uma queda de vinte metros no fosso escuro era uma opção melhor do que diminuir a velocidade e deixar que os monstros de Numinosa os dominassem.

– Precisamos de algo atrás de nós para diminuir a velocidade dos perseguidores! – ele gritou.

Suas mãos formigavam, prestes a lançar feitiços, mas ele segurou o cabo do machado com os dentes cerrados, atordoado de tanta dor. A menos de dois metros atrás do ônibus, raios e trovões abriram o céu, liberando uma corrente de chuva precisamente no exato momento em que uma poça escura, brilhante e borbulhante surgiu da terra, tomando o campo que havia acabado de cruzar.

– Chuva?! – Jane gritou exasperada.

Atrás do volante, Sharanya respondeu a ela.

– Eu achei que ajudaria deixar o chão lamacento. Escorregadio, sabe... e difícil de cruzar.

– Mais difícil do que o poço de óleo que eu acabei de criar? Sua chuva vai lavar tudo!

– Bem, eu não sabia que você faria isso!

– Você sabia que eu faria *algo*!

Enquanto elas discutiam, Stephen voltou ao teto do carro e puxou o machado. Na verdade, a combinação de água e óleo estava funcionando muito bem para impedir as criaturas de chegar ao veículo. Agora eles só tinham que sobreviver ao fosso...

– A ponte levadiça ainda está erguida! – Sharanya berrou em pânico.

– Quer que eu crie uma ponte? – Jane gritou do fundo.

– Até onde? – Sharanya respondeu. – O muro de pedra ou pelo menos até as placas de madeira de vinte centímetros de espessura da ponte, com um portículo atrás delas?

– Um o quê?

– Um portão de ferro!

Stephen abaixou-se no teto do carro e estendeu seus sentidos para o Manto da Levitação, mesclando sua consciência com ela enquanto tentava abarcar o veículo inteiro.

– Não pare! – ele gritou.

As primeiras duas palavras de um feitiço de manipulação de gravidade já estavam em seus lábios quando ele viu a ponte levadiça começando a baixar. Como Sharanya havia previsto, a ponte fazia um portão de ferro se erguer conforme ela abaixava, caindo no lugar no exato momento em que o carro atingiu a borda do fosso.

Stephen soltou o ar, liberando o feitiço, mas não o lançou de sua cabeça. Ficou ouvindo o distinto som de borracha atravessando as tábuas de madeira, e em seguida os gritos de alegria e alívio vindos de dentro do carro. Seu manto voltou para os ombros enquanto o veículo acelerava, passando pelos portões do Palácio dos Sonhos de Pesadelo.

22

SEGUINDO STRANGE PELO PALÁCIO até a sala do trono, Jane imaginou se a decadência era resultado direto da batalha ou se o castelo de Pesadelo sempre tivera uma aparência decrépita. Grossos pilares de mármore acompanhavam as paredes de pedra, muitas das quais já não chegavam mais até o teto. Os pisos estavam lascados, e várias partes e lajotas mostravam-se soltas a cada passo.

Jane se lembrou de não ter medo dos poucos Somnivores e dos Horrores pelos quais passaram. Parecia que, em acréscimo à tomada de seu palácio, Pesadelo havia conseguido reunir o que tinha restado de suas forças leais. Um cômodo à direita da guarita estava cheio de demônios afiando espadas e alabardas. Esqueletos faziam guarda perto de uma das arcadas, seguindo Jane com suas cavidades oculares vazias enquanto ela passava por entre eles. Logo antes de entrarem na sala do trono, uma bela mulher nua estava parada de costas. E enquanto Jane se aproximava, com Sharanya e Strange caminhando logo atrás, a mulher se virou para encará-los, revelando a cabeça de um cavalo antes de sair correndo pelo castelo na frente deles.

Pesadelo, por si próprio, parecia bem pior que seu palácio: magro e exausto, ele andava de um lado para o outro diante do trono, com os olhos vazios e a expressão grave.

O trono era algo medonho construído com ossos, encimado por um crânio de uma criatura de chifres que Jane não conseguiu identificar. Uma negra corrente grossa presa à sua perna direita frontal corria até a coleira de uma trêmula criatura monstruosa deitada em um canto, com os quatro braços cobrindo a cabeça gigante e sem pelos.

No momento em que Strange pisou na sala, o soberano dos sonhos se virou amargamente para o mago.

– Seu timing é impecável, Stephen. Você terá um lugar na primeira fileira de minha derrota, e não precisará nem levantar um dedo.

Jane não conseguia suportar o medo na voz dele.

– Estamos aqui para salvá-lo! – ela insistiu.

O demônio pareceu surpreso, como se nunca, até aquele momento, tivesse tido conhecimento da presença dela ali. Jane pensou ter visto os cantos da boca dele se curvarem, e uma luz se ligando em algum lugar no fundo daqueles estranhos olhos vermelhos.

Tão rapidamente quanto se acendeu, a expressão dele obscureceu novamente.

– Você não devia estar aqui, Jane. Não é seguro. – Jane teve a impressão de que Pesadelo queria dizer algo mais, mas então ele notou Strange o observando e voltou sua atenção para o velho inimigo. – Numinosa já estava aqui quando eu cheguei. O ataque dela tem sido implacável, e cada vez que ela derrota um de meus soldados, converte-o em soldado dela. Minha influência diminui a cada segundo, e não tenho dúvida de que o exército dela estará do lado de cá destas paredes em uma questão de horas.

Ele não disse que já havia retirado todas as forças que ainda tinha para segurá-la até aquele momento, mas Jane sabia que era verdade. Olhando para Strange, ela podia ver que ele também sabia disso.

– Pelo menos você não está só – Jane disse, fazendo um esforço para ser otimista.

Pesadelo seguiu o olhar dela até o enorme monstro encurvado no canto.

– Você se refere a Intimidare? Ele não será útil aqui por algum tempo. A punição foi necessária. – Pesadelo semicerrou os olhos ameaçadoramente, mas então suavizou a expressão. – Se está se referindo à ralé de meu exército, suponho que seja verdade que eu não vá morrer sozinho. E também não vejo como seu pequeno grupo possa derrotar o que há lá fora.

Ao ouvir aquilo, Strange apenas ofereceu um único aceno de cabeça antes de se virar magneticamente para o norte e erguer as mãos na frente do peito. Uma energia vermelho-escura começou a se formar entre suas palmas.

– Então você deve estar disposto a querer tentar qualquer coisa neste momento – o mago disse ao demônio.

Pesadelo observava os movimentos do mago com os olhos semicerrados.

– Devo entender que você tem um plano?

Tenho.

Sharanya saltou para trás quando Strange lançou na direção do chão a energia que havia evocado. Jane se afastou também e foi ficar ao lado dela. A energia pulsou por um momento em volta das botas do mago e começou a se espalhar lentamente em um círculo crescente.

Strange encarou Pesadelo, mantendo os olhos nos dele por um tempo.

– Eu vou reestabelecer as Passagens usando um feitiço de regeneração, e pretendo usar Numinosa para isso.

Pesadelo deu instintivamente um passo para trás, enquanto o círculo de Strange se expandia, e inclinou a cabeça para o lado.

– E você acha que ela vai cooperar com você?

Strange agachou-se no centro de seu círculo e sussurrou uma palavra, que Jane não conseguiu ouvir, enquanto batia no chão diante dele com o longo dedo indicador.

– Não.

Uma linha de energia vermelha brilhante emergiu de onde ele havia tocado o chão, queimando através da esfera até ricochetear na parede interior oposta, criando uma nova linha diagonal. O mago se ergueu. Para Jane, parecia que a energia mágica estava queimando o chão, ou talvez o próprio reino, enquanto pendia por dentro do círculo, mas Strange falava calmamente, fazendo movimentos fluidos com a mão direita.

– Acho que ela vai lutar contra mim, especialmente quando perceber que preciso dela para derrotar todo o poder que ela acumulou para que o feitiço da regeneração das Passagens funcione.

Jane voltou a atenção novamente para Pesadelo. O demônio refletia a respeito do que Strange tinha dito, e um breve sorriso surgiu em seu rosto.

– Stephen... isso é deliciosamente maldoso! – ele disse, e Jane olhou novamente para Strange, no centro do círculo. As linhas vermelhas que brilhavam lá dentro se arranjaram na forma de um pentagrama. – Mas como vou saber que não é um truque para me usar em vez dela?

Jane voltou rapidamente o olhar, e viu que Pesadelo não fazia a pergunta de brincadeira. Strange se endireitou e olhou para as formas que havia criado no chão enquanto respondia Pesadelo.

– No momento, acredite ou não, você é o menor dos males. Mas se isso não o convencer, então saiba que o pentagrama me permitirá sugar a energia de Numinosa no momento em que eu a prender dentro do círculo. – O mago ergueu os olhos para Pesadelo. – *Você* não tem nenhum excesso de energia. No momento, não tem nem sua quantidade *normal* de energia. E tudo isso o torna fraco demais para alimentar um feitiço de restauração.

Enquanto Strange e Pesadelo se olhavam, a voz de Numinosa se elevou por sobre os ruídos de trovões e chuva lá fora. Ela soava calma novamente, e mais uma vez confiante demais em sua vitória para se incomodar com ressentimentos.

– Honrado Mago Supremo! Medonho Soberano do Reino dos Pesadelos! Saiam e unam-se a mim! Vocês são corajosos demais para se esquivarem de seus destinos!

Pesadelo, que erguera o olhar na direção da voz, voltou rapidamente a atenção para Strange.

– Como funciona esse seu plano, oh, Honradíssimo?

– Primeiro, vou atrás de Numinosa com tudo o que tenho.

Jane abaixou-se cuidadosamente perto do círculo que Strange havia criado, colocando a palma estendida logo acima da energia vermelha. Embora não fosse quente, ela poda distinguir o cheiro do piso queimando abaixo dela.

– Mas a magia não é ruim para a Dimensão dos Sonhos, agora? – ela perguntou. – Isso não está ferindo o reino?

Ela ergueu o olhar para Strange, na esperança de que ele tivesse ouvido a parte que ela não havia dito: ferir o reino significava ferir também seu soberano.

Pesadelo mostrou as presas.

– Ela está certa. Não posso suportar esse tipo de ataque em meu atual estado.

Strange fez um gesto de varredura com as duas mãos. Em resposta, o círculo de energia tremeluziu e então se ergueu do chão vários metros acima de suas cabeças, então pairou e pulsou. Jane olhou para cima e viu pequenos montes de areia caindo das pedras acima deles. O círculo mágico danificava a integridade do teto. A garota trocou um olhar de preocupação com Sharanya.

– É um risco – Strange dizia. – Não vou negar. Mas isso é um dos motivos pelos quais acho que vai funcionar. Numinosa acredita que minha magia está ajudando-a porque ela quer que eu enfraqueça os reinos, deixando-os prontos para serem tomados. Ela não espera que eu me volte contra ela. E tem absorvido tanto da Dimensão dos Sonhos que se tornou vulnerável aos danos do ambiente. Ela não é mais apenas uma soberana conectada a um reino específico... está conectada à dimensão inteira. Se minha mágica é prejudicial à dimensão, isso significa que ficará especialmente indefesa contra ela.

– Assim como eu – Pesadelo comentou. – Pelo menos, em meu próprio reino.

Strange assentiu.

– Isso é verdade – o mago concordou. – E você também está vulnerável a Numinosa, e ela sabe disso. Este é o reino que ela quer agora, e não há isca melhor do que você. Esta não é a primeira vez que trabalhamos juntos, Pesadelo. Podemos ser uma equipe eficaz quando precisamos. Seu reino pode realmente sofrer danos, mas, se o feitiço de regeneração das Passagens funcionar, pode haver uma chance de curá-lo. Caso não funcione, ou se não fizermos nada...

Jane não pôde ouvir mais nenhuma palavra. Suas mãos se fecharam ao lado do corpo quando sua mente foi acometida pela visão do cadáver pálido e dessecado de Predivino.

– Você vai atraí-la aqui, ao centro de poder dele?! Sabendo que ela pode simplesmente... absorvê-lo?!

– Se meu plano funcionar, ela estará fraca demais para escapar do círculo. E uma vez que estiver dentro dele, vai se tornar ainda mais fraca, pois o pentagrama vai drenar seu excesso de poder.

Jane fixou os olhos no chão.

– Mas Predivino disse...

– Eu sei o que Predivino disse – a voz de Strange era branda, mas ele ergueu levemente o queixo, demonstrando a verdadeira imagem da autoconfiança. – Mas o plano funcionará porque Numinosa não espera que Pesadelo corra tal risco. Ela jamais imaginaria que ele confia o bastante em mim para permitir isso. – Stephen olhou seriamente para o demônio. – *Não é?*

Os ombros de Jane caíram. Era evidente para ela, pela maneira como Pesadelo sustentou o olhar do mago, que ele concordava com o argumento.

Todos se viraram para uma janela a oeste quando a voz de Numinosa ecoou claramente ali fora.

– Criaturas de Pesadelo! – Jane franziu a testa por um momento, confusa, mas então se deu conta de que Numinosa estava se dirigindo ao exército reunido no campo. – Felizes são vocês de estarem aqui nesta noite escura, sob essa lua lá no alto! Pois esta noite seu reino renascerá! Esta noite, nós uniremos todos os cantos da Dimensão dos Sonhos sob uma única bandeira, para que *todos* os sonhos possam novamente influenciar e inspirar, porque é para isso que fomos feitos! Não nos esconderemos mais nos recessos da mente inconsciente! Nunca mais vamos ser dispensados ou esquecidos sob a luz pálida da manhã! Sigam-me e acendam as mentes dos homens! Sigam-me e toquem o outro lado!

Houve uma comemoração ruidosa, seguida pelo som de escadas sendo apoiadas contra as paredes lá fora.

– O que podemos fazer para ajudar? – Sharanya perguntou, virando-se novamente para Strange.

O mago fez contato visual primeiro com Sharanya, e em seguida com Jane.

– Vocês duas precisam ficar aqui e proteger esta sala. Cuidem uma da outra, e não deixem nada acontecer com este círculo. Ele é parte do feitiço de regeneração das Passagens, e vamos ficar mais dependentes do que nunca da restauração das Passagens depois dessa batalha.

Jane assentiu, com a expressão infeliz, roendo a unha do polegar.

Strange continuou:

– O feitiço de regeneração em si toma tempo, assim como uma tremenda quantidade de energia, o bastante para destruir o reino e colocar em risco a dimensão como um todo caso falhe em ser corretamente canalizado. Criação e destruição andam de mãos dadas, geralmente tropeçando uma na outra de modos surpreendentes e inesperados. – Ele ergueu o olhar para o círculo flutuante. – Assim que Numinosa estiver presa e eu iniciar o encantamento, precisarei da ajuda de vocês para impedir que alguém ou algo interfira. O feitiço precisará de minha total concentração.

Observando Pesadelo pelo canto do olho, Jane viu que o demônio olhava para ela. Ele assentiu quase que imperceptivelmente, apenas para ela, e sorriu.

23

A PONTE LEVADIÇA para o palácio de Pesadelo começou a baixar novamente. No meio do arco, Perseguidor de Sonhos – o corcel negro, com asas de morcego e olhos vermelhos de soberano – irrompeu da entrada do castelo usando a ponte entreaberta como rampa para se lançar no ar. Em suas costas cavalgava o misterioso príncipe-demônio, com sua capa rasgada esvoaçando atrás dele.

Doutor Estranho, Mago Supremo da Terra, o seguia de perto, voando com a ajuda do místico manto vermelho. Eles deixaram a fortaleza para confrontar a gigantesca criatura de cabelos turquesa no alto de seus dez metros de altura conhecida como Numinosa, soberana dos Sonhos Épicos e pretendente a conquistadora da Dimensão dos Sonhos. Além de ser quase onipotente dentro da Dimensão dos Sonhos, ela tinha sob seu comando o exército de Alexandre, o Grande, assim como uma enorme massa de híbridos de fragmentos de sonho e criaturas de pesadelo, todos infectados pelo seu fanatismo. Conforme a ponte tocava o chão do outro lado do fosso, puxando o portão de ferro enquanto descia, um pequeno exército esfarrapado de demônios, esqueletos e outros monstros de pesadelo correram para fora na direção dos atacantes que tentavam invadir o castelo. A ponte começou a se elevar no segundo em que eles terminaram a travessia.

Nada menos do que o destino da Dimensão dos Sonhos estava na balança.

– Sim! Sim! – Numinosa sorriu alegremente ao avistar os dois homens. – Venham, amigos, e testemunhem minha ascensão!

Pesadelo circulou a cabeça dela enquanto Strange lançava um raio de luz em sua direção, murmurando um feitiço de evocação. O raio atingiu o ombro direito dela, liberando uma corrente de eletricidade azul-clara que percorreu sua pele. Numinosa recuou, assustada pela dor, e imediatamente ergueu a mão esquerda para cobrir a ferida, mas a afastou imediatamente, pois a energia estalou em volta de seus dedos.

– Não há necessidade de lutar contra mim! – ela gritou perturbada. – Rendam-se agora e mesclem-se a mim, para que minha vitória possa ser a de vocês! – Resíduos de energia do feitiço que envolviam seus dedos projetaram-se para cima, e um assustador relâmpago azul tomou o céu.

– Ah, Numinosa – Pesadelo provocou, atingindo-a com pequenos orbes de uma viscosa energia negra. – Você não sabe que eu a deixaria com uma terrível indigestão?

Ela se protegeu dos ataques com um sorriso irritado, mas perdeu um pouco o foco ao sentir uma dor aguda. Atrás dela, Strange atirava um círculo de fogo em sua nuca.

Do ar, Stephen viu o exato momento em que ela perdeu a paciência, virou-se subitamente, com a capa inflamada, e girou a mão na direção dele. Stephen bloqueou o movimento com um campo de força, deixando-a com mais raiva ainda quando esmagou-lhe a mão contra o escudo que ele havia criado. Pesadelo circulava baixo em seu corcel, evocando e lançando fortes raios nos joelhos dela. Ele estava debilitado pelo ataque ao seu reino, fraco nas imediações de um lugar onde normalmente estaria mais forte, mas determinado a derrotá-la. Stephen viu as mãos de Numinosa começarem a emitir um brilho azul.

– Lá vem ela! – o mago gritou para Pesadelo.

Numinosa liberou uma inundação de energia incandescente das palmas, forçando Strange a descer. Ele se protegia atrás do escudo místico naquele terreno já grudento de sangue e vísceras da batalha que ainda acontecia, e que começava a secar por causa de toda magia usada ali. No momento em que suas costas tocaram a terra ensopada, o campo ao redor dele começou a rachar, e uma gosma cinzenta se ergueu das fissuras. Stephen sabia que estava ficando sem tempo e ganhou o ar novamente no momento em que Numinosa se levantou.

Pesadelo atacou novamente. Sobrevoando o ponto onde Numinosa estava, lançava esferas de energia negra no rosto dela. Um dos globos a atingiu no canto da boca, e Stephen viu os lábios dela se esticarem em um sorriso furioso. Ela deu a volta e atingiu Perseguidor de Sonhos com as costas da mão. O cavalo alado caiu, e Pesadelo precipitou-se girando no ar na direção do castelo.

Conforme a força dos golpes empurrava o demônio pelos grossos muros de sua fortaleza, Stephen ordenava que as chamas nas costas de Numinosa se erguessem. Ela gritou e arrancou a capa, iniciando um grande incêndio no campo de batalha. O tecido em chamas entrou em contato com o óleo que Jane havia espalhado anteriormente pelo campo, e os exércitos de Numinosa ficaram instantaneamente na mais completa desordem. Os que não foram pegos pelo fogo rapidamente recuaram em grupos desorganizados enquanto a gigantesca capa incendiava o escuro e ensopado campo.

Numinosa estava distraída apagando as chamas que acidentalmente chamuscaram seu vestido quando Stephen passou pela abertura no palácio. Lá dentro, ele pôde distinguir a pequena forma de Jane ajudando Pesadelo a se levantar enquanto Sharanya começava a tirar os destroços da parede destruída da área abaixo do círculo do feitiço. Depois de, com dificuldade, erguer uma rocha sozinha, Sharanya empregou a manipulação de sonhos, conjurando um enorme elefante indiano para ajudá-la a erguer as pedras.

O muro rompido não era exatamente o modo como Stephen havia planejado voltar para a sala do trono, mas teria que funcionar. Ele se virou no ar, a tempo de ver a enorme palma de Numinosa vindo em sua direção. Ele mal conseguiu erguer o escudo a tempo quando a força do golpe o lançou no céu, arremessando-o contra a terra do lado de fora do castelo.

– Não é assim que isso deveria acontecer, Doutor Estranho! – ela gritou. – Não está vendo o que sua magia está fazendo com meu reino?! Comigo?!

Strange viu que a mão dela estava queimada e com bolhas, como resultado de ter tocado o seu escudo. Um enorme fogaréu erguia-se do campo de batalha, deixando para trás apenas um imenso vazio. Uma divisão inteira das forças de Numinosa caiu no abismo, quase que instantaneamente deixando de existir.

– Esse é o resultado direto da destruição das Passagens – Stephen disse a Numinosa, tentando impedir que ela o esmagasse na lama. – Elas eram a única defesa que esta dimensão tinha.

– *Eu* sou a defensora desta dimensão agora. – Numinosa estreitou os olhos negros.

– Você? Uma Defensora? – Stephen zombou. – Isso é engraçado. Não vi você em nenhuma das reuniões.

– Agora eu vou ter que matar você – Numinosa ameaçou.

Para crédito dela, Stephen teve a impressão de que ela estava genuinamente desapontada. No entanto, ele estava prestes a contar que era obrigado a detê-la, mas em vez disso entoou um feitiço.

– Pela virtuosa Vishanti
E os poderes que me outorgam
Eu toco o Sino de Ikoon
Para que minha forma se estenda e brilhe!

Era agonizante, mas Strange conseguiu não gritar ao sentir o corpo estremecer e rapidamente se expandir, crescendo até ficar do tamanho de Numinosa. A soberana dos sonhos se afastou dele e se levantou rapidamente, mas Stephen estava bem atrás dela.

A nova perspectiva era largamente desorientadora, então Stephen estreitou o foco na mulher diante dele. Estendendo as mãos repletas de energia brilhante mística, ele reposicionou seu peso e deslizou o pé para ficar em posição de Aikido.

Numinosa hesitou apenas um segundo antes de se lançar contra ele. Parecia ter a intenção de agarrá-lo pela garganta e nocauteá-lo com um golpe preciso, atirando-o no chão cada vez mais sitiado, mas Stephen segurou e imobilizou o braço dela enquanto se precipitava para cima dele, dando um passo para o lado. O ímpeto do movimento a fez passar direto, e Stephen aproveitou para prender seu braço atrás das costas e a fez cair de joelho. Enfiando o cotovelo na nuca de Luminosa, ele direcionou uma corrente de pura força arcana pelas costas dela, e então liberou seu braço e se posicionou na frente dela para reverter as posições. Embora o mago pudesse tê-la mantido presa indefinidamente, ele precisava fazê-la gastar o máximo de energia possível enquanto a empurrava até o palácio.

Previsivelmente enfurecida, Numinosa rapidamente ficou de pé e relançou seu ataque, embora a combinação de dor e ataques místicos tivesse começado a enfraquecê-la: ela começava a encolher. Stephen ajustou o próprio tamanho para se equiparar, pois seu objetivo não era dominá-la, e sim esvaziar e redirecionar sua energia.

O mago desferiu uma rápida sucessão de golpes enquanto ela vinha novamente para cima dele, e então contra-atacou com um chute lateral, mais uma vez inflando-se de energia psíquica extra enquanto fazia contato com a forma da soberana dos sonhos.

O chute a atingiu, mas Stephen baixou o pé para recobrar o equilíbrio, novamente se lembrando do perigo que a magia representava para aquele indefeso reino. A terra abaixo de seus pés secou e se distorceu como uma pintura a óleo manchada. As cores foram se misturando até tudo ficar completamente obscurecido por uma gosma acinzentada que borbulhava de algum lugar lá embaixo. Embora não fosse normalmente simpático à integridade estrutural do Reino dos Pesadelos, Stephen ficou de certa forma preocupado com o demônio, que tirava sua força daquele reino. Se Pesadelo já estava muito ferido pelo último ataque de Numinosa, o dano ao seu reino tornaria quase impossível que se curasse. A boa notícia era que a dramática destruição da paisagem estava encorajando os seguidores de Numinosa a fugir para a floresta além do campo de batalha.

Sabendo que a luta não podia continuar indefinidamente, Stephen redobrou seus esforços. Ele passou para a ofensiva, levando Numinosa na direção do palácio de Pesadelo com uma série de socos melhorados pela feitiçaria e chutes giratórios, e cada golpe diminuía mais e mais a soberana. Numinosa atirou os braços para cima, tentando se defender, e começou a questionar o Mago Supremo enquanto ele a fazia recuar pelo campo.

– Por que, Stephen? Por que você se opõe a mim? Eu desejo apenas glória para o reino!

– Você quer impor regras tirânicas sobre um lugar que por sua própria natureza deve permanecer aberto à influência de todos que passam por ele. E eu não posso permitir isso.

Stephen atacou com ambos os punhos envoltos em pura energia, e se lançou com as palmas voltadas para Numinosa, enviando na direção dela uma esfera crepitante de energia. Atingida no abdômen, a força do impacto fez a soberana dos sonhos voar por sobre os baluartes e a empurrou para a sala dos tronos. No segundo em que seu corpo tocou o piso, Stephen pousou na extremidade de seu círculo de feitiço flutuante. Ele ergueu a mão no ar e então deixou os braços caírem, com as palmas para baixo. O círculo que ele havia lançado caiu do teto para o chão, e Numinosa ficou presa no centro brilhante enquanto o mago rapidamente virava as palmas para cima e cerrava os punhos. O pentagrama no interior do círculo começou a brilhar com mais intensidade.

Numinosa urrou de frustração no momento em que percebeu sua condição. Stephen deu uma segunda olhada ao redor da sala. Pesadelo estava em péssimas condições, apoiado contra o trono, com Jane ajoelhada ao seu lado, tentando cuidar dos ferimentos dele com as mãos trêmulas. Sharanya estava abaixo da janela, a oeste, parada ao lado do corcel de Pesadelo, que também parecia ferido, e de seu paquiderme onírico, que parecia bem. Ela estivera trabalhando arduamente na limpeza dos destroços da parede derrubada que estava no círculo de magia.

Numinosa ergueu a cabeça e esticou as mãos sobre o piso enquanto se ajoelhava no centro do pentagrama.

– Você acha que pode me silenciar?! Pensa que não ouvirá minha voz novamente, no fundo da alma? O que acha que o motivará a agir? Quem vai fazê-lo navegar seguro por entre seus medos? Sou o fogo de Prometeus! Sem mim só existe escuridão e estagnação. – As estrelas nos olhos dela pareciam brilhar mais intensamente enquanto ela mudava o olhar de Strange para Pesadelo. – Sem mim, há apenas pesadelos!

Estendendo a mão para Pesadelo, Numinosa mostrou os dentes e curvou os dedos em forma de garras. Uma emanação negra nebulosa começou a se erguer de Pesadelo e fluir na direção de Numinosa. Stephen começou a lançar as Faixas Vermelhas de Cyttorak para prender as mãos dela.

– Não! – Jane gritou, saltando na frente de Pesadelo para proteger o demônio com o corpo.

No exato momento em que as Faixas Vermelhas se fecharam ao redor de seus pulsos, Numinosa lançou um raio de energia verde-escura na direção de Jane.

Stephen tentou lançar um campo de força sobre a jovem Inumana, e a energia tremeluzente de seu feitiço resvalou diante dela, iluminando brevemente um escudo roxo que já havia sido colocado ao seu redor. Surpreso, Stephen se deu conta de que Jane havia criado a própria defesa: como a dele, a energia de Numinosa se estatelou contra o escudo, dissipando-se inofensivamente.

Com um grunhido de raiva, Pesadelo se inclinou para longe de Jane, usando o que restava de suas forças para atirar um glóbulo negro tremeluzente – três vezes maior do que qualquer um que ele tinha lançado fora do castelo – em Numinosa. A energia se chocou contra o peito e a garganta da soberana dos sonhos, cobrindo-lhe a boca e o nariz. Ela começou a convulsionar enquanto Pesadelo caía no chão de sua sala do trono, completamente sem energia, mas sorrindo.

Jane gritou, caindo de joelhos ao lado de Pesadelo, e Sharanya começou a cruzar a sala na direção dela, contornando cuidadosamente o círculo de magia de Stephen. Numinosa tentava desesperadamente respirar, e Stephen podia sentir o poder sendo retirado dela, então percebeu que estava sem tempo. Começou a reunir a energia que canalizaria através da soberana dos sonhos para regenerar as Passagens. O ataque de Pesadelo havia decidido o caso: Stephen não podia salvar Numinosa.

Ao compreender o que ele estava fazendo, Jane voltou os olhos cheios de lágrimas para Stephen.

– Não! Por favor! Isso não é certo!

Stephen olhou com simpatia para ela, mas era tarde demais para deter o feitiço. Ele tinha que começar o encantamento. Fechou os olhos, puxando para perto as energias que havia evocado.

– Em nome da Eterna Vishanti

E dos Anéis de Rubi de Raggadorr...

Stephen mudou a posição das mãos para um Karana mudra, apontando os dedos na direção de Numinosa. A soberana continuou fazendo o gesto com a mão em forma de garra para a energia negra que cobria-lhe o nariz e a boca.

– Pelos Tentáculos de Ikthalon

E as Luas Místicas de Munnopor...

Stephen sentiu que a energia que estava canalizando para o círculo mudou e se inclinou, como se ele a estivesse mantendo em um contêiner vazio que de algum modo havia caído. Ao ouvir um grito de Sharanya, ele abriu os olhos. De algum modo, nos poucos segundos em que estivera de olhos fechados, Jane havia se levantado, corrido e saltado no círculo, conseguindo pousar dentro dele sem quebrar o perímetro. Inspirando com dificuldade, Stephen se apressou em reverter o fluxo da energia, puxando-a com esforço de volta para si, para impedir que caísse sobre Jane. Incapaz de deter o feitiço, ele segurou as palavras na ponta da língua enquanto Jane seguia diretamente para Numinosa e ajudava a fraca soberana a se sentar. A garganta de Stephen começou a se fechar enquanto o feitiço lutava para se realizar. Ele tinha que continuar.

– Através desse condutor sacrifical

Podes pegar e atar...

– Jane, saia daí! – Sharanya estava parada ao lado da forma curvada de Pesadelo, gritando para Jane, que a ignorava. – O que está fazendo?!

Jane puxou a substância grudenta do ataque de Pesadelo, olhando Numinosa diretamente nos olhos enquanto respondia Sharanya.

– Estou sendo inspirada.

Stephen tentava se conter, mas sentia que estava perdendo o controle das energias que se acumulavam, ficavam mais fortes e afluíam dentro dele, crepitando por seu corpo na tentativa de sair. Atrás de Jane, encurvada e com a mão estendida sobre o abdômen, Numinosa respirava longa e tremulamente, parecendo cada vez mais forte. Stephen teve uma visão do que aconteceria se perdesse o controle do feitiço e se apressou em agir, em retirar o sonho de sua mente antes que infectasse sua intenção.

– As disparatadas correntes deste reino,

Invioláveis, uma vez que entrelaçadas!

– Essa é a profecia! – Jane gritou, e Stephen continuou o encantamento. – E é minha decisão!

– Eu ofereço esse humilde invólucro... – Stephen parou no meio da frase, sentindo uma força se empregando sobre o corpo de Jane. Numinosa havia esticado o braço e agarrado o punho da jovem. Por um segundo horrível, Stephen achou que a soberana dos sonhos estava drenando a energia de Jane, mas então viu que na verdade acontecia o oposto.

Jane engasgou e começou a brilhar com uma incandescência prateada. Houve uma explosão de luz tão brilhante que até mesmo Stephen teve de proteger os olhos. Quando ele ousou olhar novamente, seu círculo havia sido destruído de dentro para fora. Parada onde havia estado seu centro, radiante e pulsante com uma combinação de seu poder de

Inumana com que lhe presenteara Numinosa, Jane segurava os ombros da soberana enquanto lhe dizia algo, baixo demais para que Stephen pudesse ouvi-la por sobre os ruídos de seu caótico feitiço de restauração.

– Eu ofereço esse humilde invólucro... – ele disse novamente, concentrando-se em Numinosa, com toda a força de sua impressionante determinação.

– Volte para o seu reino – Jane ordenou a Numinosa. – E fique lá. – Ela gentilmente colocou as mãos estendidas sobre o peito da soberana e a empurrou de leve. Numinosa desapareceu.

Stephen ficou olhando para o espaço onde seu círculo estivera e então se deu conta de que olhava nos olhos de Jane. Ela parecia calma novamente e até mesmo sorriu para ele.

– Eu ofereço esse humilde invólucro... – ele repetiu com desespero crescente, a energia estalando em seus olhos, dentes e pontas dos dedos.

Jane caminhou até Pesadelo, que tinha conseguido se sentar depois de muito esforço, e lhe deu um terno beijo na testa. O demônio ficou olhando para ela boquiaberto.

– Está tudo bem – ela o tranquilizou. – Este é o lugar ao qual pertenço.

O demônio pareceu completamente perturbado.

– Jane, não!

Jane voltou sua atenção para Sharanya.

– Acho que também fiquei presa entre dois mundos – esclareceu a Inumana. – Mas vou ficar neste. – Ela indicou Stephen com um movimento de cabeça. – Ele tem que voltar, e você deve ir com ele. Seria bom se me visitassem. Podemos nos encontrar em sua ponte.

E então ela se virou, oferecendo aos dois um último sorriso por sobre o ombro antes de caminhar novamente para onde estava o centro do círculo de Stephen e se virando para ele.

– Vá em frente – ela disse. – Sei que sou o cordeiro. Sou a cura. E me sinto completamente em paz... segura e tranquila. Isso sempre foi meu destino. – Ela fechou os olhos por um segundo, e então os abriu novamente, alargando o sorriso. – Estou pronta para ser curada agora.

Pesadelo cerrou os dentes e tentou sem sucesso se levantar.

– Stephen! Stephen, eu faço isso. Use a mim.

Stephen tremia sob o poder do feitiço inacabado. Ele olhou nos olhos de Pesadelo e balançou a cabeça. O demônio dos sonhos estava muito fraco. Se ele tentasse absorver a energia do feitiço, ela transbordaria por ele e destruiria o reino, que era o que aconteceria de qualquer forma se Stephen não conseguisse redirecioná-la para algum lugar quando não pudesse mais contê-la.

A pressão que se formava dentro dele era pior do que a dor... muito pior até do que um coração partido. O universo se esforçava para chegar à sua resolução desejada, e ele estava ficando no caminho. Embora tivesse rejeitado completamente a fé de seu pai muitos anos atrás sem sentir nada além de desprezo, a resistência que ele atualmente empregava lhe parecia uma negação de tudo a que ele tão verdadeiramente se devotara – devoção que não vinha como a aceitação de uma criança, mas com as obrigações de um homem feito. Nisso estava seu afeto e respeito pelo Ancião, e a fonte de sua magia e determinação, suas mais profundas pretensões e compreensão e Tudo o que Há. Então, por quê? Por que estava lutando contra ela?

Porque lhe parecia errado. Ele tinha dúvidas. A resolução do feitiço, o fluxo do universal, as próprias palavras de Jane... ele entendia *o que* estava destinado a fazer – com absoluta clareza –, mas não entendia por quê. Tudo dependia de um sacrifício que ele não sentia que era certo fazer. Jane era uma criança, uma inocente. Como o universo podia exigir tal coisa dela? E por que fazer dele o instrumento dessa encenação... o único ser, na verdade, capaz de ver além?

Ele voltou a pensar nas palavras de Predivino a respeito de sacrifício, e dos avisos de Monako. Ele pensou na irmã, e na mãe, no pai, no irmão. Pensou em Clea, no Ancião e em Wong. Pensou no equilíbrio do universo, e em tudo que havia aprendido nos anos de prática de magia.

Pensou em tudo que havia tentado em seus esforços para evitar aquilo, mas finalmente teve de reconhecer a verdade. Era a verdade que havia aprendido havia muitos anos, mas que tinha sido enterrada sob o fardo da responsabilidade enquanto salvava o mundo diversas vezes. De alguma forma, Jane havia entendido, e ela tentava lembrá-lo disso.

Pesadelo tremia de raiva e pânico, ainda fraco demais para se levantar.

– Se você machucar essa garota, Stephen, eu vou persegui-lo nos sonhos até o fim dos dias! – ele ameaçou com ênfase.

Stephen encontrou e manteve o olhar de Jane. Ela continuava a sorrir para ele.

– Eu ofereço esse humilde invólucro... – ela incitou, abrindo as mãos em súplica. Sobre o curso de suas obrigações com seu manto, Stephen havia iludido os deuses. Ele rearranjou átomos, testemunhou a destruição e a ressurreição de galáxias, e determinou o destino de muitas raças. Mas a verdade... a verdade era que havia coisas que nem mesmo o Mago Supremo podia decidir.

Ele respirou fundo, e se convenceu a aceitar a sina de Jane. O universo continuava precisando de seus serviços, não podia lidar com a dúvida dele.

– Eu ofereço esse humilde invólucro
Para impeli-lo à ascensão
E proclamo seu propósito de restaurar
As Passagens através desta dimensão!

Por um momento, Stephen sentiu como se estivesse sendo puxado para um buraco negro, cada átomo de seu corpo sob tensão enquanto as brilhantes correntes de energia de sonho o atravessavam, precipitando-se na direção de Jane. A força daquilo o tirou do chão, e ele conseguiu apenas estender os braços e deixar que saísse dele. Quando a energia terminou de fluir para Jane, inundando-a de poder, ele caiu de joelhos. Jane estava a dois metros do chão, impelida pela energia que a fustigava, mas aguentava com uma calma invencível. Ela ainda sorria enquanto suas veias começavam a se soltar de seu corpo, crescendo para fora como vinhas buscando a luz do sol, alastrando-se para cada canto da Dimensão dos Sonhos.

E então foi a vez de Jane ter seus átomos destruídos. Ela tremeluziu e começou a desaparecer, suas células difundindo pela atmosfera em uma nuvem pulsante de névoa.

Foi a última vez que Stephen viu seu sorriso, pairando sem corpo no centro da sala do trono de Pesadelo, como um Gato que Ri modesto. Ele ainda observava aquela expressão se desvanecer quando o espaço ao redor implodiu, e em seguida explodiu com uma força assustadora, lavando, por um segundo, todo o Reino dos Pesadelos com sua luz brilhante e ofuscante.

Epílogo

– VOCÊ PODERIA criar um escritório de verdade, sabia? Ou um castelo no alto, se assim preferir. – Stephen estava sentado com Sharanya sob um enorme pavilhão branco e alaranjado que ela tinha criado em uma trilha de terra que faziam pelas Passagens. Ela o colocou sob uma cobertura de folhas perto de canteiros de pequenas flores azuis que pareciam brilhar sob a luz tênue do sol. O ar tinha cheiro de terra e pinho, e Sharanya sorria todas as vezes que a lona era soprada pela brisa.

– Estou feliz com isso. Meio fora, meio dentro... faz eu me sentir perto de Jane.

Stephen assentiu, mas baixou os olhos. Até onde ele sabia, Jane havia deixado de existir completamente, mas Sharanya insistia que podia sentir a energia dela. Stephen havia pedido a ela que servisse, por meio período, como um tipo de administrador ou embaixador para a Dimensão dos Sonhos. Ele tinha esperança de que ela pudesse alertá-lo de qualquer problema futuro sem ter que lidar com rimas ou arriscar o destino de toda a humanidade.

– Como vai indo o seu trabalho? – ele perguntou.

Sharanya inclinou-se, ansiosa para contar.

– No mundo desperto? É muito animador. Estamos conseguindo começar a trabalhar com as pessoas muito antes, enquanto são delinquentes, e não assassinos, e ajudá-las a suprimir o comportamento violento pela da terapia dos sonhos. – Ela fez uma pausa, olhando ao redor, para a vibração das árvores que os cercava. – E então, é claro, assim que eles estão aqui, posso ajudar a direcioná-los para um reino mais benéfico de qualquer problema que estejam tendo no momento.

Stephen assentiu.

– Isso soa como uma integração louvável de suas novas revelações com sua perícia anterior. – Ele se moveu, com a intenção de partir, mas então hesitou. – Você tem tido algum contato com Numinosa?

Sharanya se levantou e o encontrou na entrada, e então tocou gentilmente seu braço enquanto caminhava com ele para fora da tenda, na direção de uma pequena ponte que se estendia por sobre um rio esverdeado.

– Sim, tenho. Ela mudou muito, Stephen. Acho que você não precisa se preocupar. Talvez por causa de Jane, ela se tornou muito interessada na comunidade Inumana e está impelindo-os ao heroísmo. Acho que ela está fazendo um trabalho muito bom. – Sharanya observou um pequeno bando de pássaros de fragmentos de sonho pousar nos galhos de um pinheiro branco. – Porém, ainda estamos sem substituto para Predivino, sem o sábio das profecias, temo que estejamos voando às cegas por enquanto.

Enquanto pisavam na ponte ao mesmo tempo, Stephen indicou o Olho de Agamotto.

– Pessoalmente, estou protegido. E, como sempre, prometo ficar de olho em todos vocês.

O sorriso de Sharanya se tornou uma risada. Ela parou no meio da ponte.

– Obrigada, Doutor – ela agradeceu calorosamente.

– Você sabe onde me encontrar – ele disse antes de se afastar a passos largos para a outra extremidade, com a capa vermelha esvoaçando atrás dele.

Soltando o ar, ele abriu os olhos. A luz da lua invadia o recinto através da Janela dos Mundos, sua câmara de meditação estava enevoada de fumaça de incenso. Stephen saiu da posição de lótus flutuante em que geralmente ficava enquanto meditava e se moveu até o atril, onde havia deixado um enorme livro aberto.

Wong entrou, carregando uma bandeja de chá, no momento em que a atenção de Stephen voltara a ser absorvida pelo texto. Ele franziu o nariz involuntariamente quando sentiu o cheiro forte de raiz valeriana. Assim como a camomila, aquele chá também era conhecido por ajudar as pessoas a dormir.

– Você ainda está acordado – Wong observou. Sem querer interromper sua leitura. Stephen emitiu um som murmurante reservado sem erguer os olhos do tomo diante dele.

– Está tudo bem na Dimensão dos Sonhos? – Wong continuou, perseverante, colocando a bandeja em uma pequena mesa de madeira indiana.

Stephen soltou o ar e ergueu o olhar. Wong sorria placidamente para ele.

Wong era geralmente impecavelmente respeitoso quanto à necessidade ininterrupta de silêncio de Stephen, mas ocasionalmente ficava teimoso quando queria chamar atenção.

Stephen colocou levemente o dedo sobre a linha que estava lendo, marcando sem esforço o lugar com um sublinhado brilhante.

– Está – respondeu. – Acabei de falar com Sharanya. Ela é uma excelente embaixadora.

– E Jane? – Wong perguntou gentilmente. – Algum sinal dela?

Stephen ficou em silêncio por um momento antes de responder.

– Sharanya insiste que pode sentir a energia dela nas Passagens, que estão completamente restauradas. Mas não... ela não existe mais como um ser senciente.

Ele notou um leve torcer de um canto da boca de Wong e suavizou a própria postura, decidindo honrar o momento e se abrir para a troca, então cruzou as mãos machucadas sobre o livro aberto diante de si.

– Você tem perguntas.

Wong concordou com a reação de Stephen oferecendo uma leve inclinação da cabeça.

– Só estou lembrando as palavras do Ancião – ele disse. – "Com nosso imenso poder, não devemos jamais causar danos de maneira consciente." – Seus olhos encontraram os de Stephen, evidentemente preocupados. – Você acredita que o que aconteceu com Jane se aplica a esse dizer?

Os olhos de Stephen voltaram-se rapidamente para as páginas do livro.

– O feitiço que lancei não teria sido possível se eu não estivesse a serviço da intenção do universo.

Os olhos de Wong arregalaram-se um pouco, e ele balançou a cabeça.

– Não, sinto muito, não fui claro. Não estou preocupado que você tenha feito algo errado... tenho a mais completa confiança em sua avaliação da situação, Stephen. Estou preocupado que *você* possa *acreditar* que tenha feito errado. Que possa duvidar das necessidades das ações que toma para garantir nossa sobrevivência. E que Pesadelo possa tentar usar essa dúvida contra você.

Stephen manteve os olhos no livro, as palavras flutuando na página enquanto ele as fitava sem atenção.

– Obrigado por sua preocupação, Wong, mas não é necessária.

Os pesadelos que andara tendo eram bem mais simples do que antecipara, e mesmo assim eram estranhamente devastadores. O que seriam?

Algo tão inconsequente como autodúvida? Desde que tinha voltado da Dimensão dos Sonhos, só fechou os olhos duas vezes, e em ambas lá estava Pesadelo esperando por ele, como prometido.

– Eu executei algumas permutações a respeito dos possíveis futuros de Jane – ele disse da primeira vez, passando a afiada unha da mão nas costas da cadeira de couro negro na qual Stephen estava sentado. – Você gostaria de vê-las?

Ele ligou um velho projetor posicionado logo atrás do ombro de Stephen, e a luz atingiu uma tela a menos de dez metros de onde estavam. O rosto sorridente de Jane surgiu, em preto e branco, luminoso contra a tela. Ela estava mais velha, vestida com um uniforme cirúrgico.

– É claro que gostaria – Pesadelo continuou. – Vamos assistir juntos.

Eles assistiram a uma vida inteira criada para ela, Jane havia embarcado em uma carreira na medicina. Quando acabou, Pesadelo iniciou o rolo seguinte, que apresentava Jane tendo filhos, e então outro depois desse, que explorava sua vida como arquiteta. Da vez seguinte em que Stephen caiu no sono, notou que havia centenas de rolos de filme similares e despertou instantaneamente.

Lembrando-se dos sonhos, Stephen sentiu as mãos doloridas e as esfregou involuntariamente.

– Alguma mensagem? – ele perguntou a Wong.

Wong o olhou por um longo período, com as sobrancelhas arqueadas, então se virou silenciosamente para a bandeja de chá e começou a despejar o líquido na xícara.

– Há uma garota do interior insistindo que seu closet foi invadido por uma matilha de cães deuses de Theran, também haverá um exorcismo ocorrendo amanhã à noite, em Hell's Kitchen, e o Padre Lantom espera que você o ajude. – Ele passou o chá a Strange, que o aceitou. – Falei com Wanda hoje de manhã, e ela disse que tudo parece ter voltado ao que passa por normal por aqui.

– Diga a Lantom que estarei lá. – Stephen equilibrou a xícara sobre o atril e voltou o rosto para a enorme e arredondada janela atrás de si, observando as constelações passando lentamente pelo céu.

– Será que a garota ainda está acordada? Podemos ir agora.

Wong balançou a cabeça, sem desviar os olhos do rosto de Stephen nem por um momento.

– Não, Stephen, podemos ir pela manhã. Ela está dormindo agora. Quase todos no Ocidente estão dormindo agora. Sonhando normalmente, graças a você.

Stephen já tinha voltado os olhos para o livro.

– Eu nunca fui alguém que gostasse de dormir, Wong. Você sabe disso.

Wong arrancou uma pequena gota de cera que pingara de uma vela do altar de Vishanti.

– Eu sei disso. E sei que, desde que você voltou da Dimensão dos Sonhos, tem sido pior.

Stephen respondeu sem tirar os olhos da página.

– Como você deve imaginar, Pesadelo ficou... descontente com minhas ações.

Wong assentiu.

– Mesmo assim, todos precisam dormir, Stephen. Até você. Então me prometa que pelo menos vai tentar fechar os olhos esta noite. O chá deve ajudar.

– É claro – Stephen disse automaticamente, de modo vazio, querendo tranquilizar o amigo. Ele ficou lendo em silêncio até Wong sair do quarto. Era um livro fascinante, um antigo grimório necromântico. Necromancia não era uma escola de magia que Stephen costumava usar, mas o livro em questão incluía um dos mais poderosos feitiços que ele já havia encontrado sobre resistência ao sono.

Assim que a porta se fechou atrás de Wong, Stephen fez um aceno de mão na direção da xícara de chá, transformando o líquido que o ajudaria a dormir em uma dose dupla de café *espresso*.

Soluções mundanas para problemas mundanos.

Ele mandou o líquido quente garganta abaixo e voltou a estudar o feitiço, sabendo que a falta de sono seria um problema mundano apenas nos primeiros três ou quatro dias.

Depois disso, ele precisaria de magia.

Agradecimentos

TENHO UMA DÍVIDA DE GRATIDÃO com meus incríveis editores, Joan Hilty, Jeff Youngquist e Sarah Brunstad, por terem me ajudado a trazer esta história à tona. Agradeço ao pessoal da Marvel e também a todos que mantiveram Doutor Estranho vivo ao longo dos anos, incluindo meu próprio Ancião, Denny O'Neil e, claro, aos surpreendentes criadores de Stephen, Steve Ditko e Stan Lee. As aventuras originais de Doutor Estranho ainda parecem tão ricas e alucinantes quanto foram na época de seu lançamento, em 1963.

Fui levada a essas histórias em grande parte graças aos brilhantes artigos na *Sequart* assinados por Colin Smith – obrigada, Colin, por compartilhar seu amor por Stephen de maneira tão atraente! Tenho também uma dívida de gratidão com Michael Hoskin, por tão habilmente me ajudar a navegar por 53 anos de história de Stephen Strange.

Obrigada a Scott Peterson e Melissa Wiley por serem meu grupo particular de apoio ao escritor e simplesmente por serem pessoas maravilhosas que eu tenho sorte de conhecer.

Obrigada a Mark Waid por sua disposição sem fim para responder a perguntas realmente doidas em horários ainda mais doidos. Agamotto não é nada comparado a você.

Obrigada a Matthew Duda por toda a cafeína e pelas décadas de amizade, e a Alex Gombach pela introdução aos reinos mágicos.

Obrigada a Beatrice por seu apoio fervoroso e pelos arquivos da playlist mágica. Você tem meu amor e gratidão eternos.

Obrigada, mãe, pelo *insight* sobre a pesquisa metacognitiva dos sonhos, e obrigada, pai, por seus conselhos sobre como abordar a violência na ficção.

Obrigada aos meus amigos e familiares por perdoar as vezes em que estive ausente, tolerar minha agenda lotada e acolher minhas várias obsessões ficcionais. E por último, mas não menos importante, obrigada Arnold, David e Griffin, por preencher minha vida com magia e por tão graciosamente compartilhar nossa casa com o Mago Supremo.*

---

* Devin Grayson nasceu em New Haven, Connecticut. Ela já escreveu diversas obras para a DC Comics (destaque para *Batman: Gotham Knights*) e para a Marvel (destaque para *X-Men: Evolution*). Atualmente, Devin mora na Califórnia com o marido, dois incríveis enteados, um cão e um gato.

FONTE: Chaparral Pro
IMPRESSÃO: Arvato

#Novo Século nas redes sociais

novo século®
www.novoseculo.com.br